反＝文藝評論

文壇を遠く離れて

小谷野 敦
Koyano Atsushi

新曜社

反＝文藝評論

反＝文藝評論——目次

装幀――難波園子

序章　「文藝評論」とは何か

評論家・宮崎哲弥が、日本の文藝評論ってのはおかしい、江藤淳の『成熟と喪失』なんて、文学作品を使った時評でしょう、いや時評ですらない、「芸文」だよ、と言っている（絓《すが》秀美・高澤秀次《しゅうじ》・宮崎『ニッポンの知識人』ＫＫベストセラーズ）。宮崎のように、在野の論客でありながら学問的厳正さにこだわる人にとっては、確かに奇妙であろう。厳密には、『成熟と喪失』（講談社文芸文庫）は「文藝論」ではなく、文学作品を題材にした（イラストレーションとした）時評だが、学問的にはこういう方法というのは社会科学として認められていないから、ただのエッセイとしか言えない。同じように、磯田光一の『戦後史の空間』（新潮文庫）なども、文学作品をネタにした戦後論エッセイである。

日本の「文藝評論」というのが不思議な世界である、ということは、十年くらい前から言われてきた。そのひとつのきっかけが、その頃翻訳されたドイツの日本文学研究者イルメラ＝日地谷・キルシュネライトの『私小説——自己暴露の儀式』（邦訳、平凡社）であり、キルシュネライトは、小林秀雄の古典的評論である「私小説論」を組上に上げて、論理的に読めない、と裁断し、日本の「文藝評論」一般にその傾向があると指弾した。これには国内から賛否両論が出て、竹田青嗣などは、日本の評論は日本のものだからいいのではないか、と言っていた。私見を言えば、キルシュネライトは、そう裁断する前に、西洋にもそういう類の文学評論がないかどうか省察すべきだったのであり、インガルデンやイーザーの、アカデミックな文学研究とではなく、ジョージ・スタイナーやレスリー・フィードラーの、あるいは今世紀初めの、ノースロップ・フライが「通俗評論」と評した評論類と比べるべきではなかったかと思う。つまりキルシュネライト自身が、「日本特殊論」という評論的な結論に陥っているのではないかという疑問が残るのだ。

あるいは柄谷行人は、日本では「思想」は文学から出てくる傾向がある、と言っていたが、これも確かに、小林秀雄、福田恆存、江藤淳、吉本隆明から柄谷自身に至るまで、そういう「印象」はあるけれども、では丸山眞男はどうか、山口昌男はどうか、という風には言えるのであって、も少し厳密に考える必要がある。むしろ西洋で、「文藝評論家」のような存在が、スーザン・ソンタグあたりを最後としてなくなってしまった理由を考えた方がいいのであって、米国にはたとえば総合雑誌というものがなく、日本で「評論」に当たるものは、学者による論文と、新聞記者が書くコラムに分裂しており、読者がいない上に「評論」を書いてもアカデミックな業績にはならないので、いなくなったというのが実情である。それでもなお、もとは比較文学専攻の学者であるエドワード・サイードが、『オリエンタリズム』（邦訳、平凡社ライブラリー）のような政治的含意を持った著作で大きな影響を及ぼし、パレスティナ解放闘争の闘士でもあるというようなこともある。サイードは、講演『知識人とは何か』(同)で、知識人の備えるべき特徴の一つとして、アマチュア精神を挙げているが、これなど、もともと日本の「文藝評論家」が果たしてきた役割を指摘しているとも言えるだろう。

それにしても、吉本隆明の政治論や宗教論、江藤淳の政治論や心理学、柄谷行人の経済学や哲学などが、専門家の目にはどう写るのか、そしてむしろ一般読者は、専門家の書くものよりも彼らのものを読んでいるというのはどういうことなのか、そしてなぜ彼ら「文藝評論家」がカリスマ的な地位を占めるに至るのか、等々、「文藝評論」をめぐる疑問は数多い。

文藝評論と文学研究の違い

まず、文藝評論は文学研究とどう違うのか、という問題がある。「文藝評論家」の資格という問題から言うならば、文藝評論家は、基本的に「時評」つまり「文藝時評」というのをやらなければならない。少なくとも現在では、群像新人賞評論部門で入選するか優秀作に選ばれるかして文藝評論家の道を歩もうとすれば、新聞か文藝雑誌でこの「文藝時評」をイニシエーションよろしくやらなければならない。かつて平野謙や江藤淳が長期にわたって文藝時評をやっていたが、柄谷行人も一時期、いやいややっていたことがあるし、蓮實重彦もやっていた。絓秀美や渡部直己もやっていたし、清水良典《よしのり》もやっていた。東浩紀《あずまひろき》も短期間やっていた。近代文学研究者の小森陽一が、新聞の文藝時評をやるに際して突如「文藝評論家」を名乗ったのには驚いたが、けっきょく文藝時評をやっていれば文藝評論家、ということになるのだろう。唯一、現代文学には興味がないので時評をやる気はない、と公言したのは、詩人でフランス文学者、『折口信夫論』で三島由紀夫賞を受賞し、『花腐《くた》し』で芥川賞を受賞した松浦寿輝《ひさき》である。

歴史的にたどるなら、大正期まで、国文学者というのはあまり近代文学を扱わなかった。近代文学の研究、評論を行なっていたのは在野の評論家であった。昭和に入ってから近代を扱う研究者も現われ、戦後になって漸次、大学でも近代日本文学が研究されるようになった。かつ、古典研究は基本的に本文校訂、注釈、翻刻、文学史編纂といった実証的な仕事を主としており、これは西洋文学研究でも日本近代文学でも今なお「学者の仕事」であり、これに作家の伝記研究というのが加わる。「作品論」のようなものは、アカデミズムではやはり戦後になって、三好行雄が『作品論の試み』という本を出したくらいで、極めて新しいのである。私は大学院生のころ、三好の本の題名を見て、奇異に感じたのを覚えている。文学研究というのはまず作品論だと思っていたからだ。

これに対して、明治二十年代の文藝評論の世界を見れば、石橋忍月にせよ北村透谷にせよ、「時評」をしていたことが分かる。ジャーナリズムの世界では、当時から「時評」が基本だったのである。あまり指摘されていないことだが、透谷などは本来もっと本格的に論じたかったであろうことを、尾崎紅葉の『伽羅枕』や幸田露伴の作品を論じるという形で論じていて、むりやり「時評」にしていることが窺われる。こうした、アカデミズムとジャーナリズムの「棲み分け」は、ほとんど棲み分けと意識されない形で、昭和初期まで続いた。この「棲み分け」に亀裂を入れたのは、小林秀雄ではなく、中村光夫であろう。小林は、初期においては時評家だったが、一転して「當麻」「無常といふ事」などで古典、あるいは日本文化一般を論じるようになると、極度にエッセイ的な、飛躍の多い文体を用いはじめたからである。しかるに中村は、昭和十一年、『二葉亭四迷論』を上梓している。当然ながら、これは「時評」ではない。かつ、それはのち昭和三十年代始めに『二葉亭四迷伝』（講談社文芸文庫）という形で結実するまで、文藝評論としてはかなり緻密な形の研究として進められ、じっさい中村は京大で二葉亭を講じ、その門下から後のアカデミズムにおける二葉亭研究の第一人者、十川《とがわ》信介が出ている。その一方、アカデミズムの世界でも近代文学研究が始まり、吉田精一の『自然主義の研究』や、片岡良一《よしかず》、稲垣達郎などが出てきた。しかしこの時点では、アカデミックな近代文学研究は、事実関係の確認と記述を基本にしながら、時に作家に論評を加えるという体裁をとっていたし、同時代の作家、たとえば戦後自殺した太宰治などは扱わなかった。漱石門下の小宮豊隆《とよたか》が『漱石全集』の解説として書いたものをまとめた『漱石の藝術』（岩波書店）などはあるが、小宮のアカデミシャンとしての専門はドイツ哲学だった。それが、吉田精一のあと、三好行雄、越智治雄という二人の日本近代文学専攻の東大教授が現われて、越智の『漱石私論』のような作家論、作品論が出てくると、当然それは小宮のものや、英文学者・荒正人の漱石論、あるいはもともと文藝評論家であった江藤淳の『夏目漱石』（新潮文庫）とどう違うのか、という問題が出てくるのだが、これを表立って糾弾したのが、谷沢《たにざわ》永一である。

関西大学に拠って、書誌学的方法に基づきながら独自の文体によって日本近代文学を研究していた谷沢は、まず感想文的な批評などしなかったが、突如、三好と越智を名指しして、彼らの論文と称するものは感想文の類であり、文藝評論と変わらないではないか、学会誌に載っていれば論文で、文藝誌に載っていれば評論だなどという馬鹿なことがあるか、と言いだしたのである。越智と三好は、この批判に十分に答ええぬまま、越智はほどなく、三好も比較的若くして没した。

このアカデミズムの窮状を救ったのが、西洋から渡ってきた「文学理論」であった。アメリカ発のニュー・クリティシズムはわりあい早くから受容の機運があったのだが、一九八〇年頃から、精神分析や構造主義や記号論などがどっと流入し、これらを受容した亀井秀雄や前田愛に学んだ新進の近代文学研究者・小森陽一が、漱石の『こゝろ』解釈をめぐって三好と論争を行なった。小森が東大卒でないにもかかわらず三好の退官後、東大に迎えられたことを思えば、この三好─小森論争は、あたかも二代目貴乃花が千代の富士を破って引退に追い込んだのに似た、日本近代文学研究におけるクーデタだったと言えようか。

この間、たとえば學燈社が出している『國文學』という雑誌が果たした役割も大きい。この雑誌は、レフェリーのある学術雑誌ではないのだが、『国文学 解釈と鑑賞』とともに、準学術誌的な性格を持ち、アカデミシャンのみならず「文藝評論家」にも多く寄稿させ、柄谷行人なども一般に知られていない頃からこの雑誌に寄稿していた。『國文學』は、七〇年代に、江藤淳や吉本隆明を特集し、八〇年代には柄谷行人や蓮實重彦を特集するという冒険的な試みを行ない、その「リベラル」ぶりにおいて『解釈と鑑賞』を引き離した（ただし最近は『解釈と鑑賞』が、石坂洋次郎、山本周五郎、芹沢光治良《こうじろう》などの「大衆作家」を特集して異彩を放っている）。八〇年に柄谷が公刊した『日本近代文学の起源』（講談社文芸文庫）は、柄谷自身は、「新しい日本近代文学史」として読まれることを恐れていたというが、現実にはその通りになり、その後十年の間に、日本近代文学の若い研究者にとって無視できない書物となり、やはり若手の英文学者などにとっても柄谷はカリスマ的存在となった。そして柄谷と小森が『國文學』誌上で柘植光彦《つげてるひこ》を交えて座談会を行ない（九一年六月）、従来型の「研究」を批判し、いっぽう八〇年代末あたりから、アカデミズムでも、現代作家が研究の対象となるようになった。私が大学院生だった頃は、冗談まじりに、安部公房や島尾敏雄は死んだから研究対象にしてもいいのではないか、などと言われていたのが、あっという間に私立大の国文科から始まって、東大などでも、現存作家まで研究対象として認められるようになってしまったのである。

一方、文藝評論の世界でも、西洋の理論を用いての書き方が緻密化してゆき、鈴木貞実や川村湊のように「文藝評論家」から「学者」へ回帰する者さえ現われ、絓秀美の『日本近代文学の〈誕生〉』などという書物は、ほとんど「限りなく研究に近い文藝評論」であり、群像新人賞の受賞作や優秀作も、山城むつみの『文学のプログラム』や、丸川哲史の群像新人賞優秀作「『細雪』試論」など、これは評論ではなくて論文ではないのか、と思われるものが増えてきた。柄谷の『日本近代文学の起源』も、英訳されて、アメリカではアカデミックな書物として受容されるようになり、東大教授になった小森陽一がわざわざ「文藝評論家」を名乗るという事態を迎えて、いよいよ日本近代文学における「論文」と「評論」の差が分からなくなってきたのである。というのは、それまで「文藝評論家」を名乗ってきたのは、ほとんど、江藤や蓮實、柄谷に至るまで、大学で西洋文学を専攻した者であり、西洋文学を学んだ目で日本文学を論じるという姿勢において「文藝評論家」だったからであり、より若い世代でも、沼野充義《みつよし》や中条《ちゅうじょう》省平、福田和也などがこの系統に属するので、日本近代文学をもともと専攻し、アカデミズムのキャリアにきちんと乗っていた者が、そのまま「文藝評論家」を名乗りだすというのは（渡部直己などは、国文学専攻ながらキャリアから脱落していたので）ほとんど前代未聞だったからである。

その趨勢のなかで、意識的にか無意識的にか、アカデミックな書き方を避けたのが、福田和也や斎藤美奈子である。福田の「文藝評論」は、わざと論理的に読めないよう、半擬古典的に書いてあるし、斎藤はむしろ軽薄な書き方で地位を確立しつつある。小説および評論を対象に新潮社が設けた三島由紀夫賞は、明らかに「反アカデミズム」の立場から評論を採っており、福田のほか、樋口覚や松浦寿輝が受賞しているが、特に樋口が受賞した際、江藤淳の弟子の茂田《しげた》眞理子の公刊された修士論文（『タルホ／未来派』）が候補に上がっており、ために江藤は選考委員会を欠席したが、選評では、その論文と樋口のものを比べて、論文と評論の違いを言うものが二つほどあった。

以上が、現在に至る歴史的経緯のあらましである。なお、外国文学や前近代日本文学はどうかと言うに、専ら外国文学を論じて「文藝評論家」を名乗った例は、強いて挙げれば吉田健一とか饗庭《あえば》孝男とかいう名前が出てくるが、何か例外的な感じがする。前近代に関しては、村松剛、山本健吉、川村二郎、川村湊などが論じており、ほかに作家の中村真一郎や丸谷才一も論じているが、こちらはアカデミズムの側が依然として本文校訂、注釈を主とする世界なので、「棲み分け」が続いているとも言えよう。唯一例外的にテクスト論を取り入れているのは『源氏物語』研究だが、まだ先述したようなアカデミズムとジャーナリズムの本格的なやり取りが行なわれるには至っていない。また、群像新人賞の受賞作がほとんど近代文学を扱ったものであるところから（例外が川村湊）、前近代文学を論じて「文藝評論家」として認めてもらうこと自体が難しいと言えよう。

カリスマ化する文藝評論家

さて、小林秀雄、吉本隆明、柄谷行人など、「文藝評論家」がカリスマ性を帯びてしまうという問題をとりあげよう。ただ、ここでカリスマというのは、大衆的な人気ということではなく、学生・知識人の間での人気ということである。そういう意味では、近代日本で最初にカリスマとなったのは、高山樗牛《ちょぎゅう》ではなかろうか。樗牛高山林次郎は、帝大在学中から華麗な文才をもって鳴らし、明治二十七年に小説『瀧口入道』で世に出るや、『太陽』誌上などで「日本主義を讃す」「美的生活を論ず」など、国粋主義からニーチェ的個人主義に至るまで立場を変えつつ、青年に絶大な影響を与えながら、三十一歳で夭折した。当時の樗牛のカリスマぶりは、その頃無名だった夏目漱石が、「何の高山の林公抔《など》と思つてゐた」（「処女作追懐談」）と回想しているくらいである。今では樗牛のカリスマぶりなど、専門家以外に知る人はいないだろうが、昭和三年の『朝日新聞』には、樗牛の胸像が出来たというニュースの冒頭に、「文豪高山樗牛」とあるから、その頃はまだ「文豪」扱いだったことを示している。樗牛人気の原因としては、若かったこと、西洋の哲学・文学・藝術に通暁していたこと、「美的生活」などの形で「生き方」を示したことなどが挙げられるだろう。その点、かつての浅田彰や現代の宮台真司に似ている。この種の「生き方指南」は、必ずしもカリスマの必要条件ではないが、大正期の「教養主義」と言われる阿部次郎や倉田百三、昭和期の亀井勝一郎などにも見られる。

ついで昭和初期の小林秀雄がいる。昭和十七年の「近代の超克」座談会では、小林は菊池正士（大阪帝大教授）から、「あなたみたいな人が古典をやられてゐるといふことは、非常に教育的に価値があると思ふのですがね。兎に角学生はみんなあなたを知つてゐますからね」と言われているので、既にカリスマ性を帯びていたことが分かる。その年、小林は四十歳で、ちょうど「當麻」「無常といふ事」「平家物語」「徒然草」のような古典エッセイを書きはじめていた。言い古されたことだが、小林のカリスマ性の理由は、第一にその「断言」にある。他にも、結局小林はレトリックでカリスマになった人であり、たとえば読者にやや分かりやすい命題を提示しておいて、「というのは知れきったことだ」とか「というのは見易い道理だ」のような定型句で肩透かしを食らわせたり、常識的と見える命題を示しておいて文末で否定してみせたりというレトリックのサーカスが身上である。批評を作品として自立させるというアイディアはシュレーゲルのものだし、他人をネタにして己れの夢を語るというのもランボオから出てきたものだろうが、小林のサーカスを可能にしたのは、動詞が文末に来るという日本語の特性と不可分の関係にある。断言にせよ肩透かしにせよ否定にせよ、文末で突然匕首《あいくち》を突きつけられた感じで読者にマゾヒスティックな快感を味わわせる。このレトリックは、柄谷行人にも部分的に受け継がれている。小林が、戦後も生き延び、死ぬまで文壇に君臨し、今なおカリスマであって、新潮社が「小林秀雄賞」を遅まきながら設立し、文庫本の世界、教科書、入試問題の世界に覇を唱えつづけているのはなぜなのだろう。

戦中期のカリスマ、保《やす》田《だ》與《よ》重郎《じゅうろう》は、小林とは対照的に戦後「追放」されたが、保田の文体もまた、小林とは対照的に、西洋的なパンクチュエーションを解体し、晦渋な擬似・原日本語の如きものを創出したもので、その点に戦中期にカリスマたりえた理由があった。だから、小林的レトリックを継承した柄谷のオルターナティヴとして、福田和也が保田の文体を模写して見せたのである。

しかし、小林や保田が、文学や藝術以外のもの――政治や戦争に何らかのコメントをしたとしても、それは他の文学者たちが戦時中やっていたこととそれほど変わっていたわけではない。むしろ、文学と政治の問題は、昭和初期のプロレタリア文学の隆盛と、これへの対応として論じられ、戦後まで続いたと言っていいだろう。その流れのなかから、吉本隆明という特異な詩人・文藝評論家が現われて、カリスマ的存在となっていく。結局、日本の文藝評論というのはおかしい、と感じられるとすれば、まず吉本について考えなければならない。政治から宗教、心理まで、何でも論じる、かつアカデミズムにはならない、という点では、吉本が鼻祖だと言わざるをえないからだ。吉本には、他の文藝評論家とは違う点がいくつもある。東京工業大学の卒業で、大学で文学はおろか人文科学を学んだわけでさえないこと（ただしこれは奥野健男《たけお》にも当てはまる）、外国語を読まないと公言して憚らないこと、外国へ行かないこと、そして大学の教師のような職に就かないこと、文藝雑誌や新聞にほとんど登場しないこと（一時期新聞には書いていた）、などである。吉本は、文藝評論家というより、「思想家」と呼ばれることのほうが多いだろう。しかし、学問が細分化した二十世紀において、思想家であることがなぜ可能なのか。柄谷もまた、以前演劇誌『キマイラ』の座談会で、「作家、思想家」という不思議な肩書を付けていたが、それはともかく、浅田彰は吉本の『言語にとって美とは何か』を「読解不能」と評し、蓮實重彦は「一冊の書物であることの必然性が疑わしかった」と述べ、その旧角川文庫版解説でこれを「孤独な書物」と評した柄谷行人も、江藤淳の死に際して、江藤を読んでいたから吉本のようにならずにすんだ、と語っている。呉智英も、『読書家の新技術』（朝日文庫）のなかで吉本の『共同幻想論』を推薦しながら、「吉本は文章がへた」と言いつつ、「但し、内容は重要」と言っている。

たとえば吉本の初期の代表作として、「転向論」と「マチウ書試論」がある。このうち前者が対象とした「転向」という現象に対する、戦後の知識人たちのこだわり方というのは、今思えば異常であった。これは多分、獄中十二年で「非転向」を貫き、戦後日本共産党のトップとなった宮本顕治への引け目がそのような形で現われたのだろう。「マチウ書試論」も、面白いが異様な評論で、通常「マタイ伝」と呼ばれているものをフランス語ふうに「マチウ書」と呼び、イエスとかイエズスとか呼ばれている人物を「ジェジュ」と呼ぶという奇矯さである。もっともこれは、「マタイ伝」を論ずる形を取りながらもっと抽象的なことを言いたかったらしく、花田清輝の「女の論理――ダンテ」を始めとする『復興期の精神』（講談社学術文庫）に収められたエッセイ群とか、柄谷行人の「マクベス論」とか、松浦寿輝の『折口信夫論』とか、みなこの種の「事寄せ評論」なのである。花田のものはどうやら当時の軍国主義への抵抗らしいのだが、読んでもどこがどうそうなのか分からないし、柄谷は「マクベス論」で連合赤軍のことを言いたかった、と言っているし、松浦の本に関しては、私は一読して何を言っているのか分からなかったので、ある人に訊いたら、「あれはソシュール論だ」と言うので仰天した。『折口信夫論』にはソシュールのソの字も出てこないのだから。なるほどこのやり方ではアカデミズムが介入する余地がない。

さて吉本に戻れば、彼をカリスマにしたのは、昭和四十一年の『共同幻想論』であろう。ここで吉本は、『古事記』と『遠野物語』を基礎テクストとするという破天荒な設定のもと、エンゲルスの『家族・私有財産・国家の起源』の日本版を書こうとした。そこで、国家や共同体のような共同幻想、家族や一対の男女を形成する対幻想といった概念が提示されたのである。このなかでいちばん魅力的だったのは、結局この「対幻想」という概念だっただろう。当時、アカデミズムは恋愛を研究対象としていなかった。そしてその後、社会学や文学研究が恋愛を対象にする際、吉本の対幻想概念を継承発展させるほかなかったのである。ところで、吉本の文章の下手さ、ということを問題にすると、ここで『遠野物語』が選びだされたことが着目される。つまり、吉本の先駆的カリスマとして、柳田《やなぎた》國男という人物がいたのである。「日本の文藝評論がおかしい」という前に、柳田國男とか折口《おりくち》信夫《しのぶ》とか、「民俗学」という学問が、おかしいのである。

たとえば、『新潮日本文学アルバム』というシリーズがある。作家別に、写真を中心に構成したものである。このなかに、柳田と折口が入っている。なぜだ？　確かに折口は釈迢空名義で和歌を詠んだし、小説も少し書いた。が、ここではそういう資格で入っているのではあるまい。また『日本文学研究資料新集』（有精堂、出版社は廃業）という、作家別の論文集にも、折口・柳田の巻がある。不思議である。柳田も折口も、第一に「民俗学者」であって、文人ではない。そして「民俗学」が学問なら、後進によって乗り越えられるのが原則である。ところが柳田・折口の場合、どこがどのように乗り越えられたかはっきりさせられないまま、二人とも全集が文庫化されたり、さらに南方熊楠が加わって、彼らの「学問」のどこがどう正しくてどこがどう違っているのか分からないままに、いつしか彼ら自身が「研究対象」になってしまっているのである。むろん、カント研究とかマルクス研究とかいうのはある。ただ、哲学というのはほかの学問のように新しいものが優れているとは限らないし、マルクス研究はとうぜん、現実の経済体制の動きを横目で睨みながら行なわれる。ところが民俗学の場合、対象である「民俗」自体が、大月隆寛が正しくも指摘したように（『民俗学という不幸』青弓社）、日本国内ではほとんど消滅しているのである。そこで柳田や折口のテクストは、資料であると同時に研究でもあるという異常な状態に置かれ、一部では彼ら個人が崇拝の対象になる。柳田は一時、村井紀《おさむ》や赤坂憲雄によって批判されたが、村井はあまりに書きぶりが奔放だったたし、赤坂はいつしか柳田崇拝者に変貌していた。つまり、批判とかそういうことではなく、どこが正しくてどこが違っているか整理して提示しなければいけないのに、対象となる「民俗」が消えてしまって再検証できないために、民俗学は学問として不完全なまま放置されているのだ。

たとえば柳田晩年の『海上の道』は、日本人の先祖は大陸から宝貝を求めてやって来た、などと説いているが、要するにただの空想である。ところがそれが岩波文庫に収められると、大江健三郎が解説を書いてひたすらその文学的妄想を褒めたたえるのである。これでは学問が成立するわけがない。赤坂や上野千鶴子らの世代は、どうも若いころの民俗学ブームで頭の一部をやられたままらしく、上野なども、柳田の『明治大正史世相篇』の「恋愛技術の消長」を万古不磨の大典のように扱っている。柳田は、村上信彦が言うように文章が下手なのだが（『高群逸枝と柳田国男』大和書房）、なぜかみなそれを認めようとしないで、三島由紀夫のように、『遠野物語』のなかの「炭取りが回った」という話が優れた文学だなどと言って褒めるばかりである。折口の文章も晦渋である。たとえば三浦雅士が「民俗学とか文化人類学とかは、ほとんど文学の変種だと思う」と言ったのに対して蓮實重彦は、「違います。文化人類学は『文化』的な科学であって断じて『芸術』たりえない」と答えている（『近代日本の批評　昭和編（下）』講談社文芸文庫）。ところが蓮實は、ここで「民俗学」については何も言っていない。それは、日本独自の民俗学というものが、「科学的」に読まれていないからである。さらにユング心理学のような「オカルト」も加わって、実は人文科学の一部は惨憺たるものなのだ。そして吉本の文章の下手さは柳田譲りなのではないか。もちろん、その下手なところがいいのだ、と、いわば欠け茶碗を有難がるように言う人はいるし、それはそれでいい。だが一般的には読みやすい文章ではない。

さて、次に江藤淳であるが、江藤は確かに文体において小林や吉本のような不鮮明なところはなかった。また、吉本や柄谷のように「カリスマ」になることもなかった。しかし、死ねば新聞の一面に出るのだから、重要な文人であったのは確かだ。けれど江藤は、何を書いたのか。この人は余りにも「文藝評論」以外のものを書きすぎた気がする。たとえば『海は甦える』という大河三文小説、『一九四六年憲法――その拘束』(文春文庫)から『占領史録』(講談社学術文庫)に至る占領研究、『勝海舟全集』編纂から生まれた『海舟余波』(文春文庫)や『南洲残影』、『昭和の宰相たち』のような政治家論、『一族再会』から『妻と私』『幼年時代』に至る自分の家族を書いたもの、『アメリカと私』(文春文庫)のような体験談、『夜の紅茶』のような夥しいエッセイ。そして『漱石とアーサー王伝説――「薤露行」の比較文学的研究』という、江藤のような才能の持ち主が漱石の小品の本文確定などしなくてもよかろうにと言いたくなる退屈な博士論文と、ライフワーク『漱石とその時代』のような、評伝と言いながら、次第に引用が増えていった未完の大作――。

むろん、幼くして母を失った江藤が母への追懐から逃れようとして書いた『成熟と喪失』が絶品であることを認める点で私は人後に落ちない。『近代以前』（文藝春秋）が、近代文学ばかり見る文藝評論家の盲点を突いた重要な著作であることも言っておこう。それにしても、こうして全文業を眺め渡して見ると、多彩なように見えて、実に多くの欠落が目につく。たとえば江藤は、加藤周一や小林秀雄のように、美術や音楽や演劇について纏まったものを書かなかった。江藤のこの方面の趣味について私は知らないが、柄谷もこうしたことを書かなかったとはいえ、昭和一桁生まれの東京育ちなのに歌舞伎について何か書いていた覚えがないのは奇怪なまでである。また江藤は、小林のベルクソンや柄谷のように、いや終生の敵であった大江健三郎のようにさえ、西洋の思想家に取り組もうとはしなかった。また同年代で早く死んだ前田愛のように、西洋の文学理論にもさほどの関心は遂に持たなかった。あるいは江藤とかなり近い仕事ぶりをしており、江藤が文藝時評で何度も取り上げた比較文学者の平川祐弘が、近代日本比較思想史をやる一方でイタリア文学研究でかなりの業績を積んだのに比べ、江藤はその種の仕事をしなかった。また、あれほど政治に対して意見を持ちながら、同年代の石原慎太郎のように自ら政界へ打って出ようともしなかった。また中村光夫のように次々と作家論を書くようなこともしなかった。たとえば谷崎潤一郎をかなり高く評価していたはずなのに、遂にまとまった谷崎論を書かなかった。

江藤が占領史研究をしているころ、文藝評論家としてのエネルギーの無駄遣いだ、と評されたものだが、むしろ江藤はエネルギーの無駄遣いばかりしていたように私には思える。たとえば『漱石とその時代』にしても、あれを江藤が書かなければならない必然性があったのか。『海は甦える』

にしても、文学者として小説を書きたいと思ったのは分かるが、なぜ江藤にして己れの才能の限界が分からなかったのか。結局、江藤は、文学者としてはあまりに「大義」の人だった。そのことを指摘したのが福田和也の「江藤淳氏と文学の悪」（『江藤淳という人』新潮社）であり、この評論は江藤が谷崎論を書けない理由を暗に物語っている。

江藤が「戦後」という時代を嫌悪し、殊にその日米関係に潜む欺瞞に拘泥し続けたのは言うまでもない。そして、その問題意識を受け継いだのが『アメリカの影』（講談社）で事実上デビューした加藤典洋《のりひろ》である。ここに、「文藝評論とは何か」という問題と「文藝評論家がなぜ日米関係や日本の戦後にこだわるのか」という問題が出来する。江藤は、アカデミシャンとしては比較文学を専攻していたことになっており、先に名を挙げた平川祐弘は「比較文学比較文化」専攻の「学者」であって、たぶん一度も「文藝評論家」と名乗ったことはないと思うが、『和魂洋才の系譜』（河出書房新社）に始まる膨大な量の仕事は、時に文藝評論の相貌を帯びるし、事実『新潮』という文藝雑誌に掲載されることが多かったのである。平川は、かつて武藤康史によって、日本でほぼ四十年ぶりに「学問」を「読める」ものにしたと評されたほどで、文章は平明にして明快、「学者臭がしない」と言われる。かつ平川は、明治以後の日本と西洋の関係を問いつづけ、遂には『平和の海と戦いの海』（講談社学術文庫）、『米国大統領への手紙』（新潮社）のような太平洋戦争論も書いた。

要するに、米国にもノーム・チョムスキーからソンタグ、サイード、ガヤトリ・スピヴァクなど、英国にはレイモンド・ウィリアムズからテリー・イーグルトンといった、政治に口出しする文学研究者や学者はいて、ただ英米が「戦勝国」であったために彼らが反体制派たりえたのに対し、戦後日本は「敗戦国」であったために、米国によるイデオロギーの遠隔操作がなされていたので、江藤や平川のような文人が出た、と考えておけばいいのかもしれない。なお、作家の中上健次は江藤との対談で、一時期「江藤淳隠し」があったと言っていたが、実際には、七〇年代後半に、一種の「文藝評論家空位時代」があったと言うべきである。その当時、吉本隆明もやや忘れられた存在だったし、柄谷はちょうど『マルクスその可能性の中心』（講談社学術文庫）を本にしていたが、あまり一般の話題にはなっていなかったからだ。それが八〇年代に入って、浅田彰の登場により、吉本が角川文庫でリヴァイヴァルし、柄谷が表舞台に躍り出、江藤も七九年に『決定版 夏目漱石』が新潮文庫に入ってからじわじわと復活したのである。

さて柄谷行人である。この人は、『現代思想』臨時増刊の柄谷特集などを見ると、もはや学術研究の対象にすらなっているらしい。だから幾分どうでもいいことを言っておくと、奥泉光の『「吾輩は猫である」殺人事件』（新潮社）が出たとき、折込み付録で奥泉と柄谷が対談しているのを見て、「この人はまだ現代文学に関心があるのか」と驚いたことがある。また、もともと柄谷の弟子筋に当たり、『それでも作家になりたい人のためのブックガイド』という本で、「今どき作家になどなりたがる者への蔑視」を表明した絓秀美と渡部直己のうち、渡部は『日本近代文学と〈差別〉』（太田出版）では、文学こそが差別を生み出すのだ、撲滅してしまえ、とまで言いながら、その後の『不敬文学論序説』（同）では文学善玉観に戻ってしまったこと、絓はまた本稿冒頭に掲げた座談で「時代はもう社会学のほうに向かっている」と言いながら文藝雑誌を丁寧に読んでいると言われていたことなど、要するに、この人たちが、福田和也まで含めて、「文藝」を捨てられない、その理由が問題なのである。

「文藝評論」はいかに終わるか

マックス・ヴェーバーは、『職業としての学問』で、学問は「価値自由」でなければならない、と述べた。政治について自分の意見を述べたり、いわんや社会を変えようとしたりするのは、政治家の仕事であって学者の仕事ではない、と。むろん、ヴェーバーの言うことが守られているわけではない。政治学者も社会学者も、学問のかたわら、意見を言うことは少なくない。しかし、先述したように、文学研究者というのは、もともとあまり現代の作品を研究対象にしない上、作品の評価についてもさほど積極的には行なわない。米国などでは、文学作品の評価は、『タイムズ文藝付録』のような形で、ジャーナリストや新聞記者によって行なわれている。だから、作品がペーパーバックになった際、バックページに引用されるのは、文藝評論家の作品評ではなく、新聞・雑誌の評である。日本でも、新聞の文藝記者というのはいて、記者による文藝時評めいたものが書かれることもある。だが、このまま米国型へ移行するだろうと予想できないのは、「新聞・雑誌」の性質が、日本と西洋では違っているからである。

既に多くの人が指摘しているように、西洋では、新聞・雑誌は、インテリ向けのものと大衆向けのものにはっきり分かれている。日本にもむろん、夕刊大衆紙のようなものはあるが、全国紙・地方紙を問わず、「インテリ向け」新聞というものは、ないと言ってもいい。たとえば『タイム』のような雑誌の英語は、かなり凝った、レトリックを駆使した文体で書かれていて、生半可な英語力では読み解けない。これに対し、日本の新聞記者は、幅広い階層を読者に想定して文章を書くから、こうした文章にはならない。すると、文藝に造詣の深いインテリ向けの時評は、わずかに文藝時評を蓮實重彥や小森陽一が担当した場合にしか見られず、結局、本格的な批評文は、文藝雑誌の類に掲載するほかなくなるのである。また、日本の新聞の文藝時評や書評は、読者が知的中間階層であることも考慮されてか、作品を酷評したりしないのが普通だ。しかし、批評は時に酷評も必要なのだが、実は文藝雑誌類でも、易々と酷評は載せられない。この事態を破砕しようとしたのが、あえて悪役を引き受けた福田和也だったと言えるだろう。江藤淳もまた、『自由と禁忌』(河出文庫)で、丸谷才一の『裏声で歌へ君が代』の仲間褒めを暴露することに始まって、半分を批判に費やして一書を書き上げたが、損な役回りであったことは否めない。

しかし、晩年の中村真一郎が書いていたように(『読売新聞』一九九四年四月二十～二十二日、大阪版)、文藝評論の主な対象である小説というジャンルは、その生命力を既に二十世紀半ばで枯渇させてしまったのだ。それでも時に、見るにたる作品が出てくることはある。しかし、それはそれだけのことだ。「朝日新人文学賞」の選評で、選考委員の村上龍は、「日本の近代化が終われば、日本近代文学の枠組みと方法論は有効ではなくなる。だが、日本近代文学の枠組みと方法論は制度として残っていて、いまだに日本近代文学風の小説が量産されている」と書き、「どのような状況にあっても文学は社会的に必要なものだという幻想的な前提にわたしは立っていないが、そういった幻想を直接的に否定するのはわたしの仕事ではない」と、いささか村上らしからぬ、苦しげな表現をしている（『小説TRIPPER』二〇〇〇年夏季号）。その後、村上は芥川賞選考委員になり、当初は勇ましいことを言っていたが、長嶋有の『猛スピードで母は』のようなおよそ作文としか言えないような作品を褒めているのを見ると、もう真剣に文学に取り組む気はなくしたらしく思えた。何のことはない、「小説」というジャンルが終わりつつあるのだ。

ならば、「文藝評論」というジャンルも、それに伴って終焉していくのか。私は、次のように考えている。この十年ほどの間、つまり一九九〇年代以降に出版された本で、私にとって刺激的だったものをいくつか挙げてみたい。井上章一の『美人論』（朝日文庫）と『法隆寺への精神史』（弘文堂）、斎藤美奈子の『妊娠小説』（ちくま文庫）、吉田司《つかさ》の『宮澤賢治殺人事件』（太田出版）、佐野眞一の『東電OL殺人事件』（新潮社）などである。このうち、著者として「文藝評論家」を名乗っているのは斎藤だけであり、井上は学者で、吉田や佐野はノンフィクション作家である。また内容的にも、井上のものは、風俗や建築をめぐる言説史的な研究であり、吉田のものは、対象こそ文学者だが、むしろその伝記の暗部を突くものだ。だが、これらの書物が刺激的だったのは、内容もさることながら、それぞれが固有の「文体」を持っていたからである。井上の文体がどれほど軽そうに見えても、斎藤の文体がふざけ過ぎているように見えても、その内容は文体さえ変えれば十分学問的なものたりうるのである。そして逆に、斎藤を除いて、「文藝評論家」と名乗る人たちの著作で、これらに匹敵するほど刺激的なものはなかった、というのが実情なのだ。また、いま挙げた数冊は、社会科学の学者などが書くような、一、二年程度の命脈しか保ちえない「評論」とも類を異にしている。

これらを総括する名称として、もちろん「文藝評論」とは言えないだろう。せいぜい「人文評論」とでも呼ぶしかない。しかし、しかるべき内容と文体を持ち、かつ一般読者にも「読む」ことの可能な書物として、これらは往時の「文藝評論」の位置を占めているとさえ言えるのではないか。このうち、『法隆寺への精神史』だけは、『文學界』という文藝雑誌に連載されているから、しかるべき位置を与えられていると言えそうだ。ただ、これらの作品に匹敵するだけの衝迫力を持ったものが、いわゆる「文藝評論」のなかからこのところ出ていない、という気がする。読書界に広く迎えられた、という意味では秋山駿の『信長』があるが、これまた、著者が「文藝評論家」と名乗っているというだけであって、題材としては明らかに文藝ではない。その他の、いささか社会的影響力のある「文藝評論家」たちも、社会的に影響を与えているのは、政治や社会に関する著作や発言であって、文藝―評論そのものではない。

もし日本の文藝評論が、冒頭で宮崎哲弥が言ったような鵺《ぬえ》的な性格を失い、文藝そのものを論じて、文藝機能論や文藝本質論へと進むなら、それはもはや文藝学の学術論文と変わりないものになるだろう。また、最近一部の文藝雑誌が指向しているサブカルチャー批評のようなものも、既にアカデミズムの一部が研究対象にしつつあることを思えば、早晩同じ状態に落ち込むことが予想される。文藝評論は、消滅するか、文体を持った人文系評論へと転換していくか、どちらかの道を選ばざるをえないだろう。そしてこの場合の「文体」とは、柳田—吉本的な不必要に晦渋な文体でも、保田—福田的な擬古典的な美文でもないだろうと私は思っている。

Ⅰ　文壇を遠く離れて

「文壇を遠く離れて」は、『文學界』（文藝春秋）の二〇〇一年二月号から二〇〇二年一月号まで連載された。収録にあたっては、順序を並べかえ、適宜修正・追加されている。

川上弘美における恋愛と幻想

はて、いつからこういう作品が「純文学」として扱われるようになったのだろう。

川上弘美の『神様』が上梓された時、私はこれを絶賛する文章を新聞に書いた。その気持は今でも変わっていないが、その翌年上梓された『溺レる』には、あまり感心しなかった。前者はドゥマゴ文学賞（久世光彦選考委員）と紫式部文学賞、後者は伊藤整文学賞と女流文学賞を受賞した。芥川賞受賞後、やや方向性を定めかねていた川上は、ようやく短編作家としての資質を見いだしたように思える。昨年暮れに出た『おめでとう』は、その間に非文藝雑誌に書いた雑多な短編を集めたもので、玉石混淆の印象を受けるが、最近の文藝雑誌では、『蛇を踏む』の延長上にあるような短編（「荒神」『文學界』十二月号、「海馬」『新潮』一月号、「うごろもち」『文學界』二月号など）を着実に発表している（後記。その後『龍宮』文藝春秋に収録）。けれど、『神様』は、旧来の文体観に照らすならば、明らかに「メルヘン」の文体である。それで、冒頭の疑問が生まれたのだ。むろんそう問えば、多くの人は吉本ばななの登場をその転換点として挙げるだろう。しかしそれにも先駆がなかったわけではない。一九七五年に上梓された柴田翔の『ノンちゃんの冒険』も、いくぶんメルヘン調の文体を用いた「妊娠小説」であって、そこに文月《ふみづき》今日子や大島弓子の影響が重なってばななの登場になったのだと、文学史的には言えるだろうし、逆にヴァイオレンス小説的な文体を用いる村上龍のような存在も、「純文学」的文体の基準を変えたと言えようし、そこでは松浦寿輝の小説などは、まるで初期古井由吉が蘇ってきたように見える。とは言え、ばななの扱いには年長の文学者たちもやや困惑したようで、芥川賞は取らず、泉鏡花賞（『キッチン』）と山本周五郎賞（『TUGUMI』）という、純文学プロパーではない場所に位置づけられた。後続する江國香織にしても、坪田譲治文学賞（『こうばしい日々』）と山本有三記念「路傍の石」文学賞（『ぼくの小鳥ちゃん』）だから、人気はあるが純文学作家としての評価はまだ定まっていない（後記。その後山本周五郎賞を受賞）。川上は『神様』所収の短編では、もっぱらファンタジックな世界を扱い、『溺レる』では、いくぶん違った、しかしやはり非現実感の漂う文体ないしファンタジックな内容で色恋の世界を描いた。そのことが、伊藤整、女流文学賞という純文学方面の評価を得たのだろう。

作家の側の事情とは別に、受け皿としての批評家の側にも、一つの流れがある。川上の直接の先行者は、恐らく唐十郎だ。一九七〇年前後の日本で、色恋とファンタジックな文体（唐の場合はパフォーマンスとしての文体を含む）を結合させたのは唐であって、これはまさに天才のみがなしうるトゥール・ド・フォルス（力業）だった。唐の小説作家としての資質は、十分評価されなかった『下谷万年町物語』に示されているが、メルヘン風作家としての資質は、NHKのドラマのシナリオ群（『安寿子《やすこ》の靴』など）や、それを散文化した『雨月の使者』などに示されている。

同時に、泉鏡花の再発見ということもある。それまで専ら、『婦系図』や『日本橋』のような新派悲劇と、わずかに『高野聖』のような異色幻想作品の書き手としてのみ記憶されていた鏡花は、『草迷宮』の魅力を澁澤龍彦が再発見した頃から、『夜叉ケ池』『天守物語』のような幻想的戯曲、あるいは『春昼《しゅんちゅう》』を始めとする作品群が再評価されるようになり、戯曲は映画化、舞台化され、今日の鏡花ブームに繋がっている。同時に、夢野久作のような異端作家が再評価され、一九七〇年代末には「幻想文学ブーム」が訪れ（『国文学 解釈と鑑賞』が幻想文学特集を組んだのが一九七九年である）、八二年に創刊された『幻想文学』が、村上春樹（『羊をめぐる冒険』）や日野啓三（『抱擁』）のような「純文学」作家の幻想的作風を評価することによって、流れが決定的になった。昨年の『ユリイカ』の鏡花特集でも、澁澤と伴走していた観のあった種村季弘が川上と対談している。その一方で、こうしたドイツ・ロマン派的な、予め定められた鋳型に則って作品を再生産するだけの「幻想文学」への批判者として、浅田彰や小林康夫のような批評家たちもいる。確かに鏡花は、せいぜい藝者・娼婦を扱ったものと幻想的なものとの区別ができる程度で、生涯にわたって同じことを書きつづけ、発展というものがなかった。澁澤龍彦の仕事も、浅羽通明がいかに擁護しようと（『澁澤龍彦の時代』）、事実上「西洋おもしろ裏話」の語り手だったと言わざるをえない。

色恋と幻想をつなぐもの

自然主義擡頭以後の日本文学では、基本的に「純文学」は、広い意味でのリアリズムに基づいていた。そのため鏡花はほとんど孤立状態にあったが、谷崎や芥川がわずかにその幻想趣味への傾きを示したほかは、石川淳、安部公房、そして倉橋由美子が、フランス系超現実主義の影響下に非リアリズムの系脈を受け継いでいたが、安部は晩年、石川は死後、忘れられた作家になり、倉橋も事実上、現役の純文学作家だとは言えないし、成功したのはむしろリアリズムの「山田桂子」シリーズの方だった〔後記。倉橋はその後『よもつひらさか往還』を上梓〕。そして既に述べた通り、唐十郎のドイツ系幻想趣味が、SFからもいささかの養分を得ながら肥え太っていったのである。

しかし、鏡花の場合、色恋ものと幻想ものの間には一つの連続性がある。それは、『草迷宮』と『日本橋』を繋ぐ「姉」モティーフを見ても明らかだ。それが唐においては「妹」に変わっていると言えるだろう。が、女性作家である川上において、他界的なものとして措定され、色恋ものと幻想ものを繋ぐのは、こうした女性元型的なモティーフではありえない。代わりに登場するのは、デビュー作である「神様」に出てくる「くま」だったり、蛇だったり、つまり人獣混淆譚の系譜に連なるもので、これはグリム童話にも、『日本霊異記』にも『蘆屋道満大内鑑』にも『南総里見八犬伝』にも、ホフマンの『黄金の壺』にも、アプレイウスの『変身譚（黄金のろば）』にも出てくる、かなり普遍的な主題であり、鏡花も用いることのあるものだが、問題は川上の場合、「女＝獣」ではなく「男＝獣」だということだ。誰でも気づくように、川上の数年前に芥川賞を受賞した多和田葉子の『犬婿入り』はあからさまにこの主題を扱ったものであり、近年評価の高い歌人の水原紫苑もこのモティーフをよく用いる。だが、言うまでもなく、男女の位置をたやすく逆転させることはできない。『黄金の壺』には、初期ロマン派通有の、そしてその後の文藝や思想を支配した、女性の他界性が男を凡庸な日常から救抜するという設定と、男の母胎回帰的な願望が投影されている。だが、『八犬伝』の伏姫《ふせひめ》にとっての犬の八房《やつふさ》は、そういう存在ではない。近代文学的に伏姫―八房の関係を読むならば、獣はそこでは女性のナルシシズムと、現実の男からの逃走の表象でしかなく、人獣の色恋が描かれるわけではない。それかあらぬか、「海馬」では、「女＝獣」の図式になっている。

たとえば『神様』で「恋」の話題が出てくるのは、語り手の友人であるウテナさんをめぐってである（「河童玉」）。とはいえ、これは「愛恋の病」に罹って妻との交合ができなくなった河童が、たいへんな失恋をしたばかりのウテナさんに相談を持ちかけるという話である。あるいはその次に位置する「クリスマス」では、コスミスミコという女性が「チジョウノモツレ」から刺されて幽霊になったとか、そういうたわいのない話にすぎない。ここでは「恋」そのものが描かれているというより、語り手とウテナさんあるいはコスミスミコとの女性ホモソーシャルな関係が描かれているだけだ。

そして、私には成功したとは思えなかった長編『いとしい』を書いた川上は、『神様』連作で文体を練り上げるかたわら、再度短編形式で色恋を描こうとした。それが『溺レる』連作である。しかしそれらは、最後の「神虫」と「無明」を除くと、「メザキさん」「ナカザワさん」などと呼ばれることで、どうやら妻子持ちの男らしく思われる人物と主人公の女性との性愛をスケッチした、金太郎飴のようにどれも似たような、ただ文体が独特だというだけの凡作になってしまっている。川上は、決して時流に乗って「性愛」を描こうとしているのではない。これは私の直観に過ぎないのだが、色恋は川上にとってぜひ書きたい主題なのだ。ところが、紫式部やラファイエット夫人以来、女性の書く恋愛小説は、多くが心理小説になり、リアリズムになる。ここでも例外的に尾崎翠がやはり忘れられ再発見された存在として、ファンタジックに恋愛を書いた作家として過去に存在したけれど、尾崎のやり方ははなから寡作であることを運命づけられたものだ。鏡花のように、ファンタジックな舞台装置と文体のなかに、「女」を位置づけるように「男」を位置づけるのは、実は至難の業なのである。フェミニズム批評が正しく言い当てているように、女を他界的な存在として崇拝するのは、人間外のものとして異者扱いすることと裏腹の関係にあるからであり、そうした男女の性愛関係は、たとえば平塚らいてうと奥村博のような（まさに男を「ツバメ」という動物の名で読んだのがらいてうだった）ものか、SMの女王さまと崇拝者のような関係としてしか範型が存在せず、川上はそのような関係を描きたいのではないからだ。『溺レる』を読むかぎり、「溺レ」ているのは男ではない。川上は極めてヘテロセクシャルな作家であり、それゆえに久世光彦を始めとする年長の男性文学者の評価が高いのである。そのメルヘン的な文体が「少女小説」を思わせたとしても、そこには高原英理《えいり》〔男＝小谷野注〕がいう「少女型意識」は存在しない（『少女領域』国書刊行会）。あるいは本田和子《ますこ》のいう「常処女性《とこおとめ》」も存在しない（『少女浮遊』青土社）。これらの少女意識はいずれも、高慢でなければならないのだが、川上のヒロインたちにはそういう意識はまったくない。『溺レる』は、文体さえ変えれば、たちまち髙樹のぶ子流の全共闘世代的恋愛観が露わになってしまうような危うさを持っているのだ。

ジェンダー意識の拘束

私たちは、ジェンダー意識を持たずにテクストに「純粋に」向き合うことはできない。たとえば、主人公が一人称で語る作品の場合、私たちはまず、作者のジェンダーと同じ人物を想定してしまう。かつて私はフランス語でマルグリット・デュラスの『ジブラルタルの水夫』を読んでいて、一人称の主人公が男であることに気づくまで、私のフランス語の能力の問題もあろうが、長いことかかった。実際、作者のジェンダーと一人称主人公のジェンダーがずれている作品は少ない。もしずれている場合、作者は誤解を避けるために、女性作家が男を一人称の主人公にするなら「僕」を使ったり（もちろん英語やフランス語ではできない）、早めにその主人公のジェンダーが明らかになるような場面を設定する。水原紫苑《しおん》の初の小説「名医K」（『すばる』三月号）など、「私」一人称の語りになっているので、その恋人のブランシュが「彼女」と呼ばれて初めて「私」が男らしい、と分かる。同時に読者は、背景が鮮明でない場合、一人称の主人公を作者本人と重ね合わせるという傾向があり、これは作者の写真などが頻繁に公表される現在、いっそうその傾向は強まっている。たとえば河野多惠子の作品を読む時、読者はその主人公を河野と重ね合わせていいのかどうか、判断に迷うだろう。逆に立松和平の『遠雷』連作を読む人は、往々にして立松が農家を経営していると思ってしまう。むろん保坂和志の『季節の記憶』を読む時、テクスト外の情報なしには、保坂に子どもがいないなどとは夢想だにしない。

しかしそれはリアリズム小説に限らないのである。たとえば『神様』連作を注意深く読んでいくと、「わたし」とされる主人公が女であるという決定的な徴《しるし》は、容易に見つからない。単独で発表された「神様」でも、「暑くない？」といった台詞から女である確率が高いと見なせるだけなのである。順に読んでいくと、「河童玉」で「ウテナさん」が出てきて、「わたし」はウテナさんの親友だということになっており、ウテナさんの「だいいちあたしったらこないだ失恋したばっかりなんじゃないのっ」という台詞でウテナさんが女であるらしいと推定され、「男河童」たちが「わたし」とウテナさんに寄ってきて交合を迫るのでようやく「わたし」も女だと特定できる、そこまで行かなければ、「わたし」が女である確証は得られないのだ。しかし恐らくほとんどの読者は、「わたし」が女であることを、はなから疑わない。テクストが純粋に存在するというのは幻想でしかないのだ。むしろ川上は、ほぼ無意識にそれを効果として用いている。読者は、突然ヒロインの名前で始まるような小説とは異なる幻想味を、川上の作品から感じ取る。「神様」の最後でくまと抱擁する主人公が、男である可能性は否定できないのに。

『溺レる』は、どうだろうか。冒頭の「さやさや」では、三ページ目で一人称主人公が「サクラさん」と呼びかけられ、日本人としてはこれは女の名であると推定できる。実は「ウテナさん」もまた、姓としての「臺」であるとすれば、女である必然性はないにもかかわらず、女性名であると漠然と思わされつつ作品は始まっているのだ。しかし結局、私たちは、作者が女であることも、その年齢も、そして少女のような容姿も知っている。ベンヤミンが複製技術について「複製されることでアウラが消える」と言ったのとは別の意味で、そうした要因はもはや無視できない。さらに言ってしまえば、その清潔感の漂う容姿が、日本文学史上で稀有な存在であることも否定できない。じじつ私は『神様』を絶賛したことについて、「あれは美人やったからとは違うんですね」と井上章一氏から確認されたこともある。それは否定したが、川上の容姿を知っていることが『神様』を読む際にまったく影響しなかったと言い切るのは難しい。鏡花作品の主要人物は、男なら書生、高野聖、学者、女なら藝者や藝人といった、成人男女の日常性からは切り離された者たちだ。『神様』が成立するのは、叔父の亡霊や河童や人魚の真ん中にいる「わたし」が、二十代のような四十代のような、仕事があるようなないような(『あるようなないような』は川上のエッセイ集の題である)、結婚しているような独身のような「女性」だからである。

だが、『溺レる』連作には、紛れもない「成人男性」が登場してくる。そしてそれは明らかに学生ではなく、「わたし」を如上の理由から若くとも三十代と見なす読者の想像力には四十五がらみの男と見えてしまい、その途端、仕事は、家族は、といった現実が流入してきて、メルメンの世界は崩れるのである。これを避けようとすれば、女の場合とは逆に、男を、「浮世離れした」という印象のある、地方の大学で古代史や『万葉集』を教えている独身の大学教授とでも設定するほかない。市川森一などがよく使う手だ。『神様』所収の「離さない」に出てくるエノモトさんという男は、やはり画家兼高校教師という、浮世離れを印象させる職業だ。川上が、いかに独自の文体と語彙を駆使しても、読者の想像力が、四十過ぎの男に関して現世的にしか働かない現状では、それは、家庭や仕事を持つ中年男と、よく素性の分からない、けれど人並み以上の容姿を持っているのであろう女との「不倫」関係というありきたりのものになってしまう。「クリスマス」の「チジョウノモツレ」と、「溺レる」の「アイヨクにオボレる」が、同じように片仮名書きを使っていても、男が現にそこにいる設定の後者では、その効果は薄い。少なくとも私には、薄く感じられる。「さやさや」には、女の放尿の場面が、「可哀相」には、SMプレイめいたものが、「無明」では、男の目の前での女の野外オナニーが描かれる。むろん川上は、「SM」や「オナニー」といった言葉を使わない。「自慰」「情交」「交合」「姦通」といった、やや古めかしい言葉を使う。「百夜」と「無明」は、情死を試みて生き残った男を見ている死んだ女と、姦通の果てに不死になった男女を描いて、幻想味は前半の作品群より優っている。「百年」が、漱石の『夢十夜』を意識しているのは明らかだが、それも殊更な効果を挙げてはいない。

顔なき世界

高橋源一郎が、渡辺淳一の『失楽園』を評して言ったように、男女の周囲の社会が描かれずに性的な場面ばかりが描かれると、それはポルノグラフィーになってしまう（『文学なんかこわくない』）。もちろん『溺レる』には、精細な性愛描写はないが、少しはある。ちょうど大庭みな子の、「純文学ポルノグラフィー」と謳われた『寂兮寥兮《かたちもなく》』を想起させるが、江藤淳はこれを批評して、全編を「ある不可思議なエネルギーの欠如」が覆っている、と述べた（『自由と禁忌』）。江藤は老子『道徳経』を引き合いに出して論じたのだが、いずれにせよ「エネルギーの欠如」感だけは、『溺レる』と『寂兮寥兮』は似ている。昭和三十年ならいざ知らず、今どき、この程度の性描写に興奮する者がいるとしたら、ポルノ小説を読んだことがない者だけだろう。あるいは、情熱的な性愛のただなかにいる者だけが、『溺レる』に感動できるのではないか。たとえば鏡花の作品に出てくる女には、容貌の描写がない、と言われる。アダム・カバットはそれを「顔がない」と評したが、『溺レる』では、男に顔がない。どの男もどの男も、「ユキヲ」と唯一呼び捨てにされている「亀が鳴く」の男を例外とすれば、みな似たような印象しか与えないし、それはちょうど人形浄瑠璃の世話場に出てくる恋する男女が、「源太」「若男」および「娘」といった同一の「かしら」によって表わされるのと似た単調さなのである。そしてここには、男女の間の感情の移り変わりというものがほとんど描かれない。なかんずく、女の側は冒頭から一貫して男に「溺レ」っぱなしである。これは、二葉亭の『浮雲』以前の、徳川文藝の世界だ。川上は、「アイヨクにオボレ」きった状態を、「ミチユキ」を描きたかったのだろう。鏡花もまた、初期の『外科室』から晩年の『薄紅梅』に至るまで、男に溺れきった女を描きつづけた。ただ鏡花を救ったのは、複雑な語りの技法である。小話的な綺想を短編で弾けさせるのを得意とする資質を持つ川上に、この主題は重荷に過ぎたのではないか。男の姿を正面に出すと、「どうにもこうにも」(『おめでとう』所収)や「ユモレスク」(『群像』一月号)のような失敗に陥ってしまう。情熱恋愛において瞬時感じ取られる忘我や恍惚を結晶状態で文藝化するのは、小説という形式においては極めて難しい。それは西洋なら叙情詩、日本なら和歌によって表現されるのが最も適当なのであって、小説というのはそういう感情を表現するジャンルではないのである。そして『溺レる』連作に全共闘世代的恋愛観を感じてしまうのは、それがノスタルジーに支えられていることが自覚されていないからである。

別の例を挙げると、桃谷方子《ももたにほうこ》の『百合祭』は、七十代から九十代にわたる老女たちが、七十九歳の色男に魅せられて、みなが彼と「実事」に至ることはないままに体を合わせ、最後にそのことがばれるという、ユーモアの漂う傑作だが、これもどことなくメルヘン調である。「招き猫銀行」などという名前が出てくる以外、どことといって決定的にメルヘンの要素はないのだが、札幌という「植民地都市」を舞台にし、老人たちという、現世から一応は降りた者たちを登場させ、性愛といっても挿入行為が不能な状態に置かれていることが、その効果を生み出しているのだと言えるだろう。ところが、この「老人性愛」路線の延長として書かれたのであろう桃谷の『青空』は、老人と女子高生が体を合わせるまでを描こうとして、みごとに失敗している。それはやはり、設定自体にリアリティーがなさ過ぎること、さらに女子高生の恋人である青年の描写が陳腐に過ぎることから来ている。老人同士の性愛は、小林照幸の『熟年性革命報告』(文春新書)に描かれているような現実の裏付けを持っているのだ。もし老人と若い女が体を合わせる場面を書くのなら、女の年齢を三十前後まで上げるしかないだろう。

要するに非リアリズム小説であっても、どこかで現実と繋がっており、読者の想像力に規制されているのだ。

(二〇〇一・四)

「天皇と文学」という問題は存在するのか

井上ひさしの『紙屋町さくらホテル』が、四月の再演を前に、他の二つの戯曲と合わせて上梓された（小学館）。この初演は一九九七年十月から十一月、新国立劇場中劇場で、同劇場の柿落《こけら》し公演として行なわれ、概ね好評をえた。しかし、その際直ちにこれを批判したのが絓《すが》秀美である。「井上ひさしと天皇制」と題されたそれは、『演劇誌キマイラ』第二号（九八年十月）に掲載され、すぐに絓の批評集『小ブル急進主義批評宣言』（四谷ラウンド、九九年一月）に収録された。この書物に関しては私は高い評価を加えたのだが、実はこの井上論は初出の際に読んで、納得のいかないものを感じていた。

『紙屋町』（以下このように略記）は、昭和二十年五月を舞台に、長谷川清という海軍大将が昭和天皇の密使として、本土決戦が可能かどうか日本各地を見に行く過程で、広島において「さくら隊」と名付けられた演劇団に出会う物語である。しかしプロローグとエピローグは、敗戦直後のこととして、巣鴨拘置所を訪れた長谷川と、戦争中は陸軍中佐で現在はＧＨＱに雇われている針生という男との対話になっていて、そのさくら隊での思い出を語りつつ、最終的に天皇の戦争責任が追及されるという構成になっている。さて絓は、井上が「戦後民主主義者」であると言い、しかしそのことは同時に「天皇主義者」であることをも意味するのであり、『しみじみ日本　乃木大将』から『紙屋町』に至る作品で、自ら天皇主義者であることを認めている、と述べている。確かに井上は、不破哲三との共著『新日本共産党宣言』（光文社）ではっきりと、象徴天皇制は民主主義と矛盾しない、と書いているし、今回調べてみて、戦後の象徴天皇制を否定した文章を見出すことはできなかった。ところが皮肉にも、井上の実生活を暴くために書かれた元妻の西舘好子の『修羅の棲む家』（はまの出版）では、井上が激しい反天皇主義者だったことが明らかにされているのである。だから井上は公的には本心を隠してきたということになるのだが、絓がここで行なおうとしたのは、時論家として、新国立劇場の開場に、日本民族の始原を称揚する團伊玖磨のオペラ『建・TAKERU』と並んでこの『紙屋町』が上演され、前者は陰に陽に批判に晒されながら、後者はそのような声が聞こえないことを突き、一九七〇年以降の微温的な「リベラル」がうやむやに天皇制と結託してきたことを批判しつつ、井上の劇作家としての過剰な声望を暗に批判することだったのだと思う（『建・TAKERU』については、拙著『中学校のシャルパンティエ』青土社で論じた）。実際、「昭和庶民伝三部作」（『きらめく星座』など）や『ある八重子物語』『シャンハイ　ムーン』などでの井上戯曲の成果は、その声望に比して、たとえば『化粧』における達成からは数段劣る出来だった。だが、『紙屋町』は、それらの延長上にありながら、優れた仕上がりになっているというのが私の判断であり、それは長谷川海軍大将という人物を導入したからにほかならない。

『紙屋町さくらホテル』の達成

私たちは、八〇年代以降、ある種の芝居を繰り返し見せられてきた。それは、音楽や演劇や文藝のような藝術に生きる「非政治的」な人々がいて、しかし昭和初期という時代のなかで彼らの行動は制約を受けるようになっていく、という筋のもので、往々にしてそこで悪役を演じたのは憲兵だったり、戦争そのものだったりする。この型の演劇の嚆矢となったのが七九年の斎藤憐『上海バンスキング』であることは異論のないところだろう。そして「昭和庶民伝三部作」以降の井上こそ、最も精力的にこの種の芝居を書きつづけてきた張本人であり、ほかに近藤富枝原作、マキノノゾミ脚本の『本郷菊富士ホテル』も、その一変種と考えていいだろうし、井上の作のタイトルは直ちにこれを連想させる。ただし、『本郷菊富士ホテル』の場合、アナキスト大杉栄などが登場するが、他のこの種の戯曲に顕著なのは、その人物たちが、ことさら政治には関心がない善良な人々として描かれ、彼らがいつしか「天皇制国家」の戦争に巻き込まれていく、という構図を取っていたことだ。正直言って、私はこの種の芝居につくづくうんざりしていた。これこそ「戦後民主主義的」欺瞞にほかならない。あるいはノーマ・フィールドの『天皇の逝く国で』(邦訳、みすず書房)に私が不満なのも、フィールドがそこで、ことさら天皇制に反対しているわけではない人々が天皇制に巻き込まれていく、という視点を取っていたからだ。だが、『紙屋町』に登場した長谷川大将は、昭和天皇に近侍し、これを深く敬愛する人物だ。その長谷川をして戦後に、「和平を結ぶという基本方針をお決めになってからの陛下には、国民にたいして責任がある。御決断の、あのはなはだしい遅れはなにか。あれほど遅れて、なにが御聖断か」と言わせる、そこにこの戯曲の眼目がある。この芝居で最も印象的な場面は、絓も引いている次のような場面だ。劇団員たちが、稽古の一環として自分にとっての「かけがえのない人」の名前を口にするという局面で、長谷川は、「古橋さん〔長谷川の偽名=小谷野注〕の場合は、どなたなんでしょうね」と問われ、「(頷いて想う。そして)……陛下!」と言う。戯曲では、その後が、こう続いている。

一同、エッ? となる。

長谷川　(しまった)……!

針生　(ニヤリ)……。

この「しまった」は、素性がばれた、のしまったである。絓はここを指して「問題は、それが観客たちから笑いを取る場面でもあるということだ。登場人物たちにとっても、そしてもちろん今の観客たちにとっても、昭和天皇は『かけがえのない人』でありうべくもない――どうでもいい人(いや、人間ではない)である――が故に、天皇なのである」と言う。だが、この部分は、上演に際して、笑いを取る場面ではなかった。それどころか、長谷川役の大滝秀治が背筋を伸ばしながらもやや俯き加減で「陛下！」と言ったあと、確かに「エッ？」はあるが、「しまった」という表情は、見せていない。次の動きによって人々が長谷川から目を離すまで、大滝は微動だにしないのである。演出は、その後急逝した渡辺浩子だが、ここでは井上戯曲が渡辺の演出と鍔迫《つばぜ》り合いを演じており、勝ったのは渡辺なのである。そして、もしここで大滝が「しまった」などという表情を見せていたら、『紙屋町』はまたしても凡作になった虞れがあると言ってもいいくらいだ。なぜなら、昭和二十年五月という時代において、六十二歳の男が、「かけがえのない人」として天皇を指し示すことは、決して特異なことではないからだ。そして、絓はこう言うけれど、「今の観客」のなかに、十三年前の昭和天皇の病気に際して二重橋前で額ずいていた人々がいないとは言えまい。絓は引用箇所に先立ち、昭和天皇は「人間宣言」を行ない云々と書いているが、確認しておけば、世に「人間宣言」と言われているものには、「人間」などという文辞はなく、敗戦後初の年頭の詔書における「神ではない」旨の文言がそのように喧伝されたというだけのことであるとは、既に小堀桂一郎らの指摘するところである。絓の行論はあまり論理的とは言えないのだが、戦後民主主義は、天皇を「どうでもいい人＝非人間」として天皇制を延命させたと言いたいらしい。しかし昭和天皇危篤の際といい、現皇后のテレビ講演の際の騒ぎといい、本当に日本国民の多数派が、天皇、皇族を「どうでもいい」と思っているとは言えないのである。

ところで、『諸君！』三月号で高澤秀次は、雁屋哲原作の『マンガ 天皇と日本人』を痛罵している。高澤が雁屋を批判するのは、江藤淳批判の際に続けて二回目だが、いかにもためにする議論の感は否めないし、雁屋の言のうちで実はいちばん肝心な、天皇からは人権が奪われている、という箇所には高澤も応答しえていない。しかし、高澤の文中には、少なくとも二つの真実が書かれている。一つは、「戦後半世紀以上にわたって、『象徴天皇制』は国民多数が、これを積極的に支え続けてきたのである」という部分と、「日本のナショナリズムと天皇制の関係は、『科学』では説明がつかないのだ」という部分である。井上ひさしが「戦後民主主義者」と呼ばれる時、この呼称は、日本国憲法を、天皇条項、第九条ともに肯定し擁護する、という意味と、国民の多数、すなわち民衆に寄り添う、という意味とを持っている。そして井上が象徴天皇制容認を最終的に選び取ったとしたら、民衆がそれを望んでいたからにほかならない。先の長谷川の、天皇の責任は重い、という発言の後、針生は、天皇に名字がないのはなぜか、と問い、「ただの一度も王朝が変わっていないからです」「天皇家はこれまで一度も国民から否定されたことがない」と言い、それは天皇が宗教だからだ、と言う。長谷川はこれに反駁して、「陛下が……あの戦争を指導した者たちが、国民にたいして責任をとる。それだけがこれからの国民のものを考える判断の基準になるのだ」と主張する。この二人の対立は明らかに、井上ひさし自身の葛藤を示している。なぜこれほどまでの目に逢いながら国民は天皇を否定しなかったのか、井上は実はそう考えている。その葛藤がこの作品には見事に映し出されており、だから『紙屋町』は優れた達成を示したと私は考えているのだ。つまり、民主主義と天皇制が矛盾するというのは俗論であって、民主主義と近代主義が矛盾するのである（たとえば「人種差別はいけない」という近代主義は、民主主義の下では多数派によって否定されうるし、民衆がヒトラーやシャロンを選ぶこともある)。

同じ「演劇人」と言っていいであろう評論家の渡辺保も、この問題にこだわり続けている。『女形の運命』(岩波現代文庫)にもそれは出てくるし、その続編である『歌右衛門伝説』(新潮社)でも、歌右衛門が舞台から姿を消す直前の『大原御幸』(宇野信夫脚本)で、建礼門院が後白河法皇に源平合戦の責任を問い詰める場面に、昭和天皇の戦争責任を重ね合わせている。歌右衛門が戯曲を書いたわけでもないのに、ここでやや牽強付会と見える解釈を施してしまう渡辺のほとんど執念と言ってよいだろう拘《こだわ》りは、感動的である。しかし井上も渡辺も、ここでは昭和天皇の戦争責任しか論じておらず、天皇制そのものを問題にしえていない。

「比較」の欠如

さて、渡部直己が『不敬文学論序説』(太田出版)を上梓したのは九九年のことである。私はこれにもとりあえずの評価を与えたのだが、大杉重男らが言うように、いくつかの瑕疵《かし》がある。特に改めて気になるのが、渡部が「比較」の方法をまったく取らなかったことである。日本の天皇制は、他の君主制とどう違うのか、「不敬表現」は、他の君主制においても存在するのか、という比較である。たとえば英国で『風流夢譚』事件のようなことがあったか、セックス・ピストルズはテロ攻撃にあったか、といった比較である。最近の例で想起されるのは、むろんサルマン・ラシュディの『悪魔の詩』事件（その被害者が日本で生まれてしまったことは皮肉だが）であり、あるいはミュージカル『ジーザス・クライスト・スーパースター』をめぐる「冒瀆」という非難だが、いずれもイスラム教、キリスト教という宗教の、遠い昔の教祖をめぐるものだ。映画『ゴッドファーザーPARTⅢ』ではローマ法王の殺害が描かれているが、それがたとえばコッポラに対するテロ事件に発展したわけでさえない。つまり日本の天皇は、西洋に比すとすれば、あたかもイエスやムハンマドのような教祖が血統によって今日まで生き存《なが》らえ、かつ近代的法制度の下では君主であり国家元首である（対外的にはそうとしか言えない）という特殊な形を取っているのだ。

そして、先に高澤の言を正しいと言ったが、天皇がこのような特異な存在となったことに、科学的な理由など、ないのである。つまりそれは、歴史的偶然であるとしか言いようがないのだ。たとえばイタリアでは、第二次大戦の終結時に、ヴィットリオ・エマヌエーレ三世が、それこそ敗戦責任を取って退位し、ウンベルト三世に譲位したが、翌一九四六年に国民投票によって王制が廃止されている。ドイツでも第一次大戦の敗北によって君主制は廃止された。しかしいずれの国王も、つい七、八十年強以前までは、プロイセン、サルデーニャという一地方の国王だったものが統一近代国家の国王になったその子孫に過ぎず、日本で言えば維新の際に毛利や島津が国王になったようなもので、少なくとも千五百年は続いた皇統とは比較にならない。英国にしてもその血統の起源をどれほど遡ろうとも、千年弱以前にノルマン人の侵攻と戴冠があったことは否めず、王統は近世以後もたびたび途絶え、スコットランド、オランダ、ドイツなどから継承者が出ている。北欧諸国の君主制も歴史は長いが、途中他国の侵略に遭わなかった国はない。また日本が手本としたシナには易《えき》姓《せい》革命の思想が商周革命の正当化のために発生したので、王朝交替のみならず、他民族による支配さえ受けている。しかるに日本は近代に至るまで、他国の侵略に遭うこともなく、少なくとも十世紀以降は、西欧諸国のような王室間の通婚すら生じなかった。

そしてこれらはすべて、単なる偶然だ、というのが私の考えである。このことを推測ながら明瞭に述べたのが、海音寺潮五郎である。海音寺は、『平将門』や『海と風と虹と』のような、承平《じょうへい》・天慶《てんぎょう》の乱を扱った小説を書いて、この事件の際、天皇家は滅亡の一歩手前であったと述べ、これと、元寇を乗り切ったことによって、天皇家に対する特殊な崇拝の念が生まれた、と推測していたのだが、当たらずと雖も遠からずであろう。北条泰時は後鳥羽以下三人の上皇を承久の変で流刑にしたが、皇統は絶やさなかった。足利尊氏も絶やすことはせず、義満も織田信長も皇位簒奪には至らなかった(信長による簒奪の野望を知って明智光秀が立ったというのが半村良『産霊山《むすびのやま》秘録』である)。そして徳川期に入って、水戸学のなかから、天皇こそ日本の王であるとする議論が出てきたのであり、幕末の動乱期に一挙に大きな心的エネルギーを炸裂させたのであって、鳥羽・伏見の戦いで錦旗を見て怯んだ幕軍を捨てて江戸へ逃げ帰った将軍慶喜は、その水戸家の出身であるがゆえに、天皇家を滅ぼしても戦おうとはしなかったのではないか。「科学では説明できない」というのは、そういうことである。

天皇制を支えているもの

『近代文学』派とその周辺の、戦争責任を中心とした天皇制とは別箇の、文藝評論家のような立場の者たちによる天皇制論の流れのなかで最も印象的だったのは、『文藝』一九八六年夏季号の「【天皇制】という物語」特集であり、その中心になった柄谷行人・松本健一・笠井潔による座談会「天皇制——抑圧的融和の弁証法」である。絓が前掲文で言うように、ここでは山口昌男的な「中心・周縁」理論、ないしは構造主義、そしてロラン・バルトの日本論の影響が濃厚であり、座談会もほぼその方向で、天皇を「ゼロ記号」と見做す議論が展開されている。その三年後に昭和天皇が死ぬと、これに応じていくつもの天皇制論が出現したが、網野善彦の中世天皇制に関する理論を含め、それらはみなこの種の「天皇制の深層」を探ろうとするものだったと言っていいだろう。もっとも、それらの議論が学問的に何ほどかの意味はあるとしても、現実の天皇制を否定する力にはなりえなかった。唯一、柄谷との対談で、二重橋前で額ずく民衆を北一輝に倣って「土人」と呼んだ浅田彰のみが、事態を正確に言い当てていたと言えよう。

というのは、次のような理由による。「構造主義的天皇制論」の隆盛のなかで、「〇〇〇〇こそが天皇制を支えている」といった言い方があちこちでなされるようになったのだが、その際「〇〇〇〇」のなかには、「文化勲章を欲しがること」などと並んで、「天皇制を王権論の中に組み込むこと」とか、時には「天皇制を否定してみせること」などが挿入されたのである。この言い方にはいくつかの変形があって、たとえば絓秀美が福田和也との対談で、『不敬文学論序説』を書いた渡部が「天皇に甘えて」いると言うのも（『週刊読書人』九九年十一月五日号）、天皇主義者の芳賀徹が否定派の夏石番矢に「番矢さんの天皇制批判は、天皇制があるからできる」と言うのも、これの一種である（『シリーズ俳句世界2 笑いの認知学』雄山閣出版）。のみならず、『不敬文学論序説』の書評（『早稲田文学』九九年十一月号）で天皇制否定派の大杉重男が、浅田の「土人」発言を捉えて、これは「叛意」の表明であっても「叛逆」ではなく、だから天皇制を真に支えているのは「村上春樹ではなく夏目漱石であり、加藤典洋ではなく浅田彰である」と書いてしまうのも、この系列上に位置している。しかし、天皇制を支えているのは、輿論調査によれば「象徴天皇制はこのままでいい」と答える者が多数を占める日本国民なのであり、この種の言い方は端的にこの簡明な事実から目を逸らすためのものでしかない。大杉は「天皇制という差別体制への批判が、『土人』という語の持つ差別的意味の力を借りなければ威力を持たないとすれば、それは最初から破綻している」と言うが、大杉はここで、最近はやりの「機会の平等」と「結果の平等」を混同している。天皇制は、その家に生まれた者を否応なくその地位に法的に束縛するから「差別」なのであり、そのことを学ぶ機会がいくらでも与えられているにもかかわらず天皇制を支持する国民は「土人」がいけないなら「愚民」と呼べばいいのであって、もし多数派が常に正しいと考えることを民主主義と捉えるなら、浅田は民主主義者ではもちろんなく、浅田を罵倒する谷沢永一のほうこそが民主主義者なのである。

こうした、民主主義・大衆と天皇制ないし君主制との共犯関係は、『ルイ・ボナパルトのブリュメール十八日』から吉本隆明の「転向論」まで繰り返し指摘されているにもかかわらず、依然として「ロック歌手」が「反体制」だと思い込んで若者大衆から孤立してしまう小森陽一のような者が跡を断たない。

ところで『不敬文学論序説』は、『風流夢譚』事件がなければ書かれえなかっただろう。そして確かにこの事件以後、日本のマスコミが「自己検閲」を行なっているのは確かだ。日本では『風流夢譚』は初出誌で見るしかないが、北米あたりの日本文学研究者の間では、これが天皇制の抑圧性を示す事件と見做されている節がある。ただ厄介なのは、それが民間右翼によるテロであって国家による検閲ではなかったことであろう。だから、大逆事件と『風流夢譚』事件の間には断絶があると言わざるをえないのであって、これを強引に繋げようとする渡部の試みにも、これを受けた『批評空間』の共同討議「天皇と文学」(第二期二四号)にも、ある空虚さが漂うのは致し方ない。なお、漱石の『こゝろ』のKが幸徳秋水だのエンペラーだのキングだの、果ては『蒲団』の横山芳子が天皇だのといったあてことじみた議論は、正視するに堪えない馬鹿馬鹿しさである。天皇と文学という問題は例えば平安朝文藝における王権論としてなら成立するが、それは近代文学とは関係がない。かろうじて戦後において天皇が文学と関係するのは和歌を通じてのみであって、現代日本文学の世界で最も天皇制的なのは、俵万智の存在であろう。昭和天皇の死ぬ二年前に登場し、着々と国民歌人の地位を築いてきた俵こそ、近代になって恋歌を歌わなくなった天皇・皇族の代替者的・補完者的存在であって、ごく初期に浅田彰が（浅田の「正確」さはやはり飛び抜けている）俵を批判した後は、ほとんど俵への批判は「国民」の圧倒的支持のもとにタブーと化しており、斎藤美奈子でさえその構造に気づいていない模様なのである。「天皇と文学」を論じたいなら、まず俵万智を論じること、とだけ言ってこの稿を締めくくろう。

（二〇〇一・五）

〔付記〕 俵万智を「天皇制的」と評したのは日本文学者の百川敬仁《ももかわたかひと》氏である。私の創見ではないことを断っておく。

筒井康隆の現在について

筒井康隆が、まともに論じられなくなって久しい。教科書に掲載された「無人警察」をめぐる日本てんかん協会とのトラブルに端を発して、マスコミの自主規制への抗議の意味で筒井が九三年九月に「断筆宣言」を行ない、俳優として活動し始めた時、私は筒井がこのまま小説家を廃業するのではないかと思っていた。しかし断筆は三つの出版社との間に覚書を取り交わすことによって九六年十二月解除され、筒井は俳優業も続けながら、やはり旺盛な執筆活動を再開させたのである。三島由紀夫賞の選考委員も第一回から継続して続けているし、昨年は中篇『わたしのグランパ』（文藝春秋）で読売文学賞も受賞している。だが、多くの批評家たちはもはやまともに筒井の作品を論じようとはしなくなった。批評家たちが筒井に言及するのは、渡部直己が『不敬文学論序説』（太田出版）で、あらゆるものをパロディーの対象にする筒井が、天皇制だけは描こうとしない、と論難したり、絓秀美が執拗に、『文学部唯野教授』における「エイズ差別」を論《あげつら》ったり、断筆宣言の際にこれを非難した浅田彰は、遂には「無人警察」そのものまで批判するという勇み足（田中康夫との対談『憂国呆談』幻冬舎）を冒したりしている。渡部に対しては、そのようなことは批判の対象にならない、と大杉重男が繰り返し批判しているが、たとえば筒井は、『腹立半分日記』のなかの、若いころの日記で、小説のなかの「テンノー」を「ショーグン」に変えてくれと編集者から要請されたことを書いているし、全集に附したエッセイを集めた『玄笑地帯』では、「さて。天皇陛下のことであるが。と、ここまで書いたら横でじっと見ていた妻がまた顔色を変えた。（中略）やはりこれも書いてはいけないことらしい」と書いていて、職業作家として今の日本でやっていく上で、「天皇」がタブーであることを示しているのだ。また綷は、この種の教条主義的な批判を対象に応じて使い分けているとしか思えず、それなら村上春樹が『ノルウェイの森』と『スプートニクの恋人』で、レズビアン女性をあたかもホラー小説の化け物のように描いていることでも批判すべきであろう。浅田が、クルマを運転する権利を重大視して、クルマを運転されない権利を軽視していることは、別途指摘した（『軟弱者の言い分』三〇二頁）。かくのごとく、筒井をめぐる批評には、若いころ筒井崇拝者だったため複雑な経緯があったらしい渡部ほか、人格攻撃とさえ見えるものがあって、感情的、かつ作品に対する冷静な評価を欠いている憾《うら》みがある。

純文学批判への期待

筒井には、全盛期とも言える時期があった。八一年に『虚人たち』、八七年に『夢の木坂分岐点』、そして八九年には短編「ヨッパ谷への降下」で、それぞれ泉鏡花賞、谷崎賞、川端賞を受賞したころである。それまで、ＳＦから出発した大衆作家として扱われてきた筒井は、こうして純文学作家としての地歩を固めるのだが、このころ「ツツイスト」と名乗るファンクラブの動きが活発で、カルト的に筒井を崇め奉る様は、いささか傍ら痛いものがなくはなかった。特に、この間に新潮社の「純文学書き下ろし特別作品」として書かれた『虚航船団』は、その成果に疑問を投げかける経済人類学者の栗本慎一郎その他との間で論争を巻き起こしたが、栗本も渡部と同じく筒井ファンであり、そこから「純文学批判」といったひどく大仰なものをこの作品に期待して裏切られたといった批評であり、筒井はこれに対し、そんな意図はない、と明言した。とはいえ、『虚航船団』という、現実との接点を持たせないように書かれた虚構が、結果的に無効だったことは否めない。

続いて筒井を襲ったのは『文学部唯野教授』の異様なまでの反響だった。幸か不幸か、大学内部の醜態を抉ったとされるこの作品は、西部邁が東大を辞職して攻撃を行なった余燼が燻《くすぶ》るなかで刊行されたため、この事件と重ね合わせて読まれることは避けられなかったし、それが評判を煽った。そして「小説を書いたりマスコミで書いたりしている大学教師＝善」「誰も読まない論文を書いているだけの大学教師＝悪」といった図式のもと、あたかも後者が前者を抑圧しているかのごとき物語が流布されてしまい、この物語は結果的に十年近く延命してしまったし、批評家の多くがこの「善」に属するため、文学作品としてのまともな評価を受けられずに、その後も筒井の作品に「文学部唯野教授」のナントカといった宣伝文句が執拗に付けられることになった。直木賞を貰えなかった怨みから書かれたとされる『大いなる助走』の時も、小説としての出来と、文壇の内部告発が十分に峻別されなかった嫌いがあった(事実、文庫版での大岡昇平の解説は、後者の視点からのものだった)。しかし当時から、『唯野教授』が小説としてさほどの出来ではないことは明らかで、なかんずく主人公と女子学生の関係などひどく陳腐だったし、大学社会を知らない者にとっては、どこまでが事実でどこからが誇張なのか分からないように作られていた。また、唯野の勤める大学は都内の私立有名大で、唯野はそこの生え抜き教授らしいのだが、不思議なことに、この大学の教員には助手を含めて女性がおらず、この小説に出てくる女性といえば、バーのホステスと女子学生だけなのである。これはやや奇妙な話で、確かにこの小説の発表直前の頃、東大の文学部には助手を除くと女性教員はいなかった。その後数人入ることになったのは当然ながら、私立大では既に各学科に一人はいたはずで、一人もいないというのは不自然だ。もちろんその後、各大学は女性教員の雇用に力を入れざるをえなくなったから、『唯野教授』を現在読めば、いよいよ不自然だということになる。「エイズ差別」などよりこちらの方が大きな問題ではあるまいか。

私個人は、短い期間ながらかなり面白がって筒井の作品を読んだことはあるが、いかなる作家であろうと天才などと呼んで崇め奉る趣味はないから、『唯野教授』以降は、暇つぶしに旧作を読む以外、ことさらその動静に関心を持っていたわけではない。実を言えば、小学生のころ放送された『タイム・トラベラー』の原作者としての筒井の名は知っていたものの、まともに作品を読んだのは、高校生のころ友人に勧められて『革命のふたつの夜』『わが良き狼《ウルフ》』を読んだのが最初で、「下品」という印象を持った。のち、好奇心から『大いなる助走』を読んだが、その印象は変わらなかった。筒井に対する見方が変わったのは、『腹立半分日記』『日日不穏』という日記を読んでからで、若いころの不遇、そして人気作家となってからの、自己の俗物性との距離の取り方に関心を持ち、かつて覚えた下品さにおいて筒井が確信犯的であると知ってからである。その頃『馬の首風雲録』も面白く読んだし、子どものころ『宇宙船スカイラーク』に熱狂したこともあり、青年期になってから、ホフマンや泉鏡花のような幻想小説を好んだことはあったが、残念ながら、筒井の出発点であるSFというジャンルにはどうしても馴染めず、今日に至っている。

『邪眼鳥』『敵』への批評

筒井が断筆を解除して最初に発表した中編『邪眼鳥』は、少なく見積もっても秀作、見方によっては傑作と称しても差し支えない。はっきりそう言ったのは、その文庫版（「ＲＰＧ試論——夫婦遍歴」と併せて）解説の東浩紀である。この、隅々まで計算された練達の文章から成る作品は、鏡花、漱石の『夢十夜』、久生十蘭、夢野久作、そして奥泉光を想起させながら、文体や趣向は独自で、夢野や奥泉より構成は緊密だ。東はこれを精神分析的手法で解析してみせたが、核となるのは、牟礼錯悟という作家の次の台詞だろう。杉山魯峰の『邪眼鳥』という未完の作品を評して、牟礼は言う。「あの『邪眼鳥』は誰かが書き継ぐことを予想して中断されたものではない。魯峰はあの作品に結末は不要だと信じたのだ。奇怪な事件を描けば後半、その解決を書かねばならないという娯楽小説の鉄則があり、彼はその退屈さや予定調和を嫌ったのだ。(略)ひたすら奇怪な事件を書き続けた末に、そこから先、何を書いても興趣が損われることが判然とした。それまでの興趣が損われない唯一の方法が未完に終わらせることである以上、断固として中断すべきであると彼は思った」。筒井の『邪眼鳥』は、主人公とその弟妹が、父親の過去を探るうち、過去へタイムスリップして殺人を犯すという奥泉光的な結末を持っていて、実のところ最後は種明かしのし過ぎと思えるのだが、それでも曖昧な部分を残している。杉山という名は恐らく夢野久作の本名にかけてあるのだろうが、私が『ドグラ・マグラ』を高く評価できないのは、それが冗長であることと、細部の辻褄を合わせすぎている点にある。筒井は若いころ、ショート・ショートも書いていたが、不思議にそれが面白くなかった。そしてある時期から、筒井の短編は、何やら中途でぷつんと切れたような終わり方をすることが多くなっていった。たとえば『熊の木本線』でも、謎は解かれたような、解かれないような終わり方をしている。そして日記を見ると、既に若いころ編集者から、これでは話が終わっていない、というクレームが付いたことが記されている。最新の断片集とも言うべき『天狗の落し文』も、時に中途半端と思える終わり方をしているものが少なくない。「稲荷の紋三郎」(『オール讀物』二〇〇〇年十一月号)は、そのことを最後に明言し、物語が中断されている。かつて『終わりの美学』(明治書院)という論文集で、日本文学は『源氏物語』や『雪国』のように、はっきりした終わりを持たない作品が多いと論じられていたが、私はそれには懐疑的で、西洋にも『アーサー・ゴードン・ピム』があり、『トリストラム・シャンディ』がある。むしろ普遍的な虚構物語の原理として、はっきり終わらせることが興趣を削ぐということがあると考えるべきだ。近代日本でこの原理に気づいていたのは、漱石、谷崎、後藤明生などで、谷崎は『乱菊物語』を中途で抛《なげう》ち、その代わりのように『吉野葛』を書いた。

そしてもう一つ、断筆解除後の傑作と言っていいのが、長編『敵』（九八年）である。実は私は今回この作品を読んで、その完成度に驚いた。簡単に言えば、七十五歳で、妻を早く亡くし、子どももいない演劇専攻の元大学教授の日常を微に入り細を穿って描写しながら、付き合いのある三十五歳の女・鷹司靖子との同衾を夢み、女子学生との交遊を楽しむという形でその性欲をも描きつつ、読むだけで書き込みはしないネット上のチャットのなかに現われた「敵が来る」という騒ぎを契機に、次第に夢の描写が増えてゆく、しかしながら単線的に物語を勧めるのではなくループ状に死へと向かう老人を描いて、あたかも序破急ともいうべきリズムを備えた、かつ文体は明らかに筒井以外の誰にも書けないものであって、『わたしのグランパ』でなく、これに読売文学賞を与えるのが妥当だったではないかと言いたくなる。実を言うと私は現代文学に関しては怠惰な読者なので、小説を購読する際は、必要がある場合を除いて、慎重に世評を見極めてから行なう。そして今日まで『敵』を読まなかったのは、世評がその水準に達したとは思えなかったからだ。筒井をめぐる問題は、ここにある。

そこで私は今回改めて、断筆解除後の筒井に関する文章を纏めて読んでみた。『文學界』九七年三月号「特集・筒井康隆の現在」における巽孝之、佐藤亜紀、清水良典のもの、『新潮』同月号の島弘之のもの、そして『敵』の書評として、『文學界』九八年四月号の佐藤のものと同月号『すばる』の小谷真理のものである。こうして顔ぶれを見ただけでも、先の東を除くと、第一線でアクティヴに発言する批評家がいない、という気がする。巽、小谷は、そもそもSFの研究者ないし研究者的評論家だし、島も基本的にはアメリカ文学者であり、清水はむしろ地道な時評家の趣きがある。『敵』文庫版解説は川本三郎で、冒頭、「老人文学の傑作である」と書いているが、川本も概して厳しい批評家とは見られていない。ほかに新聞や週刊誌に書評は載っているが、もともとこうした媒体では適当に褒めるものである。そして驚くべきことに、尖鋭な批評家である福田和也の『作家の値打ち』の筒井の項では、断筆解除後のものとしては、『わたしのグランパ』と『エンガッツィオ司令塔』が挙げられているだけで、『邪眼鳥』も『敵』も取り上げられていないのである。『グランパ』が読売文学賞受賞作で、『エンガッツィオ』がその当時の最新刊だったという言い訳があるのだろうが、いかにも不可解で、「尖鋭な批評家」グループのなかに、なにやら「筒井を褒めてはならない」という「空気」があるように思うのである。

だが、先の巽から小谷に至る文章を読んでも、私には違和感が残った。たとえば小谷はその書評を「すさまじい気迫に満ちた傑作である」と結んでおり、私はこれに同意したいが、それにしてはそこまでの文章に違和感がある。また巽の文章は『邪眼鳥』を読んだ上で書かれているが、作品の批評ではなく、佐藤、清水のもの同様、筒井康隆論である。また『敵』の二つの書評においては、あるこわばり、つまり、「書き手があの筒井康隆である」ことの過剰なまでの意識が感じられるのである。小谷の書評に感じたのは、書き手の立場からしてある程度やむをえないことながら、コンピューター・ネットワークという、作品の、重要ではあるがやはり一要素に過ぎないものを過大に見ていることであり、佐藤の書評もまた別様にではあるが、作品を評しながらその書き手筒井のことを意識しすぎている。むろん、ある程度のキャリアのある作家の作品を評する場合、それまでの作品との関係から論じるというのは批評の常套である。だが、そのことにこだわり過ぎると、世阿弥のいう「離見の見」を失う（佐藤は『敵』は全編を摺り足で踊り通し、しかしダイナミズムを失っていないと書いているが、摺り足ならば「踊り」ではなく「舞い」である）。もちろん、筒井が「SF」にこだわっていること、非SF的に論じられることを嫌うことは知っている。だが、批評家というのは、作家の機嫌を取るものでも、作家に嫌われたからといって批判者に回るべきものでもあるまい。

四年も前の文章をここで論じるのは不適切だろうからごく簡単にしたいが、たとえば巽は、メタフィクション理論に基づき、同時代の米国作家との関連で筒井を極めて稠密に論じている。そして清水は、そのような文学理論を当てはめられたことによって自分は筒井への関心を失ったと述べ、筒井全集の解説に触れて、「彼らが懸命な学習で手に入れた概念図式を、筒井に誇らしげになすり付けている」としている。まったく同じ論難が、大江健三郎の『同時代ゲーム』への山口昌男理論の適用に関して盛んになされたのは、もう二十年前のことだ。しかし筒井に「狂気や荒唐無稽や目茶苦茶」を期待する清水も、筒井という作家に前もって何かを期待するという姿勢において、その解説者たちと変わりはないのではないか。先の栗本を始め、どうも「筒井ファン」だったと称する者には、筒井に「文学（純文学）という制度の破壊」とやらを見て取り、筒井が「文学」のなかに収まってしまったことに失望する向きが多い（渡部直己もその一人だろう）のだが、私にはそれがひどく全共闘世代的な妄念と思える。私は世代論というものを信じないのだが、この点に関してはやはり世代というものを無視できない。たとえば私より若い英文学者・阿部公彦の『モダンの近似値』（松柏社）は、阿部本人が若手官僚から、文学の研究をして文学の発展や発達に貢献するのか、と問われる場面から始まっている。あるいはしばらく前、外務省の若いエリート官僚として新聞に取り上げられた私と同年輩の女性は「好きな作家は宮部みゆき」と、ミステリ作家の名前を恥じることもなく挙げていた。私は文学が「抑圧的」な「制度」だなどと感じたことは、一度もない。私たちの世代は、あたかも二葉亭四迷のように、文学が好きであることを恥じながら生きてきたのだ。だから、『邪眼鳥』や『敵』は、優れた文学作品だというだけのことであって、「文学の破壊」などを私は期待しない。

「文学」は「政治的に正しい」ものではない

ところで清水は、「筒井の作品が一貫してセクシズムや強姦願望を露骨に描くことで、人間の潜在心理を暴いたかのように振る舞いつづけている」ことを批判している。渡部や絓、浅田が筒井を無視したがるのは、おおかたこの辺りだろう。確かに、『わたしのグランパ』から『エンガッツィオ司令塔』『恐怖』(二〇〇一年)に至るまで、筒井の女性観は、ちょうど筒井が作家生活を始めた六〇年代の中間小説のそれとほとんど変わっておらず、「潜在心理を暴」くというほどのものではなく、ただそれを押し通しているだけのことだ。さほどの出来ではない『恐怖』でも、離婚した主人公の作家がたまさか知り合った女子高生を「薔薇の乙女」と呼び、最後に別の女性と再婚した後でこの乙女が現われ、「わたし、先生が好きだったのに」と言うに至っては、呆然とするほかない。『敵』の鷹司靖子(この名前も凄いが)が、渡辺儀助の元教え子で長年の付き合いであるため三十五歳になっているのが、筒井が欲望の対象として登場させる女性としては年齢が高いほうだ。ついでに言っておくが、男性作家が書けば何やら嫌らしく見えても、女性作家が、三十七歳の女性と老人の恋を描く分には問題はないらしい。もちろん川上弘美の『センセイの鞄』のことだが、これが高齢の読み手たちを喜ばせるための設定だとしたら、どうか、とちらりと思う(私見では川上の最高傑作は依然として『神様』である)。さてしかし、筒井が、まさかこうした若い女への欲望を赤裸々に描くことが一部批評家をして黙殺に走らせると知りつつもやめないのは、別にそれが「深層心理」(どこが「深層」か)を描くことになると思っているからではなくて、単にそうしないと想像力が働きださないからだろう。それは大江健三郎が『宙返り』冒頭を、処女膜が破れたなどという時代錯誤的なエピソードで始めてしまうのと同じだ。結局のところ、一九三〇年代生まれの者の女性観を現代のフェミニスト様式に変えることなど、成島柳北をして明治の時勢に順応させるのと同じくらい無理な話なのである。

あるいは筒井の愛好する銃撃戦シーン、やくざの脅しと、それを上回る罵倒の力といった、断筆前の『朝のガスパール』や『わたしのグランパ』にも現われるモティーフは、最近の「ロマン・ノワール」「フィルム・ノワール」などと呼ばれる小説や映画と違い、「正義の暴力」「女を守る男」といった古めかしい図式を与えられている。しかし私はここで、蓮實重彦のことを思う。蓮實は、筒井が「断筆」したあと、東大総長に就任して批評活動を停止した。富岡多恵子らの『男流文学論』が出た時、蓮實は、小説というものがそもそも男性中心的なジャンルではないのか、と書いたが、その問題は棚上げされたままだ。そしてどれほど表層批評といいテマティック批評といっても、ジョン・フォードやペキンパーやアルドリッチを愛好する蓮實のなかに、ほぼ同世代の筒井に相通じる「正義の暴力」「女を守る男」モティーフへの好みがあることが、否定しきれるだろうか。渡辺儀助が繰り返し亡妻を思い出す場面をもつ『敵』は、どこかで『東京物語』に通じてはいないか。蓮實が筒井を論じたのは少なくとも私の記憶にはない。

十五年ほど前、私には「信頼できる批評家」というものがいた。それが蓮實であり、江藤淳であり、浅田彰だった。他の誰がどれほど賞賛しようとも、彼らが貶せば、その価値に疑問を抱いた。だが今現在、そのような批評家はいない。文学こそが差別を生む、撲滅してしまえと言いつつ文藝批評家をやめる気配もない渡部直己、「エイズ差別」と繰り返す絓秀美、以前よりかなり教条的になってしまった浅田は信ずるに足りない。福田和也は、『わたしのグランパ』を評して「ありそうな話」と書いているが、丸谷才一は「小説つくりの腕がすごいし、そのくせ今の日本に生きるつらさがよく出ている」と評している（『毎日新聞』九九年「この3冊」より）。鼻の差で丸谷の勝ちと私は判定する。福田は、『わたしのグランパ』が今書かれることの意味を見落としているからだ。むろん私とて、この作まで傑作だとは言うまい。だが、グランパのような、命を賭して不正を匡《ただ》そうとする者のいなくなってしまった日本を、筒井は描いたのであり、それはむしろ福田こそが言わねばならないことだったのではないか。

「文学」は「政治的に正しい」ものではない。悪党を殺してやりたいと思うこと、男が若くてきれいな女に欲情することは、人類の「幼年期」が終わらない限り、なくなりはしないだろう。それが許せないというなら、文学の撲滅に力を注ぐべきなのである。本当に。

（二〇〇一・十二）

七五調と「近代」の不幸な結婚

ちょっと余談である。「新潮新人賞」応募規定を見ると「今回より選考委員を一新し」と大きく書いてある。だが、五人の選考委員のうち、一人だけ、前から継続している者がいるではないか。「一新」とは、すべて改めることではないのか。言葉をもっと大事にしてほしい。

＊

川西政明の全三巻に及ぶ『昭和文学史』（講談社）の刊行が始まった。この題名で個人執筆によるものは、平野謙のそれがあるだけだと思うが、これはもともと「現代日本文学史」の昭和編として書かれたものを筑摩叢書で単行本にしたもので、昭和三十年前後までしか扱っていない。筑摩叢書は、中村光夫の『明治文学史』、臼井吉見の『大正文学史』と併せて三部作とする格好を付けたのだが、文学以外の分野でも、遠山茂樹ほかの『昭和史』（岩波新書）が、中村隆英《たかふさ》の浩瀚な『昭和史』全二巻（東洋経済新報社）に取って代わられたり、桶谷秀昭の『昭和精神史』が書き継がれたり、「昭和」の総括はあちこちで行なわれつつある。にしても、「明治・大正・昭和」という、いわば天皇という個人の死によって区切られた時代区分をこれほど広く採用している国というのも珍しい。私は中学生のころ、こういう時代区分はおかしい、と思って、私的に、藩閥時代、対外戦争時代、などという区分をしていたものだ。だがこの元号および天皇による時代区分の趨勢は留めがたく、平野はもとより、明らかに天皇制に否定的な柄谷行人と浅田彰が中心となった『近代日本の批評』も、昭和編、明治・大正編と銘打たれている。日露戦争、関東大震災、十五年戦争のような明らかに時代の節目となった事件を持ちながら、である。西洋で、君主の治世に基づいた時代区分といえば、英国のエリザベス朝とヴィクトリア朝（ないしジャコビアン朝）、フランスの第二帝政くらいしか思いつかない。しかし東洋には元来、貞観の治とか延喜・天暦の治とか化政度とか、元号を用いて時代を区分する習慣があり、それが元号と天皇の治世を一致させることによって予想以上の効果をもたらしたのだと言えるだろう。

「平成文学史」は一九八七年に始まる

さて、その「昭和文学史」は、概ね、芥川龍之介の自殺と、新興藝術派およびプロレタリア文学の隆盛から始まることになっている。柄谷行人は明治と昭和を対応させて、昭和四十五年の三島由紀夫の自殺を一つの区切りと見なそうとしたし、実際、谷崎、三島、川端の相次ぐ死によって、およそこの辺りで区切りはついたと言えそうだが、「昭和」は実際にはそれから十九年続いた。そしてもし、こうした時代区分に基づく文学史が将来も書かれ、「平成文学史」のようなものができるとしたら、その起点は昭和の終焉の二年前である一九八七年に置かれるべきだろうと私は考えている。この年は、『ノルウェイの森』と『サラダ記念日』がベストセラーになった年であって、そこで起きた変容は、その直後にバブル経済の崩壊があったにもかかわらず、今なお続いているからである。村上春樹については別途述べることにしたいが、俵万智の登場以来の、短歌の世界の熱度の高さは、いったんはやや衰えたものの再び盛り返しつつあり、それはたとえば穂村弘の奇妙な題と装幀の歌集『手紙魔まみ、夏の引越し（ウサギ連れ）』（小学館）の刊行にも現われているし、水原紫苑のような歌人の小説への進出にも、あるいは昨年『ユリイカ』（八月号）が、一昨年は『國文學』（三月号）が与謝野晶子を特集したことにも、ないし道浦母都子《もとこ》の「文化人」ぶりと、それへの批判を含めて歌壇の閉塞性と上昇指向を批判した内野光子の『現代短歌と天皇制』（風媒社）にも現われている。林あまりのような「セクシャル」な短歌の登場も一定の話題性を持っていようが、それとは裏腹な、新聞の歌壇における恋歌の少なさに、丸谷才一が疑問を呈し、大岡信、岡野弘彦と鼎談している（『丸谷才一と22人の千年紀ジャーナリズム大合評』都市出版）。

福田和也は、日本文学の本質は歌物語だ、と言っているが（宮崎哲弥との対談『愛と幻想の日本主義』春秋社）、「日本文学の本質」などというものを持ち出すのはだいぶ時代錯誤な本質主義というべきだし、『源氏物語』を『伊勢物語』の延長上に捉えればそうなるが、逆に『落窪物語』の原型から『竹取物語』、そして記紀へと遡れば、歴史―物語叙述の伝統もきちんと浮かび上がる。日本文学を和歌中心に見ようとするのは、中古から中世にかけての物語文学偏重の傾向に抵抗した風巻景次郎の『中世の文学伝統』(岩波文庫)に始まり、西洋における韻文の伝統と似たものを日本文学に探ろうとして詞華集を中心に記述した丸谷才一の『日本文学史早わかり』(講談社文庫)につらなるもので、戦後においては『太平記』や馬琴の軽視と結びついている。馬琴や黙阿彌は七五調で書いたが、『平家物語』はそうではない。

さて、近代において俳句には、正岡子規という巨大な革新者にして実作者がいたが、短歌については、むしろその子規による古今集の否定と万葉集の礼讃がその後の実作者に影響を与えたくらいで、傑出した革新者はいないと言ってよかろう。鷗外ほか、短歌革新を唱えた者はいたが、実作においては、『明星』派から出た晶子、石川啄木、そして万葉調を復活させたとされる近代日本最大の歌人と言っていいだろう斎藤茂吉が出現した。この古今ならびに新古今、つまり勅撰集軽視の傾向に異を唱えたのは、一九七〇年代の大岡信や梅原猛だが、梅原は結局万葉へ回帰してしまった趣きがある。昭和に入って、影響の大きい歌人と言えば寺山修司と塚本邦雄だろう。寺山は破調で口語短歌の道を大きく開き、塚本は逆に擬古的な措辞で非日常性を表現し、たとえば一部の幻想作家などへの影響が見られる。

内野は、短歌結社が「既得権益団体」と化し、時には主催者が世襲制になり、大物歌人たちがお互いに賞のやりとりをしているさまを批判している。そして歌人の最終目標が歌会始の選者になることであるらしいことから、短歌と天皇制の結びつきをも批判する。面白いのは、近代における短歌と天皇制の結びつきに関わった佐佐木信綱の孫である佐佐木幸綱が、天皇制への抵抗の姿勢を示しているとして評価されていることだが、それは短歌界の「貴種」である佐佐木に今さらの上昇指向がないということだろう。日本の近代文学は、一面から見るならば中世以前の文藝の復興を行なったのであり、短歌はそのなかでも、桑原武夫が指摘した通り素人にも作れる性質を持っており、新聞の歌壇俳壇が「国民国家」の強化に一役買っていることは、「カルスタ」嫌いの私と言えども認めるほかない。

この欄ではあまり総合雑誌めいた話はしたくないのだが、たとえば『新しい歴史教科書』における与謝野晶子の描き方が議論の的になっていて、晶子は反戦思想をもって「君死にたまうこと勿れ」を書いたのではないとか、家庭を大切にしたとかいう記述が批判を浴びているが、この記述は専門的に言えば正しいのである。むしろ、晶子はもっと自由奔放な女だったなどと投書する一般読者が、果たして平塚らいてうとの母性保護論争で晶子が示した無理解を、あるいは伊藤野枝や金子ふみ子の生涯を知っているのか、といったことの方が気になってしまう。彼女らに比べれば、晶子は十分、体制側の歌人・評論家だったのだ。『みだれ髪』で、当時の女性の規範を越えるような大胆な歌を詠んだ歌人は、一応は前の妻を追い出した格好ながら鉄幹に添い遂げ、十一人という子をなした。その「着地」の仕方は、やはり大胆に口語を用いて歌を詠んだとされる俵万智が（実際にはそれ以前から口語短歌はあった）、国語審議会委員から自民党の政見放送のマスコットとなり、読売新聞歌壇選者のみならず朝日新聞の舞台芸術賞の選考委員まで勤めるようになるという地盤固めをしていくのにやや似ていないでもない。マスコミの発達とともに、膨大な量の評論随筆の類を書くようになった晶子は、いわば日本型女性文化人のはしりであって、やや後の柳原白蓮のように、ないし藤原あきのように、いっとき醜聞にまみれた女もしかるべき道を踏めば大衆は結果としてこれを受け入れるのが常なのである。もっとも、肝心の晶子の歌のほうはと言えば、『ユリイカ』の座談会でも、その評価はまちまちであって、『みだれ髪』が巷間思われている以上に難解で、時に文法もおかしいというのはその通りながら「熱量」に圧倒されるという言い方がなされている。特に水原紫苑が「内容のない偉大さ、白痴性」と言いつつ晶子の評価に難色を示し、松平盟子に対して「短歌はそういうものだと言っていてはいけないよ」と抗議しているのが目を引く。

寺山修司にしても、演劇や童話、エッセイは余技であって最も優れているのは歌人としてなのだが、今のところあまりそのことが認められているとは言えない。その点、茂吉の位置はやはり圧倒的で、もっとも私がそう思うのは中野重治の『斎藤茂吉ノオト』に叩きのめされたからかもしれないのだが、藝術院会員であろうが文化勲章を取ろうが茂吉は茂吉なのである。

「七五」と「五七」の違いとは何か

では、ほんとうに「短歌はそういうもの」なのか。五、七の音数律からなる三十一文字という制約は、遂に「白痴的」でしかありえないのか。たとえば、「時代閉塞の現状」や『ローマ字日記』を書かずに詩歌だけ書いていたら、私たちは啄木を何と思っただろうか。ないし、みごとな罵詈雑言を含む、その短い生涯を思えば厖大な散文を書かずに「鐘が鳴るなり法隆寺」とばかり詠んでいたら子規を何と思っただろうか。高橋源一郎は、『日本文学盛衰史』（講談社）で、「五・七」と「七・五」の違いについて興味深いことを書いている。島崎藤村の詩について、『新体詩抄』以来の七五調を藤村は『若菜集』以後も守ってきたが、それが「唱歌のような、行進曲のような、『われ』のいない、『内なるわたし』のいない、簡単にいうならまるで他人事みたいな詩」になっており、しかし最後の詩集『落梅集』の五七調によって「内なるわたし」が歌われている、と作中の青年に言わせている。が、青年はさらに言う。「しかしですよ、五・七が七・五に変わるだけで書けなくなるような『内なるわたし』ってなんですか？」。

言うまでもなく短歌も俳句も「五・七」で始まる。長歌、旋頭歌、仏足石歌体などのなかから短歌が自立し、中世において栄えた連歌のなかから俳諧連歌が発生してその発句が独立して俳句となったのは文学史の常識である。ただし短歌の句切れについては、万葉では「五七」切れだったのが、古今集以後「七五」になったというのが定説である。では、普通の連歌と俳諧連歌の違いはといえば、別段滑稽味がどうこうではなく、歌語から逸脱した語を用いれば俳諧なのである。では、恋の歌というものは、どうなったのだろうか。俳句に恋句が乏しいのは（東明雅の『芭蕉の恋句』のような仕事はあるにしても）、俳句に始まったというより、連歌の時点で、その集団制作という性質上、新古今以後の叙景ならびに恋愛心理の微細描写の二つの流れのうち、前者が選び取られたのは必然だったろうし、連歌を取り巻く環境は平安朝宮廷とは違うものだった。まして、五七五の超短詩型文藝として俳句が成立してみると、この音数で文学的効果を挙げるにはほとんど名詞の「衝突」効果を狙うほかなく、恋の情はもはやこの詩型の担い手である町人、武士階層のよく詠むところではなかった。

では「七五」と「五七」の違いとは何なのだろう。坂野信彦は『七五調の謎をとく』（大修館書店）で、休止を考えに入れることにより、「打拍」の安定性という観点からこの音数律を分析したが、坂野は、「七五」や「七七」のほうが「五七」より安定性が高くリズミカルだと言っている。

さて、高橋が先の部分を書くのに参考にしたという佐藤良明の『J－POP進化論』（平凡社新書）には、音数律について詳しく書いてはいないが、こう書かれている。「清い歌（西洋的な歌＝小谷野注）の系譜が一方にあり、もう一方に俗謡としての『唄』が泥沼のようにしてある。別の言い方をすれば、一方があこがれの対象として魅力をふるい、もう一方が共同体のノリとして、心に深く着床している。そんなぐあいに分裂した日本人（といっても地域差・階級差・世代差がはなはだしかったわけですが）（後略）」。たとえば、「七・七・七・五」の音数律を持つ都々逸について考えてみよう。都々逸の発生については、一八〇〇年に名古屋の宮の里の宿場女郎が歌い初めて東漸し、都々逸坊扇歌らによって広まったという俗説がある。坂野は、都々逸の音数はまるで現代の律読法の模範のように聞こえるが、「じつは都々逸のかたちは、たまたま現代律読法の典型となっているのではなく、そもそもその本家本元であったのだ」と説いている。どういうことか。坂野は、西村亨の論文に依拠しつつ、十六世紀ころには「十四音が休みなく連続するという音律が、まだ発見されていなかった」のではないかとし、それは一七〇〇年前後に発見され、『松の葉』や『山家鳥虫歌』に見られ、近世小唄がこの形式で確立し、「江戸時代の後期に短章の歌謡がほとんど七七七五の甚句形式に統一される」（西村「七五調の根源」『金田一春彦古稀記念論文集 第三巻』三省堂）という革命的な現象が起こり、日本人の「内在律」になったとする。

ここでいくぶん我田引水的に話を展開すると、一七〇〇年前後というのは、私の説では、日本文化のなかの恋愛観が大きく変化した時期なのである。いわばそれ以前の「恋」という感情は、「色」ともいうべき感性に取って代わられ、町人の間に浸透し始めた。それにしても、僅かな例外を除けば、都々逸の、ないしこの音数律の歌は、まことに卑俗であって、中道風迅洞《なかみちふうじんどう》の『どどいつ万葉集』（徳間書店）を見ても、坂野が引用している今井敏夫の「ぬいだまんまである白足袋の　そこが寂しい宵になる」などは、よくぞ見つけたと思うほど例外的に高尚な句なのだ。「誰に見しょとて紅かねつきょぞ　みんな主《ぬし》への心中立て」の類は、平安朝和歌とはまったく断絶した「俗」なる恋の短詩だったのである。では「恋」と「色」の違いはどこにあるのか。それはむろん、後者が娼婦藝者の世界に結びついているといった属性による違いもあるけれど、決して性行為が詠まれるか否かといったところにないことは、王朝和歌を想起してみれば分かる。もちろん、都々逸、小唄、端唄の類は、唄われるものであって、読み上げられるものではない。が、その決定的な違いは、「色」の世界においては、唄われる情感は、必ず共同化されるという性質を持っているということだ。奇妙なことに、高橋が挙げている『落梅集』の詩は「小諸なる古城のほとり」である。『若菜集』では、「初恋」のような詩がよく知られている。ならば内容的には、「内なるわたし」は後者にこそ現われそうなものではないか。しかし、実際はその逆だと高橋は仄めかしている。「七五」から「五七」に変わることによって、なぜ「内なるわたし」が現われるのか。それはまさに、七五がリズミカルで、歌い上げられる時に周囲の者が手拍子を叩きたくなるようにできているからであって、坂野の言う七五の優越は、それが共同性に絡め取られ易いという性質を持っているのだ。むろん「行進曲のような」と言う高橋も、佐藤も、それは承知の上で書いている（万葉が五七調だった理由について西村は、金田一春彦の、古代歌謡ははじめをゆっくり、後を早く歌っていたからではないかという考えを紹介している）。

「孤心」の消滅と共同化

だがそれなら王朝和歌は、「共同化」されてはいなかったのか？　歌合という催しは、共同化されたもの、「うたげ」ではなかったのか？　王朝和歌のこの二重性は、まさに大岡信の『うたげと孤心』（岩波同時代ライブラリー）に論じられている。大岡は言う。「歌合という形式の制作は、『うたげ』と『孤心』との分かちがたくないまぜになった場で営まれるものであって」（「歌と物語と批評」）、「宴の場での『合せ』」の「場のまっただ中で、いやおうなしに『孤心』に還らざるを得ないことを痛切に自覚し、それを徹して行なった人間だけが、瞠目すべき作品をつくった。しかも、不思議なことに、『孤心』だけにとじこもってゆくと、作品はやはり色褪せた」（「帝王と遊君」）。万葉の歌もまた、真情をそのままに歌ったと子規以来解されてきたが、最近の研究ではそれも儀礼的な歌であった場合が多いとされている。けれど一方では、たとえば物語のなかで登場人物が後朝《きぬぎぬ》の歌を詠む場合には、真情が虚構されていたのである。しかし、都々逸、小唄など、七七七五の音数律では、真情ははなから共同化されるべきものとして歌は唄われ、そこに「孤心」は介在しえない。

一七〇〇年前後の日本の都市で成立したのは、「孤心」を許さない共同性である。俳諧連歌は、元来共同制作で、芭蕉や蕪村による発句の独立は「孤心」を秘めていたが、そこから王朝和歌的な「恋」は脱落した。「恋」を覚えた者は、厭世的にそれを表出することは許されない。表出が許されるのは共同化を前提とした感情だけなのである。ところが同じころ、西欧では逆に、中世的な「うたげ」の世界から「孤独な散歩者の夢想」を自立させようとする動きが起こっていた。だから近代の和歌革新運動は、あたかも地下の二つのプレートが激突するような軋みを経験せねばならなった。が……。

そこに一つの思いも掛けない陥し穴があった。平安朝の宮廷に比べても、西洋の文藝サロンに比べても、『ウェルテル』を読んで感激のあまり自殺する者が多数現われたという、近代の印刷術を基礎とした「共同体」は、遥かに巨大だったのだ。宮廷の歌合が、うたげのなかから孤心が立ち上がる場だったとすれば、近代の叙情は、元来孤心として表出されたものが、より大きな読者共同体に回収されてしまうという構造を持っていたのである。その動きはまさに、大正期における雑誌文化、マスメディアの成立へと繋がり、それが与謝野晶子を「文化人」にしたものだったのである。「内なるわたし」は、多くの読者を獲得すればするほど、その内実は乏しくなってゆく。大岡の「折々のうた」が国民的な人気を得たとき、大岡の紹介する短詩という形式は、日本の読者共同体のなかで、皮肉にも孤心を失っていったのである。同時に、徳川後期の「色」という美意識は（いよいよ我田引水になってゆくが）恋する男ではなく恋する女を良しとした。晶子や白蓮から俵まで、女性歌人のみが有名な恋歌歌人たりえるのは、そのせいである。茂吉や鉄幹は、むしろ「色ごのみの英雄」じみていて、

死ぬばかり君を恋しと思へどもまた或る時は刺さむとぞ思ふ（『未練』）

のような歌を詠んだ吉井勇は、近松秋江らとともに「低劣なる乞食文学」（赤木桁平《こうへい》）と罵倒された（確かに下手な歌だが）。中道が選んでいる現代どいつでも、男の詠み手が女の気持を歌っているものが多いこと、演歌に同じい。先に挙げた鼎談で、なぜ新聞の歌壇に恋歌がないのかについて、岡野と大岡は、現代には恋がなくなったからだと言い、丸谷は反対している。けれど、王朝和歌について犀利な分析を見せた大岡も、徳川期以来の心性の変容には気づいていないらしく、「男の片恋」という「孤心」が、王朝においては十分に歌の主題となりえたのに、徳川後期以降の日本人には受け入れられないほど醜いものになってしまったことを理解していない。そういう意味で、「恋」は「恋愛」に変容したのだ。岡野はここで、敗戦後しばらくは、戦死した夫や、帰ってこない夫を思って詠まれた短歌が多く、『未亡人短歌』として編まれたと言っているが、これほど共同化されやすい感情もないだろう。新聞の歌壇に載るのは、戦争、社会批判、子ども、等々、芥川賞受賞作と同じような主題のものなのだ。

「平成文学史」の冒頭は、こうした徳川後期以来の「町人共同体」が、近代、そして戦後を通じてマスメディアによって次第にその構成員の数を増し、平安朝宮廷などとは比較にならない人数を擁するようになって、それが『ノルウェイの森』や『サラダ記念日』の数百万部という売行きによって、決定的に「孤心」を滅ぼした事件から説き起こされることになるだろう。結局、「うたげの場」と「市場」は違うのだ、というほかないだろう。「売れれば官軍」になってしまう世界では、「内なるわたし」は長く生き延びることはできない。「七五調」は、国民国家と資本制という妙な相手にめぐり会ってしまったのである。

（二〇〇一・十）

藤堂志津子と日本のリアリズム

藤堂志津子という作家が、日本近代文学史上、未踏の地へ踏み入りつつあるというのが、誇大な言い方に過ぎるのは分かっている。

いっぱんに藤堂は、直木賞を受賞した娯楽小説作家と見なされている。じっさい、受賞後、藤堂は、年に三冊から五冊の単行本を、長編、短編集、エッセイ集取り混ぜて出し続けており、その六割から七割は、いわゆる恋愛娯楽小説と見ていい。けれど、九九年に刊行された四つの短編からなる『昔の恋人』（集英社文庫）は、発表誌はいわゆる娯楽小説雑誌だったが、その枠から外れるものを含んでいた。特に、単行本では二番目に入っている「浮き世」には、軽い衝撃を覚えた。主人公の宇多子は三十五歳の会社員で、二年間の結婚生活のあと離婚している。その彼女に、かつて「気まぐれにちょっかいをだし、半年ほどつきあい、そして、こちらから一方的に捨てた男」である四歳年下の野木という男から電話がかかり、突然プロポーズされる。宇多子は、女あしらいの下手な野木にはほとんど嫌悪感しか覚えていないが、彼が歯学部に再入学して、歯科医師試験を目指していると聞いて、食指が動く。けれど、妻子ある五十二歳の炉田という男とつきあっている宇多子は、一年先の国家試験までプロポーズの返事を引き延ばし、それまで炉田と遊んでいようと考える。ところが、特急で半日かかる都市に住んでいる野木が、一度会って話したいと言って宇多子の住む都市まで来てしまう。慌てた宇多子は、「一年先の返事に希望を持たせて、野木をN市に追い返すには、やはり、この場合は、セックスするしかな」いと思うのだが、実際にホテルで野木に会って、その宇多子への初心《うぶ》な執着ぶりを目の当たりにして、彼を突き放してしまう。

大急ぎで言っておくが、こうした「悪女」つまり複数の男を遊び相手にしたり、そのくせ結婚においては打算的であったりする女そのものは、日本近代の同時代大衆小説の濫觴とされる菊池寛の『真珠夫人』その他の作品にも、それ以前の「家庭小説」と呼ばれるジャンルにも、あるいは大塚楠緒子《くすおこ》の『空薫《そらだき》』のような忘れられた小説にも登場する。けれど、そういった作品は、ほとんどがそういう悪女を、悪女として描き、読者をして憎ませるように書かれているのが普通だ。『空薫』は例外的だが、この系譜は、明治民法の施行によって女性文藝が衰えるとともに衰退してしまう。大正期から戦中期まで支配的だった女性文藝は、与謝野晶子に代表される、夫婦愛を信じる情熱派のものだった。戦後になって新しい女性文藝が登場したあとも、藤堂ほど直截にこの種の女を描く作家は、いなかったのではないか。

『昔の恋人』四編は、それぞれ藤堂の体験がもとになっていると作家は言っているが、九八年に刊行された長編『夜のかけら』（講談社文庫）は、四人の恋人を持ち、さらに他の男にも手を出そうとする主人公を描いており、そこでも「歯科医」が出てくることを思えば、これも、多分に虚構でありながら、藤堂の体験に基づいていると考えられる。初心な読者は、このころから藤堂が正面切って描くようになった、性愛の相手としての男への冷徹とも言える視線に驚かされるかもしれない。たとえばこの長編では、三十二歳のフリーターながら親の金で生きている利保子が主人公だが、彼女に五番目の男として近づいてきた伊沢については、こんなふうだ。


裸でベッドに入ってから、伊沢は自分は童貞だと告げて、利保子をたじろがせた。できることなら、いますぐその場から逃げだしたかった。

童貞の男とかかわって、懲りごりした経験が利保子にはあり（後略）

この伊沢の一途さ、しつこさが、まず、うっとうしい。なりふりかまわずに、がむしゃらに自分を追いまわす男は、ただその一点で、すでに利保子の関心外となる。どうしても男がバカに見えてくる。

やはり童貞男には、たとえ火遊びでも手をつけるべきではなかったのだ、と利保子は苦々しく反省する。けれど、腹立たしいのは男たちのつまらない見栄だった。女とのセックス体験がないにもかかわらず、大半の男は、あるような言動を取りたがる。そんなふうに匂わせる。

童貞の男が読めば、顔から血の気が引くほどの描写である。しかるに、この種の「悪女」は、漱石の『虞美人草』や有島武郎の『或る女』のように、死という結末を迎えることによって罰せられるのが普通だった。あるいは真に愛する男と出会うことによって改心していくのが小説作法の常道だったと言っていいだろう。実は『夜のかけら』の結末も、後者を仄めかしている。しかし、藤堂はこういった女を描いても、ほとんどその女を突き放そうとはしない。妊娠して死ぬといった伝統的プロットを採用しようともしない。

近代小説におけるリアリズム

ここで私は、「リアリズム」というものについて、文学史的にお浚《さら》いしておかなければならない。近代小説のリアリズムは、バルザックによって頂点に達し、フロベールやゾラ、あるいはヘンリー・ジェイムズによって継承された。これに対し、日本のそれは、自然主義という形での隆盛を見、多くの男性作家たちが、自らの「性」や「家庭」や「貧苦」を赤裸々に描くという形をとった。だがこの形式は次第に飽きられ、小林秀雄や中村光夫によって、西洋のリアリズム小説に比べて「社会」が描かれていない、と批判された。結局、リアリズムは決定的な作家を生み出さないまま、文藝の形式面に文壇の関心が移るとともに、課題であることをやめていった。そのなかで、西洋流のリアリズムに挑戦したのは、漱石の『明暗』と伊藤整の『氾濫』『変容』などだったと、私は考えている。漱石は、おそらくジョージ・メレディスとヘンリー・ジェイムズに倣い、伊藤もその衣鉢を継ごうとした。だが漱石は、『明暗』で、夫に愛されようと考える、あまり美しくない女の内面を微細に描くことには成功したが、恋人を捨てて結婚した美しい女の内面を描かぬまま、死んだ。つまり、ジェイムズの『鳩の翼』のケイト・クロイのような女を漱石は描けなかったし、おそらく漱石はこの種の女を激しく憎んでいた。伊藤にしても、いったん男女関係を描く段になると、女性観があまりにロマンティックになる傾向があった。

この状況を逆方向から破砕したのが『浮雲』の林芙美子で、林は、ろくでもない女たらしの男をどうしても思い切ることのできない女を描いた。私は藤堂を林の系譜の上に位置づけたいのだが、藤堂が娯楽小説作家の位置を与えられているとすれば、それは文体のせいだけでなく、文学史的な理由にもよるのであって、そもそも三十過ぎで経済的に自立した女というものが、一九八〇年代以前には、富豪の未亡人くらいしかありえなかったからであり、同時に、三十過ぎて結婚しない女は、「老嬢」と呼ばれていたからでもある。バルザックがリアリズム小説を書く際に焦点を当てたのは、まさにこの老嬢だった。時代の変遷によって、老嬢は性的に十分活動的な女性に変わった。だが、そういう社会的な変化が実現した時には、文藝はリアリズムの時代を終えていたのだ。しかし、日本という国が、英国やフランスが持ったような、国王を断頭台に送るような徹底した近代を経ないまま後期近代を迎えてしまったのと同じように、文藝の世界も、バルザック的な徹底したリアリズムを経ないまま、ポスト・リアリズムの時代を迎えてしまった。それが、藤堂が娯楽作家とされる理由のひとつなのである。

「奔放な女」への中立性

藤堂は、やはり九九年に刊行した短編集『ひとりぐらし』（文春文庫）のなかの「性欲」で、『浮雲』に描かれたような女たらしとこれに尽くす女を、男の妹の視点から描いている。そこでは、男はこう述懐する。

「女っていうのは、しょっちゅうやさしくしたらだめなもんでね。ひと通り手なずけたあとは、ごくたまにやさしくするのがコツだね、うん。ただし、その場合は、出血大サービス並みのやさしさを示す。中途半端なやさしさは、かえっていけないんだ。誠心誠意をこめた大サービスをすると、そうだな、たいがい二、三ヵ月はそれで保つ。その記憶にすがって女は生きるし、男の欠点にも目をつぶる。そうやって男の次のやさしさに期待するってわけだ。男の心根のやさしさにな。そのコツさえのみこめば、たやすいものだよ、女ってのは」

いや、わざわざ引用するのもおかしいくらいの、色男の常套的なやり口だと言えよう。けれど、実際にこの手にひっかかった女、照世が、男の妹の柄美子と対面するとなると、違ってくる。柄美子は思う。「いつだって、『愛』に目がくらんだ者には勝てはしない。『愛』をつき進む者には」。伊藤整は、昭和三十三年に「近代日本における『愛』の虚偽」という論文を書いたが、そこで言わんとしていたことは、その四年前に刊行されてベストセラーになった『女性に関する十二章』と同じだ。しかし、それから四十年以上たっても、日本の女たちの多くは、「永遠の愛」などというものを信じている。藤堂は、伊藤以上に、こうした女たちに苛立っているらしく、『夜のかけら』の利保子は、「きみが好きなんだ。愛している」と囁いた男を突き飛ばし、「そういう台詞は言わないでちょうだいッ」と叫ぶ。そして、「性欲」で、女たらしの兄を嫌悪する柄美子は、「男たちを精神的に愛したことがいっぺんもない女」である。

男に求めるのがセックスだけでどこが悪いのだ、とも居直れなかった。だいいち恋愛も結婚も、あきらめてはいない。(中略)けれど「男に求めるのはセックスだけ」と広言する女と本気で結婚を考える男がどこにいるのだろう。「私、性欲が強いんです」と初対面から打ちあけられて、一瞬たりとも、ひるまず、おじけづかない男が、はたしているだろうか。

瀬戸内晴美を濫觴として、こうした「奔放な女」を描く作家は、いないわけではない。最近では、小説形式ではなく、実体験として書く者も急増している。だが、藤堂が彼らと一線を劃しているのは、こういう女を提示する際の徹底した中立性なのである。往々にして、この種の女は、「新しい女」とか「先端的な女」として示されるのみならず、古い道徳を破棄して新しい倫理を打ち立てているといった描かれ方をする。さもなくば、最終的に「真の愛」に目覚めるべき存在として描かれる。藤堂は、そのいずれにも手を染めようとしない。ただ、そのような女もいて、そのような男がいる、ということを描き出すだけである。

＊

実は、藤堂のなかのこうした傾向は、出世作である『マドンナのごとく』（一九八七）に既に現われていた。三十五歳のヒロイン優子は、自衛隊幹部である二十五歳の二人の男と関係を持った果て、二人の共通の恋人になってくれ、と言われて承諾する。「マドンナ」と彼らは言う。けれど優子は、「マドンナ」を昔風に言うと「共同便所」だと、旧知の男に言い、「そんな言葉、自分から言うもんじゃない」と怒鳴られる。ここに、藤堂の原点がある。十九世紀が「恋愛の時代」だったとすれば、二十世紀は「性愛の時代」だったと言えるだろう。信じがたいことだが、今でもなお、近代的な精神的恋愛の理想が人間を駄目にしたのであり、性的な解放を行なえば豊かな性愛の世界が広がるかの如くに説く論者が後を絶たない。もちろん、藤堂は、「マドンナ」という言葉が連想させる「豊かな性愛」は、裏を返せば「共同便所」であることを知っている。知っていて、たじろがない。

ところで『マドンナのごとく』は、北海道新聞文学賞を受賞したのだが、最近も桃谷方子の『百合祭』(講談社文庫同題書所収)のような秀作を出したこの賞の選考委員である渡辺淳一は、『マドンナのごとく』に寄せた文章で、「野に遺賢あり」と、藤堂の稟質《ひんしつ》をみごとに見抜いているが、作を評して、「筋だけ追えば、ふしだらな男女三人の相姦図のように見える」が、「その底に単なる男と女を越えた、オスとメスの哀しみと孤独が滲んでいる」としている。この時点でこう評するのはやむをえない。けれど、藤堂が一般の大衆作家と違うのは、むしろ「哀しみ」という主題を導こうとしないところにある。日本の大衆文藝が、男女愛欲の世界を描くときは、必ずと言っていいほど、「共同化された悲哀」でオチをつける。この言葉は、日本文学者の百川敬仁が、近世以来の日本人を呪縛するものとして「もののあはれ」という感性を抽出して名付けたものだ。たとえば泉鏡花の「藝者もの」や、川口松太郎から半村良にいたる「市井もの」は、ほぼこの感性に寄り掛かっている。重要なのは「共同化された」という点である。どこで共同化されるのか。鏡花の『婦系図』の舞台で、小芳とお蔦が「私たちは、因果だねえ」と泣き崩れる、そういう共同化もある。そうでなく、「哀しみ」を読者と共有しようとする作品もある。けれど、藤堂のヒロインは、その点で、頑なと言っていいほど、哀しみを分かち合おうとしない。一人で背負う。二人の男の「共同便所」になった哀しみがあるとしても、それは男たちとは分け合えない。

痛烈な現実への指向

話を戻すと、それから十年ばかり、藤堂は、作家としての地歩を固めるため、多くの、普通のさわやか恋愛小説や、姦通小説の類を書いてきた。例外的に、自伝的長編『青い扉』（新潮文庫）と、米国を舞台にした『29歳（トウェンティー・ナイン）』がある。後者は『ふたつの季節』と改題されて講談社文庫に収められた際、私が解説を書いたのでここで詳しくは述べない（付論1参照）が、ここでも藤堂は、多くの娯楽小説作家が彩りとして用いようとする西洋に、微塵の幻想も抱いていないし、留学生活の実際の惨めさを仮借なく描いている。『青い扉』は、短大時代のことを材にしたものだが、そこに、こんな一節がある。

残酷で容赦のない現実であるがゆえに、観念的で美化されたそれよりも、はるかにレイの心を惹きつけた。短大の文芸部の仲間たちの会話にいつも感じていたもどかしさが、二十代もなかばのひと組の男女によって見事にくだかれ、そしてレイは自分がひとりきりで「ジョンブル」にくるようになった理由も、結局はこれだったのだと思いいたった。どこかで待ち望んでいたのだ。痛烈な現実というものを、かいま見てみたい、と。

本当にその年齢でそういうことがあったのかどうか分からないが、藤堂の指向性——美化された文藝よりも痛烈な現実を、というものは、既にここに胚胎している。奇妙なことだが、通説では日本の「純文学」は、自然主義の全盛とともに、痛烈な現実を描く作品を、美化された虚構作品から区別して生まれた概念だとされているのに、山崎豊子、城山三郎、松本清張らが登場したころから、この構図は崩れ、むしろ「純文学」と呼ばれるもののほうがロマンティックになってゆく。なかんずく、八〇年代以降の、中上健次、村上春樹、高樹のぶ子、江國香織、吉本ばななといった作家たちにおいてそうである。中上の『軽蔑』のヒロインなど、藤堂作品を読んだあとではバカに見える。

先に述べた「浮世」でもう一つ感心したのは、野木は遊び相手の男だ、と宇多子が兄嫁に話した時の、兄嫁の驚きが描かれていることだ。宇多子は言う。「そんなにびっくりしないで。前々から言ってるように、和恵さんと私とでは、住む世界が月とスッポンほどに違うというか、つまりは、そういうことなのよ」「兄さんは和恵さんと同じで、まじめ人間の世界に生きているひとだから、私のやること、なすこと、腹が立って仕方ないんでしょ」。藤堂は、「奔放な性愛の世界」に〈外部〉があることを心得ている。そういう生き方とは無縁の人々がいることを知っている。『太陽の季節』や『限りなく透明に近いブルー』には、そういう外部がない。

紙幅が尽きようとしているので、藤堂の最新長編『ソング・オブ・サンデー』（文藝春秋）に触れよう。藤堂はほんらい中短編を得意とする作家で、長編になると人の出入りを増やし過ぎてしまう傾向があるのだが、ここでは、一日の出来事を描くことで主人公の人生が浮かび上がるという古典劇的な手法を用い、その弊を免れようとしている。ただ、導入部や細部がやや冗漫ではあるが、主人公である四十二歳で独身のイラストレーター利里子が、家の改装に来てくれる大工職の鉄治とドライブに出かけるところから話は始まる。しかし鉄治の用向きは、利里子が二ヵ月前、三本のワインをあけたところへ用事でやってきた大工仲間の新さんを誘惑して関係を持ってしまい、妻子持ちの新さんが悩んでいるということだった。鉄治は言う。

「(略) あんたは自分ではわかってないと思うけど、おれなんかが玄関先で立ち話をして、さて帰るかってとき、顔つきが、すうって変わる。ものすごく淋しい顔になる。こっちが思わず、だいじょうぶかって、ききたくなるぐらいに。あんた、自分のそういう顔、知らないだろう? まあ、知らないから、ああいう顔ができるとも言えるけど」

話の途中から、利里子は怒りがこみあげてきていた。自分で自分をたくみにごまかし、また、ほとんどそれに成功していると自分では思いこんでいたことが、じつはそうではなかったという事実と、それをあっさりと鉄治や新さんに見破られていたという二重の敗北感と屈辱が、利里子の血をたぎらせた。鉄治が言った「ものすごく淋しい顔」という表現は、利里子にとって屈辱以外の何ものでもなかった。

かっとして利里子は言い返した。

「知ったようなこと言わないでほしいわねッ。私はこういう顔つきなの。それを淋しげに見えるって勘違いするなんて、男たちは、まったく、もう、どうして、そう単純でばかなのか」

これでは、フェミニズム批評家も、藤堂を評価するわけにはいかないだろう。いや、フェミニズム批評家に限らず、多くの独身女性文化人は、淋しくなどない、と強弁する。けれど、リアリスト藤堂志津子は、そのような虚偽は許さない。むろん、結婚したからといって淋しくなくなるわけではない。しかし、独り暮らしの淋しさというものは、厳然として存在する。『ひとりぐらし』の帯には、「淋しいけど、自由」とある。だが、作品に就くなら、「淋しい」と「自由」は同等であって、帯が謳うように「自由」が優位だとはされていない。ただそこには、結婚に向いていない女、というものがいるだけだ。

（二〇〇一・三）

付論1　かつてないリアリズム――藤堂志津子『ふたつの季節』

十年ほど前、幻想的な作風の小説が芥川賞を受賞した時、選考委員の一人が、リアリズムをどう乗り越えるか、という宿題に対する回答だ、という選評を書いた。

リアリズム？　その言葉が、引っかかった。恐らくこの選考委員は、いわゆる「自然主義・私小説」のことを言っていたのだろう。この流れは、もっぱら、男性作家たちの、自らの家庭の倦怠や、放蕩生活を描き、後に、作家としての自分の身辺雑記風の小品を数多く書かせてきた。そのうち、特に後者の、凡庸な日常を描く、というやり方に、この選考委員が苛立っていた、というのは分かる。けれど、それだけで「リアリズム」が既に乗り越えられるべきものとして確立していたと言えるだろうか。

藤堂志津子の作品を読んでいると、こういう「リアリズム」は、かつて日本に存在しただろうか、と思わせる。『ふたつの季節』も、その例に漏れない。

けれど、粗筋だけ紹介すると、米国カリフォルニアへ留学した二十九歳の女性の、八歳年下の日本人の男や、米国人の男女のからむ、四角関係の凡庸な恋愛小説にしか思えないだろう。だが、そうではない。なぜそうなっていないのかと言えば、藤堂が、「階級」という視点を持っており、「恋愛」と言われるものの実相を直視しているからである。

この作品の主人公、倉田多希は、薬品会社に勤めた後、思い立って米国に留学した、小説の最初の時点で二十九歳の女性だ。この年齢になってそういう人生の進路を変えることは、勇気がいるし、リスクも伴う。成功すれば「階級」を上昇できるが、失敗すれば下降する恐れさえある。ところで、藤堂にこうした留学経験があるのかどうか知らないのだが、この描写はやはりリアルである。作中には、米国の大学にいた、と聞いて、「多分ひとびとが連想するのは、緑あふれる広いキャンパス、白人の男女、華やかなパーティ……。そういった経験をしている留学生もいることはいるのだろう」とある。もちろん、ほとんどの現実がそうではなく、ここに描かれたような、外国語との苦闘、外国でひとり住まいすることの孤独と不安、厳しい授業、そしてその結果としての、たまさか出会った日本人との不本意な共依存関係、といったところが実相なのである。同時に、米国の厳しい階級社会と、学歴による選別、大学卒業の困難、といったものの中身がごまかしなく語られていく。しかしながら、多希の在学しているカリフォルニア大学バークレー校というのが、カリフォルニア大学のなかで最も優秀な、米国でもトップクラスの大学であることは念のために記しておく。

多希は、当初在籍したカレッジで、二十一歳の、領という名の若者と出会う。彼は、父親に反発して日本を飛び出し、十分な資力もないまま、建築を学ぶと称して在籍している。ここのところは詳しく書かれていないのだが、多希は、彼と性関係を持つし、その後トニーという米国人青年とも関係を結ぶ。多希が一時帰国した時の描写で、おそらく彼女が、日本でもそうした異性関係をいくつか持っていたことが示唆されている。しかし、ここで藤堂は「ベッドのなかですごした」と書く程度で、セックス描写というものをしない。ひたすらセックス描写に力を入れることの多い現代文学の世界では珍しいくらいなのだが、それは、かつての青春小説のように、「性」を忌避していることをまったく意味しない。たとえばトニーの台詞に、多希にとってはトニーも領も友だちだ、「セックスしても、それは友だちとしてだ」という部分がある。恐らくこの部分は、「愛のないセックスはいけない」という理念を持つ読者に軽いショックを与えるだろう。けれど、藤堂が優れているのは、多くの男と「恋愛」なしに性関係を持ったり、比較的やすやすとそういう関係になるというような生き方が「新しい」とか「かっこいい」とかいった錯覚にまったく陥っていないことである。一読すれば明らかなように、二人の男と同時に関係を持つことなど、それ自体は当人にとってなんの高揚感ももたらすものではない。読んでいて、多希が多情だとか、奔放だとかいう印象は受けないし、いわんや二人の男を手玉に取る妖婦などというイメージはまったくない。複数の男と同時進行で性関係を持つ女を、淫乱とみる男もいるだろうし、逆に多情であるがゆえに魅力的だとみる男もいるだろうが、いずれも幻想に過ぎない。藤堂は、独身で三十前後の女性というものが、恋愛においても真剣に苦悩しながら、同時に自分自身の位置を固めるために苦慮せざるをえないという現実を描いているのだ。

多希は、領に惹かれながら、彼の性格のマイナス面をきっちり見据えている。領は、現実処理能力において抜きんでているが、その一方で、アンという西洋人女性を恋人に持つことによって白人コンプレックスから解放されようとし、多希を日本語で愚痴を言える相手として利用し、大学から放校警告を受けてもその事実に直面しようとはせず、建築をやめて音楽をやりたい、などと言いだす。藤堂も多希もそこまで言っていないが、音楽への方向転換や、その一環としてのバンド結成などが、厳しい大学の世界からの逃避であることは明らかだ。しかし、八歳年下の、この不安定な青年を、多希は見放すことができない。ここで素晴らしいのは、藤堂の描き方が、こうした「ダメな男でも愛してしまう」女に対して、過剰に同情的でもなければ批判的でもない点だ。それは藤堂が「恋愛」というものの現実を直視しているからである。

藤堂がここで描いている「恋愛」は、双方の打算とプライドと、孤独と不安とが入り混じったものとして描かれており、永遠の愛によって男女が結ばれるなどというファンタジーを、藤堂はまったく信じていない。ただし、こういう描き方は、大人の女性でなければ受け入れにくいかもしれない。

「不満をいだきながらも恋人がいない淋しさをまぎらわすために、とりあえずは八歳上の女でまにあわせておこう、それが彼の本心だったのか」。

世間で「恋愛」と呼ばれているものの八割方の内実は、このようなものだ。そして、藤堂はそのことを隠蔽しない。しかも、藤堂は、本作で、多希が一時帰国した時の描写を通じて、いまだ多くの日本人にとって重要な「家族」関係という厄介なものさえも、正面から描いている。印象的なのは、領のような、法を犯して外国で就労しているような留学生と付き合っていることや、マリファナを吸うような人たちと付き合っていることを、多希が家族への手紙では隠している、という描写が繰り返し出てくる点で、人は「恋愛」関係と「家族」関係を同時に生きなければならず、しかも往々にして前者を後者に対して隠すものだという事実を、藤堂はしっかり描いているのだ。

しかし、こうして見てくると、藤堂の「隠蔽」とほとんど無縁なリアリズムが、かつて日本で成立したことがあっただろうか、と思えてくる。あるとしても、それは林芙美子まで遡らなければなるまい。藤堂の場合、文体は確かに純文学のものではないが、見てきた通り、現実直視の才能には傑出したものがある。

本作には、主人公の姉で、社会に適応できず、詩集を二冊出したという人物が出てくる。主人公は、そういった「文学」への指向を嫌悪し、自分自身は自然科学の道をゆく。恐らくこの姉が、藤堂自身をモデルにしたものなのだろうが、だとすれば、「文学」の世界に閉じこもるような生き方から抜け出した時に、藤堂文学の世界が開けたとも言えるだろう。文学への懐疑なしに優れた文学は書けないからだ。『ふたつの季節』の幕切れは、あっけない。大仰な愁嘆場や感傷的な台詞があるわけでもない。

多希は、この作品のなかで、二十九歳から三十二歳までの期間を米国で過ごすが、八つ年下の領の迷いや不安を「理解」するという内心描写が何度も出てくる。それは、「ロマンティックな恋愛小説」を読む年齢と、「リアルな恋愛小説」を読む年齢の差でもあるだろう。『ふたつの季節』は、世間によくある、セックス描写が多いとか過激だとかいった小説がそう呼ばれるのとは別の意味で「大人の小説」である。藤堂には、『大人になったら淋しくなった』（幻冬社文庫）という題のエッセイ集があるが、この題は、藤堂作品の主題を簡潔に説明している。

（講談社文庫『ふたつの季節』解説）

付論2　知られざる傑作――藤堂志津子『プライド』

『プライド』は、藤堂志津子の傑作の一つである。一九九八年頃から、藤堂は新境地を開きつつある、というのが私の考えで、『ひとりぐらし』『ソング・オブ・サンデー』『昔の恋人』など、新しい「恋愛小説」を次々と発表している。本作品は、そのなかで書かれた、西洋風に考えれば中編程度の分量だが、三十六歳の独身の女と、二十三歳の「娼夫」をアルバイトにしている大学生（後に大学院生）と称する謎めいた男の話だ。女は来実子、男は界田由貴《ゆたか》と名乗っているが、本名かどうかは遂に分からない。来実子は、いわば「自由奔放」に生きている女とでも言おうか、五十代と三十代の二人の男を恋人に持ち、若いほうは来実子のために妻とも別れているが、来実子は彼と一緒になる気などないし、五十代の男のほうは、ほかにも恋人がいるらしい。父と母の相次ぐ死をきっかけに、来実子はある「怒り」に駆られるようになり、二人の男とも別れ、ある筋から聞きつけたホテル出張の「娼夫」を買おうとする。そして現われたのが、由貴だった。

こう書けば、いかにも当世風の、セックスがふんだんに盛り込まれた「性愛小説」を想像しそうだが、藤堂作品がひと味もふた味も違うのは、ここから先なのである。藤堂志津子は、とりあえず「エンターテインメント」の作家と見られている。しかし、ごく最近まで、この系列の作家が「恋愛」を描く際は、たとえいろいろなごたごたがあっても、どこかで、恋愛を美しいもの、二人のコミュニケーションとコミュニオンの世界として、そしてセックスもまたその一部として描こうとしてきた。分かりやすい例で言うなら、D・H・ロレンスの『チャタレイ夫人の恋人』がまさにそうだ。けれど藤堂は、現実の恋愛なるものが、そんなきれいごと、つまり前世で別れた自分の片割れとの再会であるとか、二人が一つに融合するとかいった見方を採らない。孤独な存在である人間一個が、とりあえず恋人という存在でその孤独を穴埋めし、同時に性欲も満たしておく、そのようなものとして描いている。

そして重要なことは、本作や、先に挙げたような藤堂作品が、「大人の小説」だということだ。この作品中では、二十歳以下の者たちが「コドモ」と片仮名で呼ばれている。この表記の仕方には、性の低年齢化などが言われる昨今の時勢のなかで（といってもその点は近代以前に戻ったというだけだが）、二十歳にもならないコドモに、恋愛というものの本当の寂しさや哀しさが分かるものか、という藤堂の冷たい視線が見て取れる。

もっとも、それは大人には分かりきったことなので、わざわざ解説すること自体、野暮というところもあるので、以下は「解説」なるものの宿命と割り切るほかないのだが、恋愛に限らず、人間関係は、常に力関係の確認を伴うものだ。この作品のなかでも、来実子は常に、由貴を相手に、自分のプライドを維持しようとし、由貴の内面を捕捉しておこうとする。何ていやらしい、愛はどうしたの、とコドモは思うかもしれないけれど、コドモであっても、実は無意識のうちに、友達や親や恋人に対して優位に立とうとしているものなのだ。いわゆる「相思相愛」なるものは、お互いが優位に立とうとして、それがちょうどバランスが取れている状態なのだと言っていいだろう。もし片方が、自分の絶対的優位を確信するというようなことが起これば、その恋愛は終わらざるをえない。

「エンターテインメント」などと横文字で言ってみても、内実は「娯楽小説」なのだが、藤堂はそこでも巧みなアクロバットを演じており、本作など、娯楽小説に分類されるとしたら、単に文体のゆえであるに過ぎない。後半での来実子と由貴の（ただし来実子の側から見られた）心理描写は、優にフランスの心理小説やヘンリー・ジェイムズのそれに匹敵していて、コドモの読者がついて来られるのだろうかと思うほど精緻である。たとえば、由貴が、来実子のように自分と互角に会話する女のひとをこれまで知らなかった、と言った時の描写。

「だって私はあなたより十三も上ですもの」

反射的にそう答えていた。年齢的な差のせいにして、それがすべての原因のように由貴にすばやく思わせておいて、来実子の脳裏には、まったく別の想像と光景があぶりだされていた。それを口にしないための即答だった。

その上、通俗小説と言われるものが往々にして持っている偶然性というものも、本作では慎重に排除されている。唯一の偶然的要素は、来実子と由貴が出会ったという、それだけだろう。さらにその背後には、不仲だった来実子の両親が相次いで死に、それをきっかけに二人の男と縁を切ろうとしたという事情があって、これまた、恋愛を描く際に極力その両親のことは描かずにおこうとするようなトレンディー・ドラマの類とは一線を劃している。

藤堂作品のこうした性格を、私は、日本では稀なリアリズム、と呼んでいるが、なかでも恋愛において女の側における真実を藤堂ほど冷徹に追求する作家をほかに知らない。男に対して厳しい見方をしてみせる女性作家というのは他にもいるが、藤堂は女に対しても決して容赦はしない。それが、島清《しませ》恋愛文学賞を受賞した『ソング・オブ・サンデー』でははっきり見て取れる。恋愛は孤独に対する風邪薬であり、セックスとは、性欲と孤独に対する風邪薬だと私は思っている。つまり、特効薬ではなくて、諸症状を緩和する役割しか持っていないのだ。実は結婚もまた風邪薬である。十九世紀以来のロマン主義的恋愛観というのは、この風邪薬でしかないものを特効薬と勘違いしてきたものでしかない。

　では小説とは何のためにあるのか、小説を読んでも人生の役には立たないのか、と言う人もいよう。けれど、小説というのは、人生とは何か、といった「幼稚な」問題に答えるものではなく、人生はこんな風に見ることができる、ということを示して面白がらせるものだ、と言ったのは、英文学者の吉田健一だが、藤堂作品はそういう意味で、小説の本道を行くものである。ただ一点だけ、リアリズムでない部分があるとすれば、藤堂作品のヒロインが常に最後のプライドを捨てないというところだろう。どれほど「爛れた」世界を描いているように見えても、爽やかなものが残るのは、そのせいだ。

　この作品の場合、何といってもその、後半に至ってからの息も詰まるような心理描写と次第にスピードを増してゆく展開、そしてその短いラストシーンの見事さが傑出していて、あたかもバルザックか、『トゥーランドット』を思わせる（後者のオペラのような甘さはないけれど）。由貴を好きになってしまった、けれどこの男と付き合うわけにはいかない、ということを見定めた来実子の選んだ鮮やかな幕切れに、大人の読者はこれ以上の解説を必要としないだろう。


（角川文庫『プライド』解説）

付論3　四十代女の魅力——藤堂志津子『心のこり』

五十代くらいの男と二、三十代の女の恋愛を扱った小説というのは以前からあった。最近では男がさらに年かさになったものもある。私にはこの設定が、何となく不満だった。そこには、女が恋愛の対象になりうるのはせいぜい三十代どまり、かつその場合、男は年上でなければならないという暗黙の了解事項があるような気がしたからだ。そしてどういうわけか私は最近、女性がいちばん魅力的になるのは四十代後半である、と思うようになってきている。もちろん私だって二十代のころは、若い女性にばかり目が行っていたのだが、三十代後半に入るころから、対象年齢が上がってきたのである。だから、小説におけるこういう了解事項は、よけい不満に思えてきて、どこかに、三十代の男と四十代後半の女の恋愛を描いた小説はないものかなあ、と思っていた。ところが、藤堂の『心のこり』（文藝春秋）の表題作は、まさにそういう短編だったのである。もちろん私が藤堂さんに書いてくれとリクエストしたわけではない。かねてから私は藤堂ファンであるが、その作家が自分が書いてほしいと思っている小説を書いてくれる、とは、至福ではないか。

しかし、そこは藤堂志津子、そういう関係が不自然でないよう、きちんと設定している。男、松城は三十五歳で妻と二人の子供もいる。ヒロイン、澄礼《すみれ》は四十六歳で独身。八年前から同じ会社にいて、三年間、いっしょに呑みに行ったりする仲で男女の関係はなかったが、澄礼が職場を変え、五年前から音信が途絶え、その間に松城は結婚した（藤堂の小説は、こういうふうに、年齢や時間の設定がはっきり書かれている。そういうことをわざと書かずにおく小説作法もあるが、藤堂がそれをしないのは、きちんとした性格だからかもしれない）。松城は顔だちは美しいけれど、あまり器用ではなく、もてる方でもない。そして澄礼の心の中にあるのは、彼ではなく、その五年の間に情事をもった、既に死んでしまった五歳上の男だった。再会した松城を澄礼がホテルに誘うのは、その男への思いと欲望を松城の体を借りて満たすためだった。ここで短いセックス・シーンがあるが、この設定ゆえに、実に効果的だ。若い男のなかには、四十六歳の女とのセックスなど、考えただけでぞっとするのもいるかもしれない。だからこれはやっぱり大人の小説なのだが、すごいのはセックスの後で松城が澄礼の手を握りしめた時の「一瞬、澄礼はぞっとした」というあたりである。澄礼が求めているのは、松城の体だけであり、この関係は遊びなのだ。情緒的な関係にはなりたくない。関係が続くうち、松城は次第に本気になってゆき、澄礼は困惑する。

澄礼のようなヒロインは、藤堂作品には何度か登場している。けれど何度も書いているように、藤堂の筆致には、「新しい女」「かっこいい女」を描いているという衒《てら》いがない。こういう女もいる、という事実を書いているだけだ。そこが、いい。四十六歳なら、さすがに若い女が持っているような外見の美しさは、顔にも体にも、ないだろう。ただし子どもを産んでいないから衰えかたも少ないはずだけれど、もし男の読者が、そんな歳の女に夢中になる三十代男の気が知れない、と思ったとしたら、まだ魅力的な四十代女に出会ったことがないからだ。

二番目の「片想い」は、一言でいえばちゃっかり女の話。ヒロイン美鳥《みどり》は二十九歳、ずっと同僚の男、小山田に片思いしてきて、どうやら彼が結婚しそうだというので、長い付き合いのあまり冴えない男、順一と結婚する気になるのだが、小山田の結婚がだめになったらしいと聞いて、即日、順一との結婚話を取り消し、小山田にアプローチを始める。どうやらうまく行っていたように思えたのだが……。藤堂はこのちゃっかり女を、さりげなく罰しているけれど、ここでは順一という冴えない男の包容力が目立つ。美鳥の同僚の「ハマって、ふられて、さんざ、ひどい目にあって、それで、ようやく自分にちょうどいいのは、どういう女かってことに男は気づく」というせりふが、ちゃんと美鳥に「男」と「女」を入れ換えて返ってくる。

最後の、少し長めの「ピアノ・ソナタ」は、読みはじめて、あれっと思う。三十二歳のフリーライターのヒロインが、仕事で知り合った音楽関係の男に結婚を申し込まれて、まず同棲したいと提案する。なぜすぐ結婚に踏み切れないのかといえば、例によって、昔の男が忘れられないらしい、とは分かるのだが、妙に文章がゆったりしている。しかも藤堂にしては設定が凡庸だ。と思って読んでいくと、あっ。ここから先は、現物を読んでほしい。もうひたすら「プロの凄味」を感じさせるばかり。「ピアノ・ソナタ」は、短編のための賞である川端康成文学賞に値する珠玉の作だと思うのだが、あれは「純文学」のものだから、無理なのが悲しい。

藤堂の小説を読むのは、日本でも指折りの建築設計士が建てた家に住むようなものだ。

（『本の話』二〇〇二年三月号）

虚構は「事実」に勝てるか

中条省平が『論座』誌に三年以上にわたって連載している「仮性文藝時評」は、一時期、あるパターンを得意としていた。新刊の小説を、ノンフィクション、あるいはマンガと対比させ、前者は後者に負けているのではないか、と示唆するというパターンだ。もちろんあまり同一パターンを繰り返すのもまずいので最近は様子が変わってきたが、このパターンにそれなりの魅力があったのは確かだ。さて、たとえば昨年、もっとも衝撃を与えた作品、と言われて思いつくのは、少なくとも私には、虚構作品つまり小説ではなく、佐野眞一の『東電OL殺人事件』（新潮社）だ。同じころ久間十義《ひさまじゅうぎ》が、同じ題材を小説にした『ダブルフェイス』を上梓したが、こちらの評判は惨憺たるもので、これが中条の好餌になったのは言うまでもない。しかしその一方で、ノンフィクション作家の吉岡忍、沢木耕太郎がやや間を置いてではあるが小説を発表した（『月のナイフ』『血の味』）。これに対して、『朝日新聞』紙上で「ノンフィクションはどうなる」という武田徹による問いかけがあり、吉岡が、ノンフィクション『M／世界の、憂鬱な先端』も発表しており、心配ない、と自ら答える（二〇〇一年二月三日夕刊東京版）というやや奇妙な一幕もあった。

確かに、「小説」というジャンルには、未だに十分な需要がある。かつては詩人や劇作家（藤村から室生犀星、山本有三、岸田国士、富岡多恵子、唐十郎、柳美里など）、最近ではエッセイストやコラムニスト（椎名誠、林真理子、群ようこ、田口ランディ）が小説を書くようになる、という現象があり、その逆（特に小説家から詩人へ）というのはあまりない。だが、中条がかなり過大評価しているように思われる田口の小説などを読むかぎり、彼女が小説を書く必然性はあまり感じられないのだ。それは村上龍や柳美里の「現代的問題」としての引きこもりやインターネット、援助交際や少年犯罪などを扱った小説類を読んでも感じることだ。こうした「九〇年代的主題」を扱った小説については改めて述べたいと思うので、ここでは、佐野が示したような「事実」が「小説」という虚構を圧倒してしまう、という現象について考えたい。

E・M・フォースターは、小説と物語の違いについて有名な定義を行なったが（『小説の諸相』）、実際には小説と物語は論理階程の異なる概念であり、「物語」が、小説のみならず、映画、マンガ、劇、あるいはテレビゲームのなかにさえ存在するものであることは今さら言うまでもないだろう。だから、平安朝から室町期まで大量に生産された「物語」は、その上位概念としての「物語」を含むジャンルとしての「物語」であって、論理階程を異にする。そこに「虚構／非虚構」のような区分が持ち込まれると、かなりややこしいことになるが、「虚構／非虚構」は、画然たる対立ではなく、グラデーションだと考えたほうがいいだろう。一方では、歴史も物語であり、テクスト外の事実などというものは存在しないというポストモダン文藝学も存在するが、それは理論としては成立するだろうが、いかに何でも『グイン・サーガ』と『徳川実紀』の間に虚構性の相違が存在することまで否定するのは、理性の過剰というものだろう。ここで仮に「事実性の強い文章」という用語を用いて、たとえば「六国史」と『蜻蛉日記』を並べると、非虚構のなかに「公的なもの」と「私的なもの」の区分が存在することが分かる。ここで問題になるのは、『日本霊異記』の系譜に連なる説話集や、古代ギリシャの悲劇が、当時の人々にとっては、今日の人々が思う以上に「事実性」が強いものと思われていたということだ。明らかに虚構であると見なされたであろう作品は、『竹取物語』を嚆矢とすることになっている。リチャード三世はもちろん、リア王やマクベスでさえ、実在の人物なのだということは忘れてはならないだろう。こうした虚構の研究は美学の対象だから、たとえば西村清和の『フィクションの美学』(勁草書房)のようなものに書いてあるにしても、享受者というのは必ずしも常に論理的であるとは限らない。たとえば髙村薫の『レディ・ジョーカー』や天童荒太の『永遠の仔』が、グリコ・森永事件の真相はこうではないか、とか、現代社会にはこうした児童虐待が数多い、といったメタ・メッセージを持っていたからこそ広く読まれたことは否定しえないのだ。また、歌舞伎の世界で独参湯《どくじんとう》とされる『仮名手本忠臣蔵』およびそのヴァリエーションとしての、映画やドラマでの忠臣蔵ものの人気が、それが現実に起こった事件であることと無関係だとはとうてい言えない。逆の例で言うならば、架空の人物であるシャーロック・ホームズやアン・シャーリー(『赤毛のアン』)は、熱烈なファンからは実在の人物並の扱いを受けているし、トルキーンの『指輪物語』が米国の大学生に強い人気があった時代には、「ガンダルフを大統領に!」という声も上がったりした。

要するに、余りに極端に現実から遊離した虚構が受け入れられるのは困難なのである(たとえば筒井康隆の『虚航船団』は、それを試みた例だ)。

物語の枯渇

しかし、もう少し話を絞ろう。かつてアールネ＝トンプソンが分類したように、「物語」には有限数のパターンがある。近代における出版・印刷技術の発達とともに目ざましい隆盛を見せた「小説」というジャンルは、十八世紀前半の『スペクテイター』創刊を一つの淵源とし、デフォーやスウィフトのような「ジャーナリスト」たちの、現実を材料に虚構を構成する手法によって、十九世紀にさらなる発展を見せた。初期の小説群の多くが、語り手が発見した文書を公開するという形式を取っていたのは周知の事実である。デフォーの『疫病の年の記録』(邦訳題『ペスト』)が、事実に基づいた小説であり、『モル・フランダーズ』が、虚構の形を取った当時の下層社会の紹介でもあるように、読者は「事実」を物語化したものを好んだ。『曾根崎心中』も『好色五人女』も、徳川期に多く書かれた漂流記も、そうである。だが、事実と虚構のこの幸福な関係は、二十世紀後半に入ると、物語のパターンが使い尽くされることによって危機に陥った、と私は見る。蓮實重彦が

『小説から遠く離れて』で指摘したような、同一パターンの小説の同時出現は、作家の想像力が貧しくなったことを示すというより、物語のパターンが尽き始めたことを示していたのだ。中上健次が「父殺し」という物語を避けようとして『地の果て　至上の時』を破綻させたのは有名な話だが、村上龍の『コインロッカー・ベイビーズ』にも、たとえば超能力を用いての養父母の復讐という物語を避けようとした痕跡が明らかだし、それにかなり先立つ三島由紀夫の『金閣寺』や、村上春樹の『世界の終りとハードボイルド・ワンダーランド』は、読者が期待する結末を回避することによって「純文学」の位置を保とうとしている。しかし一方では、もちろん現在でも、娯楽小説や映画には、しかるべきクライマックスと大団円《デニユーマン》が用意されている。柳美里の『ゴールドラッシュ』などは、現実に取材し、大団円を備え、かつ純文学であろうとした、現代にあっては稀な試みだったと言えよう。

「ノンフィクション」の強さ

「ノンフィクション」と呼ばれるジャンルは、近代においては、ジョン・リードの『世界を揺るがせた十日間』あたりを濫觴として、ごく最近の、ないし少なくとも五十年ていど過去の事象を対象とする実録として成立した。そして、谷崎、川端、三島が死んだ後の（しかも大江健三郎の最高傑作が書かれた後の）七〇年代の純文学の不振と、一九七〇年の大宅壮一ノンフィクション賞の創設に伴う、柳田邦男、山崎朋子、沢木耕太郎、そして立花隆らの登場によって、日本においてノンフィクションは確固たる地位を占めた。実際七六年に村上龍、七九年に村上春樹が登場するまで、傑作と呼びうる「作品」は、こうしたノンフィクション作家たちの代表作だったのだ。二人の村上は、米国のポップ・カルチャーを援用することによって「小説」を延命させたが、既に明らかな通り、龍は自覚的に娯楽小説的作品を書くか、さもなくばどんどん「現実」の方へ傾き始めているし、春樹もまた、ルポルタージュを書くか、『神の子どもたちはみな踊る』のような「蜂蜜パイのように甘い『お話』」(大塚英志)を書くか、破綻した長編を書くかしかできなくなっているように見える。確かに、二十代前半の若者はいまだ「虚構」を消費できるだろうが、私程度の年齢になると、もはや物語のパターンは分かってしまうから、佐野眞一による、一流会社のキャリア社員の異様な売春婦としての生活のルポルタージュを前にして、それでもなお虚構は力を持つだろうか、と懸念してしまうのはやむをえない。

それは、少年犯罪や異常犯罪が多発し、現実の方が小説より「奇」になったからだ、と言う人もいよう。しかしそれ以前の歴史をよく調べてみれば、昔から「奇」なる現実は多かったのだ。もし大正時代に「ノンフィクション作家」がいれば、柳原白蓮の駆け落ち事件や有島武郎の情死事件を巧みに作品化していただろう。言論統制がなければ、大逆事件や虎ノ門事件もまた。

たとえば、加藤詩子《うたこ》の『一条さゆりの真実』(新潮社)は、奇しくも「真実」をタイトルに謳った、二段組で四百頁を超える力作だが、ほぼ初めての著作であることを考慮に入れるなら、やや言葉遣いが粗雑な点（「ある意味」という副詞が多用される所など）と、いくぶん刈り込みが足りない点を割り引いて、秀作と称して差し支えないだろう。それは、一条の名を知らしめることになった駒田信二の『一条さゆりの性』を決定的に過去のものにし、類書を顔色なからしめるに足るものだ。加藤が採った方法は、山崎朋子の『サンダカン八番娼館』に似て、かつて「性」を売っていた女性を訪れ、起居を共にするほどに親昵し、己れが彼女らの人生を「売文」に用いようとしていることの罪の意識に苛まれつつ、その葛藤もろともに一つの作品に仕上げるというもので、一条逮捕のきっかけとなった小沢昭一が証言台に立とうとしなかったことを、小沢の弁解がましい意味不明の文章とともに提示する峻厳さの一方で、かねて一条の偶像化に一役買ったことを非難されている駒田に関してはその誠実さを評価する冷静さを持っている。そして親しく付き合った一条の話の多くが嘘であったことを書きつけてゆく、対象を過剰に美化することも貶めることも禁欲するその文章には人としての、物書きとしての誠実さが結晶している。しかし、こう書いた途端、ある種の「文学者」の反撥があるのは確実だ。彼らは言うだろう。「小説家」は嘘つきであり、誠実さなど不要であり、虚実皮膜の間を生きるものであると。それこそ「文学」であると。

虚実皮膜。手垢に塗れた言葉である。穂積以貫が、近松門左衛門の言葉として録したこの言葉は、微温的な「文学者」流の切り札的な言葉として用いられてきた。『心中天の網島』のおさんのような女が、本当にいたのか。駒田信二は、一条というストリッパーを、文学的に幻視してしまったのではないか。駒田に筆誅を加えようとしない加藤は、作全体によって、駒田の「文学」を裁いていると言ってもいいだろう。事実の重み、という言葉がある。新聞でよく使われる言葉だが、「文学者」はむしろこの言葉に嫌悪感を覚えるだろう。事実など重くはない、テクスチュアの戯れこそが文学なのだ、と。ここで不思議なことに、ロマン主義者とポストモダニストが手を握る。『心中天の網島』も、『女工哀史』もともに表象である、私たちは表象の背後に現実があるかのように仮想しているだけだ、と言うポストモダニストは、結果としてロマン主義を容認することになろう。

そこでたとえば、猪瀬直樹の『ピカレスク――太宰治伝』(小学館)を見てみよう。ここでは、文学者の評伝には珍しい文学臭のない平易な文体で、太宰の最初の心中未遂事件が狂言のやり損ないだったのではないかという推理が述べられ、井伏鱒二の『ジョン万次郎漂流記』や『山椒魚』が、盗作ないし剽窃ではないか、さらに名作とされる『黒い雨』は、重松日記からの引写しと戦後社会に都合のいい改竄ではないかと書かれている。本書の書評の多くは、〈文学関係者にはショックだろう〉とか〈文藝雑誌はこれをどう扱うか〉などと述べていた。私はいかなる人物であろうと偶像視する趣味はないから、『黒い雨』が抹殺されて重松日記が取って代わっても一向に構わない。かつて文学志望の青年だった猪瀬は、資質の違いに気づいてそこから離脱し、今、文学者の評伝や文藝評論の世界に挑んでいる。五年ほど前には、やはりノンフィクション作家の吉田司が、宮澤賢治の、日蓮宗の団体である国柱会との深い関係を抉った『宮澤賢治殺人事件』を著し、何人かの賢治研究者の反撥を買った。私たちは、小宮豊隆流の偉人としての漱石像を『夏目漱石』で打ち毀したとされた江藤淳がいつしか漱石礼讃者に変わっていったのを、そしてそのような「業界」の破壊者であるかに見えた小森陽一が易々と賢治生誕百年のブームに乗ってしまうのを見てきた。そして文学研究者が折りに触れて、〈研究は作家と作品に対する真の愛情がなければならない〉と口にするのを見てきた。むろん、すべての文学研究者がそうだというのではない。中野好夫の『蘆花徳冨健次郎』（筑摩書房、絶版）は、偉人礼讃型ではない評伝の傑作だ。

「文章」はなぜ擁護されるのか

もし猪瀬に対して井伏を擁護しようとすれば、「文章」を持ち出すしかないだろう。「文章」は「文学」の最後の砦であるらしい。清水良典はこのところ、「純文章」という概念を提起して「純文学擁護」の論陣を張っている。もちろん、悪い文章というのはある。だが、加藤詩子の労作は、少々の文章のまずさは、内容によって乗り越えられてしまうということを示している、と思う。「内容」と「形式」は不可分だ、という常識はある。だが、内容と形式は不可分だとしても、文章と、それが指し示す事実は分離できるのだ。むろん、ナボコフのように、文章が決定的だという作家もいる。しかしたとえばヘンリー・ジェイムズの『鳩の翼』を、物語だけ取り出せば骨抜きになってしまうだろうか。そうではあるまい。「物語」は、目に見えるもの、耳で聞こえるものだけから成り立つのではない。ジェイムズが顕微鏡で覗くようにして人物の心理を描く時、読者はその心理の現前を感じているのだ。その現前ごと「物語」なのであって、それはたとえば一般的な映画の手法では表現できないものだ。佐野も加藤も、殺された女性や一条さゆりの内面に入り込むことはできない。特に、家族に取材できなかった前者において、精神医学者の意見を叩くしかなかった最終章は、精彩を欠いている。いっぽう髙村薫や天童荒太は、おそらく綿密な取材と想像力によって「心理」を再構築してみせた。

芥川龍之介は、自殺する直前、谷崎潤一郎と、「筋のない小説」を擁護して論争めいたものを行なった。それはむしろ初期の芥川からの離脱であり、芥川は志賀直哉の「焚火」のような優れた文章による短編に憧憬を覚えるようになっていた。だが、仮にこの論争が「文章／物語」の二項対立の上に築かれていたとしたら、そこには「事実」という視点は抜け落ちていた。もちろんそれはその当時、プロレタリア文学が重視していた要素だったからだ。けれど、「焚火」は、志賀の全作品のなかでも最も優れたものであり、こうした作品を量産することはできないし、自ずと彫琢された文体は、ふつう短編でしか実現されえない。『細雪』は例外だが、潤沢な資金（中央公論社からの前借り）と、河野多恵子のいう「広義の才能」（『文學界』五月号）によって実現したものだ。そして芥川の名を冠した賞は、いつしか日本の文学賞のなかで最も有名な賞になったが、当初から短編を対象とし、近年特にその受賞作は、筋より文章で選ばれるようになっているように見える。最も新しい受賞作の一つである堀江敏幸の『熊の敷石』が「小説」かどうか、私には未だ疑問なのだが、清水を含む評者たちが挙《こぞ》ってその文章を褒めているところを見ると、いよいよ「純文学」における「文章」の比重は高まっているように思える。

だが、谷崎―芥川論争の頃は、未だ「物語」の類型が使い尽くされるという事態は予測されていなかった。「純文学作家」と見なされる作家のなかには、なお物語の可能性を追求しようとしている奥泉光のような作家もいるのだが、『ノヴァーリスの引用』から『グランド・ミステリー』に至る奥泉作品は、いずれも、ミステリ仕立てで始まってタイム・リープやパラレル・ワールドのようなSFに終わるというもので、同巧異曲の感は免れない。しかも、太平洋戦争を題材とした『グランド・ミステリー』を読むと、むしろ奥泉が参考文献として挙げている戦記実録ものを読んだほうがましだったのではないかとさえ思える。それは、大岡昇平のような優れた文学者の作品のなかで、後世に残るだろうと思えるのが、『俘虜記』(長編)、『レイテ戦記』のようなほぼ「事実」に基づくものであること、あるいは島尾敏雄の代表作がどう見ても『死の棘』であり、檀一雄のそれが『火宅の人』であることは、示唆的である。たとえばその一方、七〇年代は、マンガやアニメーションの質と地位が劇的に向上したが、現在でもこれらのジャンルはサブカルチャーと見なされているため、読者の「真実らしさ」への期待度が小説とは異なっているから今なお現実離れした物語の使用が可能なのである。

たとえば、純文学を批判する者は往々にして、現代の純文学は「物語の面白さ」を忘れている、と言う。だが、既に小説というジャンルは、マンガやアニメと同じように「物語」であることはできない。それはジャンルの歴史的必然である。現代の純文学作家は、物語を堂々と採用することもできず、その一方で「事実」に寄り添い過ぎることをも恐れている。その好例が、立松和平のあさま山荘事件を扱った『光の雨』の失敗であろう。たとえば司馬遼太郎がなぜ国民的作家たりえたか、その理由は巷間言われる「司馬史観」とやらにあるのではなく、司馬が他の歴史作家の追随を許さない豊富な史料と史実調査に基づいて書いていたからである。『小説トリッパー』九九年秋季号は、「方法としての小説とノンフィクション」を特集し、巻頭に佐高信と城山三郎の対談が載っているが、城山には不思議なことに、小説家ではなくノンフィクション作家扱いされることへの不安感というものがない。実際、城山や吉村昭の歴史小説も、それが「小説」であることの必然性を疑わせるものだ。森鷗外は、現代小説に挫折し、歴史小説へ向かった後、遂に「史伝三部作」に至り、大佛次郎は、「鞍馬天狗」に始まって、『帰郷』のような作品を挟みながらフランス歴史実録に及び、晩年は『天皇の世紀』に至った。そして少なくとも昭和二年の段階で谷崎が信じることのできた「筋」が、戦後の「性」を題材とした作品群の漸次の増加と八〇年代の爆発的隆盛によって蕩尽された後、もう独自のものが残っていないように見える現在、「小説」ジャンルは隘路に入り込んでいる。むろん少数の例外はあるのだが、晩年の中村真一郎が述べていたように、このジャンルは終わったのかもしれない。けれど、実は虚構散文という形式は、古今東西、あちこちで「終わって」いる。セルバンテスが『ドン・キホーテ』を書いた時、騎士道物語はもう「終わって」いたし、室町時代に、平安朝物語の亜流が量産されていた時、「物語」というジャンルは「終わって」いた。そして、近代における「小説」に、特権的な地位を与える必要はないのである。『源氏物語』は平安朝宮廷の現実に基づいて描かれたし、騎士道物語でさえ、中世の騎士という現実を基盤にしていたのだ。小説というジャンルは、近代の市民という新しい現実が産んだ、多くの虚構散文の一ジャンルに過ぎないのではないか。

ところで、先にみた城山と佐高の対談で、佐高は、佐木隆三が直木賞を受賞した時、パーティの席で「調べて書いただけじゃねえか」と聞こえよがしに言われた、と言っている。「調べて書いただけ」が悪口になるのは、学問の世界では本来ありえないことだが、文学研究の世界では、ないことはない。では「調べて書いただけ」ではないのは、虚構、あるいは自己語り、あるいは山崎朋子や加藤詩子のように、「自分」が出てくるノンフィクション、ということになろう。ここには書き手の内面が描かれてこそ、真の文藝だという、近代日本の「純文学」特有の文藝観と、「想像力」を重視するそれとが入り混じっている。ところが皮肉にも佐高はその直後に「恐るべき想像力の貧困ってありますでしょう。例えば経済界のことなんか、ほんと知られていませんよね」と言っている。佐高は、「知られていないことを想像する力がない」という意味で言っているのだが、しかし、経済界の内幕は、想像力の問題ではなく、事実の問題だろう。「想像力」という言葉は、サルトルが肯定的に用いて以来、日本では大江健三郎が盛んに用いた。けれど、「想像力《イマジナシオン》」と、ラカン的な「想像界《イマジネール》」は、混同されてはなるまい。たとえば大江の『個人的な体験』は、アフリカへ行く、という想像界が、障害を持つ嬰児という「現実界《レエル》」によって否定される作品だ。あるいは島尾敏雄の『死の棘』は、島尾隊長、という想像界が、妻の狂気という現実界に敗れさる作品だ。虚構と事実、という問題をまともに考えようとするなら、ここ三十年くらいの「想像力」という言葉の安易な用いられ方を再考する所から始められなければならないのではあるまいか。

（二〇〇一・六）

政治としての対談・座談会

日本の総合雑誌、文藝雑誌などには、ほとんどと言っていいほど、「対談」というものが付いている。時にそれは三人、四人からなる「座談会」だったり、もっと多い「シンポジウム」だったり「共同討議」だったりする。各誌の十月号を見ると、『新潮』では島尾ミホ・小川国夫、『群像』では加賀乙彦・菅野昭正、『文學界』ではなかったので九月号を見ると河野多恵子・山田詠美と蓮實重彦・松浦寿輝の二本立て、『文藝春秋』では吉村昭・半藤一利、福田和也・鹿島茂ほか一つ、『中央公論』では大塚英志・棟居快行、『論座』では福田和也・磯崎新の連載第二回、『諸君！』には土居健郎・平川祐弘、岸田秀・松本健一ほか三つもある。他にも、『ユリイカ』『國文學』のような半学術半文藝誌にも必ず一つくらい付いている。実際、対談など（先に挙げたものを一括してこう呼ぶことにする）は、日本の雑誌文化の目玉商品であり、岩波書店の『文学』のような、ほぼ学術誌に近いものにさえ、隔月刊になってからは減ったが季刊の頃は毎号載っていた。そもそも、総合雑誌なるもの自体が日本特有のものなのだが（なかんずく、右派のオピニオン誌のようなものが他国に存在することなど考えられない)、対談などはほとんど独自の形式といっていいもので、西洋でも二人の知識人の対論によって作られた本のようなものはあるが、雑誌に載るのは概ね「インタヴュー」であって、インタヴュアーは普通、相手の著作を熟読した上で、本質的な質問をぶつけるのが常であって、日本の雑誌の対談などのように、時には相手が書いたものを何も読まずに成立してしまうようなお手軽なものはあまりない。

日本文化のこうした特徴は、マサオ・ミヨシの『オフ・センター』(邦訳、平凡社)のなかの「座談会と会議」という章で徹底的に批判されている。日本のいわゆる座談会は、お互いの書いたものへの正確な言及もなく、仲間意識を作り上げ、商業主義的な雑誌にとっては、原稿を書かせるより手軽で、文化人としても気楽で、読者は吉本隆明や山口昌男といった「文化的英雄」(原文は一九八〇年代後半に書かれたもの)の肉声に接することができ、書かれたものに比べれば冗談も時に飛び出し、エンターテインメントであり、パフォーマンスであって、こういう「文化的消費主義は、体系を持ち組織化された分析や思考を消去しつつあるように思え、これとともに、日本の文化的指導者たちの会話は堕落しはじめ」「座談会は相互宣伝の機会に変わってしまう傾向があ」るとミヨシは言う。ただ一つの事実誤認は、ミヨシが、それに対して米国の学者たちの間ではむやみに会議、シンポジウムの類が増えているが、そうした会合では会話はまったく起こらず、各人は用意された論文を読むだけで、「それについての非公式の談話や議論をでき得るかぎり避けようとする」として日本と米国を対比させているのだが、実は日本でも、学者が学会で行なう「シンポジウム」の類は、米国とまったく同様である。だから学者の生態に関しては日米で差異はなく、むしろ大衆知識人の存在が日本において際立っているということになるだろう。

だいたいこういう対談文化が生まれたのはいつごろなのか。明治期には鷗外、斎藤緑雨、幸田露伴の「三人冗語」があったが、たとえば鷗外と漱石の対談などという、それこそ高橋源一郎の『官能小説家』ばりに言えば、今なら編集者が狂喜しそうなものも存在しない。『ユリイカ』の小林秀雄特集（六月号）には、坂口安吾と小林の昭和二十三年の対談が「全集未収録」として再録されていて、読みはじめると、安吾が「教祖の文学」を書いた後のものなのでちょっと驚いたが、最後に小林が福田恆存を「痩せた、鳥みたいな人でね」と言っているのがどこかで引用されているのを見たことがあるから、単なる私の無知だろう。しかし、「教祖の文学」を気にしていない、と小林が〈融和〉を図るのに対して安吾は「あれくらい小林秀雄を褒めてるものはないんだよ」と言いつつ、「僕が小林さんに一番食って掛りたいのはね、こういうことなんだよ」と食い下がっている。また、勝本清一郎・柳田泉・猪野謙二の三人がホゥストになり、毎回ゲストを一人招んで行なった『座談会　明治文学史』（一九六一年刊）が、最近、大正篇と一緒になって岩波現代文庫から刊行されたが、高橋源一郎が盛んに言っているように、ここでの勝本の迫力は見事で、神懸かりめいた勢いをもって熱弁を振るい、後へ引こうとしない。調べてみると、個人で「対談集」のようなものを二巻以上出したのは、戦後すぐの辰野隆《ゆたか》、柳田國男あたりに始まり、故人で言えば三島由紀夫、大岡昇平、司馬遼太郎、寺山修司、武満徹、中村元《はじめ》などがいるが、数巻に及ぶ「某々全対話」のようなものを出しているのは、江藤淳、梅原猛《たけし》、開高健《たけし》、山本七平、河合隼雄、吉本、柄谷行人といった面々である。梅原の自筆年譜には、四十代始めの頃、対話ブームを起こす、と書いてある。とにかく、ここまで来ると、到底他国には類を見ない対談文化の国であることだけは間違いあるまい。ところが、九〇年代後半から、この「対談文化」の世界に、ある変化が訪れたように思えるのだ。それは、少なくとも私には、より一層の〈堕落〉をもたらしているように思える。

対談文化の変容

戦前の日本では、商業誌に登場するような有名文化人は、まず「左翼」ではありえなかった。当然のことだ。だが戦後、様相は変わった。「左翼」のなかから文化的英雄となった先駆者は、加藤周一、大江健三郎、吉本隆明などだろう。大江は若いころ、『世界の若者たち』として纏められた連続対談を、横綱大鵬、右翼の北小路健、島津貴子のような人たちも含めて行なったが、北小路は、大江への批判を呵責なく口にしているし、大鵬は「普通の対談だと思っていた」と、いわゆるタレント対談と違う姿勢で大江が臨んだことに戸惑いを見せている。大江は当初、同世代の〈仲間〉だった江藤淳が、アメリカ留学後〈右傾〉すると、自作の評価をめぐって対立を深め、対談でやりあったこともあったが、『新潮』の一〇〇〇号記念号で、石原慎太郎、開高健を交えて同世代の座談会をやった後、大江は、「その際、『天皇』という一語が発せられるだけで、座談会そのものが消滅してしまう、埋めようのない淵が、江藤と僕の間に開いているのを、僕は認めていた」と書くことになる（『新潮』八八年七月号、三島由紀夫賞選評）。一方、やはり政治的立場を異にすると思われる吉本と江藤が対談を行ない、意外なほど意見が合って世間を驚かせたことも、あるいはやはり江藤と蓮實重彥が一巻本の対談を行ないながら、決定的な対立に陥るのを巧みに躱《かわ》したことも（『オールドファッション』中公文庫）、ないし『群像』誌上で江藤と上野千鶴子が対談を行なって、これまた意外なまでに意見が合ったことも（九五年二月号）、あるいは江藤と中上健次が対談を行ない、中上が〈盟友〉柄谷行人の悪口を言い、柄谷包囲作戦をやると言いつつ（『文藝』八八年春号）、暫くたつと柄谷と対談をして「あれはやめた」と言うとか（『すばる』八九年六月）、中上はその間に親天皇派の岡野弘彥と対談して「天皇は神だ」と言ってみたり（『文學界』八九年二月号）、「対談」はまことに雑誌の話題作りに大きな役割を果たしてきたのだが、同時にそれは〈文化人〉を英雄視するインテリの若者にとってのエンターテインメントに他ならず、既にそこに〈堕落〉の兆候は明らかだった。文化人の英雄視はフランスや米国でも起こってはいるが、この種のエンターテインメントじみた対談は存在しない。

だが、江藤が、政治的に天皇崇拝派でありながら、女性問題に関しては極めてフェミニスティックであることは既に大塚英志が指摘している通りだし、大江との対立は遂に先に述べた通り熾烈なものだったし、大西巨人や小田切秀雄は飽くまで江藤を批判してやまず、言うなれば吉本、蓮實、上野といった面々は、資質としてエンターテイナーなのだと言うほかあるまい。そして、若いころからこの種のエンターテインメントに慣らされてきた若者たちが、自ら文化的英雄になろうと志した時、「対談文化」は、新たな頽落の道を辿ることになった。それを引き起こした一人が福田和也であることは、否定すべくもないだろう。

既に東浩紀が「棲み分ける批評」（『Ｖｏｉｃｅ』九九年四月号）で述べた通り、九〇年に江藤の推薦によって〈右翼〉の批評家として登場した福田は、いかにもそれらしい『日本の家郷』や『保田與重郎と昭和の御世』を刊行しつつ、総合雑誌、文藝雑誌のみならず異常なまでに多様な雑誌に寄稿するようになったが、いつしか、〈左派〉であるはずの柄谷と浅田彰が編集委員である『批評空間』にも寄稿し、遂にその目玉である共同討議にも現われて、柄谷が『保田與重郎と昭和の御代』を「面白かった」と評するという事態を出来させたのみか、果ては明らかに柄谷の論敵だったはずの西部邁を交え、四人で討議を行ない、しかもそれが終始和やかに進むことにより、もはや従来の、江藤が行なったような「意外な意見の一致」とは質の異なる驚きを引き起こしたのである（九八年一月）。なぜなら、東大辞職以前の西部の対談集『論士歴問』の頃は、西部は誠実に振る舞っていて、たとえば吉本との対談で大衆批判を展開し、吉本は、分かるけれど説得されないなあ、などと言い、また富岡多恵子との対談本さえ出していたのだが、その後十年ほど経つうちに、西部はほとんど単なる従来型の右派の論客と化していたからである。この討議は、同誌の他の号に見られる非妥協的雰囲気とはまったく異なるものになったのである。たとえばその少し前に、加藤典洋の『敗戦後論』を、加藤の論敵である高橋哲哉と、加藤の協力者と見られた西谷修を招いて批判した際の激越さを思えば（九七年七月）、柄谷、浅田、西部、福田の四人以外を〈排除〉して行なわれたこの討議が、あらかじめそうなるべく配慮された〈八百長〉であることは誰の目にも明らかだった。その上柄谷は、「オフ・ブロードウェイ」的な位置を占める文藝誌『リトルモア』でも、「禅譲!?」などという悪い冗談としか思われないタイトルで飾られた対談を福田と行なったのである。

福田は、「サヨク」島田雅彦との連続対談（『世紀末新マンザイ』）も刊行し、最近では遂に『早稲田文学』誌上で、さまざまな点で明らかに対立関係にある渡部直己とすら対談を行なった（二〇〇一年一月）。そして、政治的な事柄はともかく、村上春樹の評価において決定的に異なるはずのこの二人の対話は、少なくとも活字面ではその点を渡部が鋭く追及するということもなく、かつ福田もとりたてて村上を擁護することもなく終わったのである。さらに、若者向け週刊誌の福田の連載に坪内祐三が登場して「タッグ・プレイヤー」などと呼ばれるに至り（後記。その後この二人は連載対談を行なうことになる）、もはや、福田と「対談」していない主要な文藝評論家と言えば、福田が口を極めて罵る、蓮實、小森陽一、川村湊、そして斎藤美奈子くらいになってしまったのである。いったん会ったが最後、罵り合いに終わることは稀な対談世界では、多くの人と「対談」することは、いわばその相手がその者の「実力」を認めた、というデモンストレーションになる。福田であれば、政治的におかしなことを書くし、ふざけた本も書くけれど、実力はある、と渡部直己も認めた、といったふうに認知される仕組みなのだ。また一般論として、名声、社会的地位、人気などの点で差のある二人の対談となると、劣る側の者の「儲け」になる。対談はこの意味で論壇・文壇の〈政治〉に他ならない。たとえば先に挙げた西部・福田を含めた討議では、浅田が「新しい歴史教科書をつくる会」は「弱者のナショナリズム」だと言っているが、これはいわば〈祖国なきニーチェ主義〉とでも言うべきもので、福田と宮崎哲弥は『愛と幻想の日本主義』で、やはり「弱虫のナショナリズム」という言い方をしている。だが、「弱者のナショナリズムで何が悪いのか」と言い返すことも可能だし、この種のニーチェ主義を、高橋哲哉や小森陽一が容認するかどうか疑わしい。ここには、その後その虚妄性が暴かれたといっていいだろう「ニューアカ」的な無責任の残滓が見られる。この一言は、福田と浅田や宮崎との間の「政治」が露頭したものだ。内容に踏み込むことになるが、こうした「若手文化人」たちには、根強くニーチェ的な選良意識が巣喰っている(四十すぎの者を「若手」と呼ぶのは変だが、芥川賞選考委員の平均年齢が七十七歳という現状ではやむをえない)。

「ガチンコ」の不在

さて、批評家の「棲み分け」を批判する東は、「対談政治」のもう一方の雄である宮台真司には〈兄事〉しているらしく、浅田彰を批判しても宮台に対して批判めいたことは書かないし、山崎正和と対談して(『一冊の本』九九年六月号)それなりの「成果」を挙げている。しかし、現代日本の

「対談文化」を堕落させたのは、この種のゴシップめいた論壇政治だけではない。むしろ、先ほど引いた「タッグ・プレイヤー」という言い方、ないし福田が大塚英志との対談で口にした、自分はヒール（悪役）を演じている、といったプロレスの比喩の用い方が私には気にかかる（『中央公論』九七年七月号）。九〇年代以降に現われた若手文化人は、奇妙なまでにプロレス・ファンが多いようで、何かというとプロレスの比喩を用いる。今さら言うまでもなく、プロレス興行の多くは、興行会社のなかで、善玉、悪玉を決め、大まかな筋書きに沿って、まず悪玉が善玉を痛めつけ、最後に善玉が勝つといったパフォーマンスになっている。それゆえにプロレスはまともなスポーツとは見なされず、一般新聞のスポーツ欄からは追放された。その性質自体は本家の米国から来たものだが、米国で知識人が「自分はヒールだから」などと言うだろうか。聞いたことがない。たとえば大塚英志は、福田が「本当は左翼」だなどと言っている（『論座』二〇〇〇年一月号）。これまた「右翼（役）を演じている」といった暗黙の了解に則った〈ゲーム〉の世界を暗示している。私はプロレス・ファンではなくて相撲ファンなので、相撲用語を使わせてもらうが、いわゆる相撲の〈八百長〉は、力士個人間での星の売り買いであり、これをやらない力士は「ガチンコ」と呼ばれる。だから、八百長力士といえども、対戦相手がガチンコである場合、星の売り買いはしない。ところが、若手文化人の「対談文化」においては、いちばん困るのが「ガチンコ」なのであって、本気でやられると、彼らの遵守している「プロレス・ルール」を破るものとして罵詈雑言を浴びせられることもある。たとえば福田が、西尾幹二や小林よしのりと遂に反目しあわなければならなかったのは、後者がこの「プロレス・ルール」を守ろうとせず、ガチンコでやろうとしたからであって、決して福田が「本当は左翼」だったからではない。だから田中康夫が浅田に、なぜ福田を批判しないのか、と詰問したのは、浅田の「プロレス」を指摘したのであり、西部が福田と連続対談を行ないえたのは、西部がこの「プロレス」に理解を示してしまったからなのである。大江健三郎は、東京に「新しい低徊趣味」を見出し、「若手の低徊趣味の論客たち」が丸山眞男と戦後民主主義をあざ笑う、と言っている（鄭義への手紙、『朝日新聞』二〇〇〇年二月八日夕刊）が、それは、全存在を賭けて世界に当たろうとせず、狭い世界のローカル・ルールでやり取りしているこの種の「プロレス」を含んでいると見えた。政治的鵺《ぬえ》である絓秀実に至っては、福田の『喧嘩の火だね』の書評で、ご丁寧にもドゥルーズを引用し、「徒党を組む」ことを擁護するありさまで（『文學界』二〇〇〇年一月号）、この文章ほど、ポストモダニズムが倫理の欠如を擁護する思想たりうることを明らかにしたものはあるまい。西尾に対して柄谷は、ドイツへ行って同じことを言ってみろ、と罵倒しながら（西尾はやっている。平川祐弘も各国でやっている）、福田に対しては、フランスや米国へ行って「加害者の誇り」などと言ってみろ、とは言わないのである。

真剣な議論を求む

たとえば先に触れた西部―吉本の、ないし吉本と上野千鶴子の、あるいは『批評空間』での柄谷と上野の、対立点を明らかにして議論を行なう風土は、今そちこちで失われつつある。かつて福田は、柄谷の「外部」を批判して、その外部自体が空洞化している、と言ったが（「柄谷行人氏と日本の批評」『甘美な人生』ちくま学芸文庫）、この種の、日本国内の若手知識人にしか通用しない「プロレス・ルール」こそ、そのルールを守ろうとしない「ガチンコ」を排除する、外部なき世界だと言うべきだろう。そして彼らが忘れているのは、そんなルールが存在することなど知らず、福田や宮台の膨大な言説を真面目に読んでいる読者大衆がいることだ。ミヨシは、「座談会は連歌をゆったりとさせポストモダン的に作り変えたものなのである」と述べている。連歌は極めて複雑なルールを持ち、その場にいなかった者は苦労してそれを読み解かなければならない。現代の対談はこれに対して、確かにゆったりとして言葉は分かりやすいが、読者が苦労するのは、なぜこの二人はこの点で対立しているはずなのにその話は出てこないのか、という疑問である。原稿書きと講演で疲れた文化人は、相手と面と向かって対立する論点を話し合おうなどという苦労をしたくない。自己宣伝めくが、私はかつて田中優子氏を批判した後で田中氏と対談する機会を持った（『日本の美学』31、二〇〇〇年）が、活字面でも冒頭の緊張感は現われているし、その場へ赴く私は、そしておそらく田中氏も、ひどく緊張していた。

たとえばこれに対して、しかし真剣に対話などしていたら、米国のように、大衆は知識人の言うことなど聞かなくなってしまうだろう、と言う人がいるかもしれない。事実、東は、福田の言説が「売れる」ことを指摘し、浅田彰のように書いて福田のように売れることはできないか、と言っていた。

しかしよく考えてみると、プロレスの比喩を用いて「悪役」だと言いながら、その悪役を倒すべき善玉は一向に登場してくる気配がないのである。文学周辺を賑やかにする、と言いつつ、真剣な議論がなされないことによって、その「戦い」は一向に演じられず（その例外が笙野頼子ということになろう）、なれあい対談ばかりがはびこる。果たしてそのことに、読者（少数の）は満足しているのか、それとももはや真剣な議論を期待する読者すら日本にはいなくなってしまい、プロレス程度の最低のルールさえ存在しないインターネット上での素人たちの悪罵合戦だけが蔓延するばかりなのか。「対談文化」が九〇年代半ば以降、さらに堕落しているというのは、そういうことを指している。

私はこれまで永井荷風のことを随分悪く言ってきた。最近、『濹東綺譚』を読み返したら、その「作後贅言」がひどく面白く、ちょっと荷風を見直した。荷風は言っている。「わたくしは経営者中の一人《いちにん》から、三田の文学も稲門に負けないように尽力していただきたいと言われて、その愚劣なに眉を顰めたこともあった。彼等は文学藝術を以て野球と同一に視ていたのであった」。夏目漱石が「私の個人主義」で、党派心を批判したのはよく知られているが、荷風は続けて書く。

わたくしは元来その習癖よりして党を結び群をなし、其威を借りて事をなすことを欲しない。むしろ之を怯となして排けている。（略）わたくしは藝林に遊ぶものの往々社を結び党を立てて、己に与するを揚げ与せざるを抑えようとするものを見て、これを怯となし、陋となすのである。

その漱石や荷風を礼讃する者のなかに、この怯《きよう》、陋の徒があるのはどういうことか。しかし、大杉重男、高原英理、陣野俊史《としふみ》などの文章のなかに、徒党を拒否する気概の見られることが、私の微かな希望である。

（二〇〇一・十二）

佐川光晴『生活の設計』と小説の設計

二〇〇〇年の新潮新人賞小説部門受賞作である佐川光晴の『生活の設計』（新潮社）は、応募型新人賞受賞作としては例外的な注目を集めている。だいたい新潮新人賞というのは、いくつかある文藝雑誌の応募型新人賞のなかではもっとも地味な賞であって、第一回から石原慎太郎を生んだ文學界新人賞、村上龍その他華麗な面々を生んだ群像新人文学賞、あるいは高橋和巳、田中康夫、山田詠美を世に送った文藝賞、あるいはなくなってしまったけれども吉本ばななを生んだ海燕新人文学賞、むしろ娯楽小説寄りのスタンスで、森瑤子、辻仁成、藤原伊織らを生んだすばる文学賞と比べても、新潮新人賞は極めて地味であって、「文学新人賞の取り方」を特集した某若者向け雑誌でも、この賞は「取っても有名にはなれないよ」などとコメントされていたくらいである。しかるに今あげた石原、村上、田中、山田等々の受賞作を想起すれば、それが新しい社会風俗――特に性をめぐる――を題材にしていたために話題になったことは明らかであって、それは良くも悪くも二十世紀後半の文藝の社会的位置づけを示しているのだが、だとすればそうした風潮に乗るのを潔しとしない『新潮』の方針が自ずとその新人賞を地味にしていたのだとも考えられる。

ところで、今回もやはり、性とはとりあえず関係ないにしても、佐川作は、屠殺業に従事する主人公を描いて「職業差別」の問題を扱っていると見られたという点で、やはり何ほどかは「社会的」な理由によって注目を集めたのだとも言えようが、同時にその完成度が高いことも確かであり、応募型新人賞の一般的な水準を抜いていて、石原、村上、田中らの受賞作を凌駕している。

けれど、その凌駕している所以は単に、ゴーゴリ風の読者への呼びかけ型の地の文の安定性や、屠殺の現場の、凄惨なものに微かなユーモアを漂わせる文体の確かさにのみよるのかというと、そうとは言い切れない。

ミステリ風かつトリッキーな小説

突然ながら、私は文学の専門家である。いや、つまり、作家や詩人といった意味での専門家ではなく、大学院で文学を学んだという意味での専門家であり、しかも中世和歌や近世随筆を学んだのではなく、エクスプリカシオン・ド・テクストという方法に則って一言一句忽《ゆるが》せにせず近代的な散文を読む訓練をしてきたという意味での専門家である。その専門家的見地から言うならば、『生活の設計』は、職業差別を主題にした小説ではなく、いわんや「なぜ屠殺業など始めたのか」という主人公の自問が「わたしは物質になりたいのだ！」なる形而上的な結論を導き出す思弁小説でもない。これは、作中に名前だけ出てくる「後藤」という人物をめぐって、謎が解かれないまま読者の前に投げ出された、ミステリ風のトリッキーな小説だと結論付けざるをえないのである。

それがはっきり分かるのは、作の最後のほう、「わたしは物質になりたいのだ！」という思わせぶりな「発見」がなされた直後に、瀬川という札幌で演劇をやっている男から講演のチラシとともに届いた手紙の内容が記されたあとのことだ。主人公は「そのときとつぜんわたしはあのチラシのどこにも後藤の名前がなかったことに気がついた」と言う。

一体なぜ後藤の名前がないのだろうか？　なにしろ瀬川は芝居においても音楽においても常に後藤の右腕だったのだから、札幌に戻った瀬川と後藤が連絡をとらなかったはずはないのであり、そうであればそのフリースペースとやらのこけら落としのイベントにはかならず後藤の名前がなければならないのである。（中略）しかしそれよりも問題なのは、私が出版社を辞めて屠殺場で働き出したことを伝えて以来六年というもの、まさにいまのいままで一度も後藤と連絡を取ったりしたことがないことであって、学生時代のつき合いを考えれば、それは瀬川のチラシに名前がないこと以上にあり得べからざることなのだが、（中略）。

にもかかわらず、わたしは後藤たちが芝居を続けているのかどころか、そのまま札幌にいるのかすら知らないのである。これは一体どういうことなのだろうか？　それはわたしの妻が芝居をやめたこととなにか関係があるのだろうか？　しかし、それをいまここでいくら考えたとしてもわかるはずもなく、それにそれを知ることがいまのわたしにとってどうしても必要だというわけでもなかった。

「専門家」は、ここで慌てて、作の半ばに現われた「後藤」に関する記述を確認することになる。その前に、あちこちにばらまかれた情報から、この主人公に関するささやかな年代記を再構成しておくと、主人公は大学卒業と同時に「よう子」という女性と結婚し、お茶の水のどうやら左翼系らしい出版社に勤めるのだが、一年ほどして社長の事故死によって会社は倒産し、職業安定所へ行った主人公は、妻の実家に近い埼玉県の屠殺場を紹介され、それに乗ってしまう。それが、一九八九年、主人公二十五歳の時であり、主人公は二年留年しているので、大学卒業が二十四歳の時で、妻は三つ年上だという。以来六年、主人公は屠殺場で働いているということになり、一年半ほど前には子どもも生まれている。妻のよう子は、大学時代から卒業後もテント芝居の女優をしていたが、たぶん二十八歳の時これを辞め、小学校の特殊学級の教員になるのである。さて、主人公が失業してから屠殺場で働き始めるまで、さほどの月日は経っておらず、一九八九年六月には、都内で開かれた旧知の瀬川春樹という男と樋口美重子という女の結婚式の二次会に行って瀬川と悶着を起こし、帰ってきた翌日に妻の実家に呼ばれ、妻の父親から仕事のことを訊かれ、「そろそろふた月になります」と答えている。それから約二ヵ月後の九月の初めに四ヵ月間の旅興行から帰ってきた妻が、役者を辞めると言いだし、翌年四月から臨時採用で教師になり、その翌年正規の教員になっている。

とすると、「三十歳を契機に」とあるのは、おそらくこの正規の教員になった時のことだろう。

さて、その瀬川の結婚式の二次会だが、その通知が来たとき主人公は、新郎新婦のどちらとも面識はあったものの特に親しかったわけでないので訝しく思う。主人公は大学で寮自治会委員長、瀬川はサークル連合の委員長だったという。新婦の樋口は法学部で主人公と同じゼミだった。「したがって、もちろんわたしは彼ら二人の間に結婚にいたるような関係があったことも知らなかった」。ところが、瀬川はジャズ研でクラリネットを吹く傍ら演劇研究会の音響にも参加していて、その演研の代表が後藤で、後藤は「学生時代を通じてのわたしの数少ない友人だった」のだという。「それればかりでなく、わたしと妻とが知り合うきっかけをつくったのも後藤であって、なぜならわたしが大学六年目になったばかりの春先に、妻たちの劇団が初の全国公演をおこなうための宣伝と下準備に札幌に来ていたのを寮に連れてきたのが後藤だった」。「その頃、後藤は同じく演研にいた女性と結婚し、二人とも大学を中退して劇団を旗揚げ」し、「埼玉の大学の演研を母体にして卒業後も活動をつづけている妻たちの劇団を知って勇気づけられたらし」く、「翌年、わたしが卒業して埼玉で暮らすようになってからも、劇団どうしの交流もあって、後藤が来たり、妻たちが札幌まで後藤の芝居を観にいったりしたので関係はつづいていた」というのだ。そして、主人公が出版社を辞める二週間前に、この妻よう子の劇団は四ヵ月に及ぶ全国公演に出発し、札幌でも公演をすることになっており、そのことで後藤からも電話があったという。

隠された主題

　さて、既に十分不穏である。後藤との連絡はこれ以来六年間途絶えているのだ。そして、主人公が屠殺場に勤め始め、瀬川らの二次会に出るのも、この四ヵ月に及ぶ全国公演の間なのだ。不穏なのは、むろん、よう子と後藤の関係である。文学の専門家と言いつつ、その技法が科学的かどうか疑わしいのはここのところで、この作業にはどうしても人間の行動一般に関する常識が要請されるのであり、私たちはここで、こういう人間関係の間には、必ず込み入った男女関係があるものだと想定しなければならない。奇妙なことに、主人公と妻が知り合ったきっかけは書いてあるのに、それから一年で結婚に至った経緯は書いていないのだ。そして、妻は主人公より先に後藤と知り合っており、結婚後も仕事（収入にはなっていないが）の関係で後藤と会う機会は多かったはずなのだ。その妻は、四ヵ月の全国公演から帰ってきてすぐ、役者を辞めると言いだし、「ひと目見ただけで明らかに異常とわかる痩せ方をして」おり、「疲労からくる衰弱がもとで溶連菌感染症なるものにかかっていると診断され」る。そして、

　わたしとしては、なぜ妻が劇団を辞めることにしたのかも、また新たに教員を始めるにあたって、どうして特殊学級でなければならないのかもわからなかったが、そのことについてはな

にも尋ねなかった。なぜなら、妻もまた、わたしが一体なぜ出版社を辞め、屠殺場で働き出したかについては、帰宅後も、それ以前と同じようになにも理由を尋ねようとはしなかったからだ。それに、お互いのなにもかもがわからなければ一緒に暮らせないわけでもないのである。

なにやら、妻の乳癌を発見し損なった小島信夫の『抱擁家族』の夫婦関係を想起させるが、いかに「なにもかも」が分からなくてもいいといっても、この二人の関係は何らかの断絶を抱え込んでいると言わざるをえない。実際、屠殺業という仕事に対する「世間」の目について微に入り細を穿って語る主人公は、妻との関係に関しては異様なまでに寡黙なのである。そして、瀬川だ。瀬川は、さして親しかったわけではない主人公に、二次会の席上で、なぜ屠殺業などしているのか、そこには学生時代の左翼運動を続けようという意図があるのではないかといった絡み方をするのだし、あたかもこの点について問い詰めるために主人公を招いたようでさえあるのだ。主人公が大岡昇平の『野火』を例にあげて長広舌を振るったあと、瀬川はこう言う。「しかし、キミ自身はそれでいいとしても、よう子さんのご両親にはどう説明するんだね。それともうしたのかい、わたしは屠殺場で働いていますってさ」。これに主人公は遂に激怒し、「うるさい、そんなことはオマエには関係ないだろう！」と怒声を発し、「それが瀬川がまさにわたしの急所をついたためであることもわかっていた」との地の文が続くのだが、その後、瀬川が「怒りで体を震わせて」おり、まあ殴りたいのであればまず一発は殴られてやろうと思ったのだが、そう思った矢先にわたしの方から殴りかかっていたのは、瀬川がわたしから目を逸らすとうつむいて涙をこぼしたからだ。

坂口安吾の『不連続殺人事件』は、まことにユニークな位置を占めている。あまりに登場人物たちの行動が異常なので、そのなかで行なわれた異常な行動が気づかれないという点をトリックにしている。『生活の設計』で行なわれているのもそれであって、屠殺という職業をめぐる偏見や、その作業の細部がこと細かに、饒舌な文体で語られているために、読者はそれに気を取られて、いったいなぜ瀬川がさほど親しくもない主人公にここまで絡むのか、そしてなぜ瀬川がここで涙をこぼさなければならないのか、まったく説明されていないのみならず、主人公が不審すら抱いていないことに気づかないのである。ありうべき解釈は、瀬川がよう子に思いを寄せていたというものだけだ。のみならず、よう子は後藤との間により親しい関係を結んでおり、そこに一種の三角関係のようなものが成立していたということだ。この作品には、よう子という女性の容貌その他についてはまったく記述がなく、女としてどの程度魅力的なのかも分からない。後藤に関しては、劇団を率いていたという事実から考えると、だいたい劇団を率いるためにはかなりのカリスマ性を必要とするから、そのような男であったことが分かろうし、テント芝居とはいえ、女優になろうというような女性は往々にして器量は悪くない。後藤がいち早く結婚していたことを思えば、よう子はむしろ瀬川の急迫を逃れるために主人公と結婚したのだと考えられよう。瀬川が主人公に対して苛立つのは、そのせいである。瀬川が、よう子の両親にどう説明するのだといった、まったくの余計なお世話を口にしてしまうのも、瀬川がかつて、よう子との結婚を考えたことがあるからにほかなるまい。自分が好きだった女と結婚した男が、その女の両親を不安に陥れるような職業に就いたからこそ、瀬川は執拗に絡むのである。それはあたかも、木下恵介の『喜びも悲しみも幾年月』の冒頭で、自分が好きだった男を振って灯台守などという不安定な職業の男に嫁いだヒロインをわざわざ詰《なじ》りに訪ねてくる女同様の心理機制で、縷説を要しない。

主人公は一九八九年に二十五歳となっており、作者と同年齢と考えられ、とすれば私より三つ年下ということになるから、私はよう子と同い年になるわけだが、その学生時代と言えば、もはや政治の季節は過ぎ去り、しかし極めて演劇活動が盛んな時代だった。だから、主人公のように寮の自治会委員長といった政治色のつく立場に身をおく学生はむしろ少数派で、演劇集団にしても、政治的な色合いを持つものは多くはなかった。とは言え、いずれも、学生時代の活動としては、あまりまっとうな職業に就く方向にないことは確かで、そのような狭い人間関係のなかに、やや込み入った男女関係が成立することは容易に予想される。けれど問題は、主人公が屠殺業に関してはあれだけ饒舌に語りながら、そういったことを一切と言っていいほど語ろうとしないことであり、それは何かしら、精神分析的な抑圧を思わせる。百尺竿頭一歩を進めるなら、主人公はこうした妻と後藤、瀬川の関係について薄々感づいていながら、それを意識化させまいとしているのである。その無意識がふと漏れるのは、作の後半、バイクで転倒した主人公に、病院まで車で送ってあげようかと提案した「年頃四十前の、いかにも仕事にあきた外回りの女性社員といった」女性の申し出を断った際、「もしかしてわたしは極めて貴重な不倫の機会を逃したのかもしれない」と考えるあたりだ。主人公は、「わざわざこのようなことを書き立てたのは」云々と弁解を始めるのだが、それはすべて、彼が意識と無意識の識閾あたりで「妻の不倫」について考えていることを隠すためである。そもそも嫉妬深い夫であれば、結婚後も公演のためにしょっちゅう全国を渡り歩いている妻に対して疑念を抱くだろうし、後藤のことを意識に上せればそれはたちまち奔流のように押し寄せてくるだろう。

浮かび上がる「世間」

おそらく、四ヵ月の全国公演で札幌に立ち寄った際、よう子と後藤は「別れた」のだ。そしてさらに邪推を重ねるなら、よう子の両親が、何ごともなかったはずなのに赤飯を炊いて主人公を招いたのは、そのことを聞かされたからなのである。つまり、よう子と後藤の関係について、主人公以外の者たちは、みな知っていたことになるだろう。それは、数年前、巨匠マーティン・スコセッシによって映画化されたイーディス・ウォートンの『エイジ・オヴ・イノセンス』のなかで、結婚後、密かに情事を続けていると信じていた主人公が、愛人の送別会で、ニューヨーク中の人間が、妻を含めて、自分たちの情事を知っていたのだと感じ取る場面を想起させる。それが「世間」だ。『生活の設計』には、名前は出てこないものの、阿部謹也と見られる学者の「世間」論が、職業差別との絡みで紹介される。けれど、真の「世間」は、職業をめぐってではなく、妻の不倫をめぐって動いていたのである。ここまで読んでくれれば、「世間」というキーワードはそのままに作全体の地と文は逆転する。主人公は「屠殺業を続けている理由」を探しつづけているかに見えて、実は妻の不倫という事実から逃げつづけているのだ。たとえば作中、長々と大岡昇平の『野火』が言及されるが、『野火』は、恋愛の要素をまったく含まない小説の例として挙げられるくらいであり、主人公たる語り手は、一貫して「恋愛」について語ることから逃げつづけている。

この構想は、もし作者が読んでいるとしたら、丸谷才一の『横しぐれ』を参考にしたものだろうし、この中編の仕掛けについては、講談社文芸文庫版の池内紀の解説に譲ることにする。丸谷は現代日本ではかなり意識的に、こうした知的な設計図を引く作家で、それはおそらく英米の作品、ないし夏目漱石に学んだものだろう。たとえば上述のウォートンには「ローマ熱」（大津栄一郎編訳『アメリカ20世紀短編選（上）』岩波文庫）のように、最後の二行ですべての伏線が浮かび上がる名編もある。あるいはヘンリー・ジェイムズの『アメリカ人』に関して、結婚が不成立に終わった理由を、相手の女性の出生の秘密に求める解釈があるし、同じジェイムズの『ねじの回転』も、ヒロインの幻覚の原因を主人との関係に求めるものがある。しかし、こうした「解決編なきミステリー」は、果たして文学的に高い評価を与えられるのかという疑問が出てくるのは必然であろう。しかし、

『生活の設計』の場合、その疑問は懸念するに及ぶまい。なぜなら、「屠殺業への職業差別」というオモテの物語と、「妻の不倫」というウラの物語は、「世間」という鍵概念によって結びついているからである。たとえば、よう子がテント芝居の女優をしていたという事実を読者はほとんど忘れさせられているが、そもそも女優と言えば、大正時代には女学校を出て女優になった者が卒業生名簿から除名されたり、その弟が自殺したりしたという、ついこの前まで「差別」されていた職業である。いわんやそれが「テント芝居」の、つまりアングラ芝居の女優であるに至っては、東京郊外で教師という、かつては医者や弁護士を除けば最もリスペクタブルな職業に就いていたよう子の両親は、娘が大学卒業後何をしているかについて、隣近所や親戚に説明するのに苦労したに違いないのである。また「作家」という職業にしても、まともな仕事と見なされるようになったのは石原慎太郎の登場以後に過ぎない。のみならず、作中に主人公が、昼間散髪屋へ行って「今日は休みなのか」という趣旨の質問を受ける部分があるが、大学教師ということになっている私とて、散髪屋で同様の質問にあい、大学教師は毎日朝から晩まで仕事場にいなくてもいいのだと縷々説明してもどうやら納得して貰えなかったという経験がある。それが「世間」なのだ。

かくのごとく『生活の設計』は、あらゆる方向から見ても遺漏なく計算された設計図のもとに書かれた知的な作品なのである。

（二〇〇一・二）

〔付記〕『生活の設計』というタイトルは、ノエル・カワード原作のエルンスト・ルビッチの映画の邦題と同じだった。内容も、三人の男に言い寄られる女を描いたもので、これを意識していたのではないかと思われる。

〔後記〕どうやらこれは完璧な「誤読」らしく、作者にそんな意図は毛頭なかったらしい。佐川は私のこの論に触れつつ、「ここで正直に言っておくと、『生活の設計』において、途中わずかに登場しただけの「後藤」なる人物の影が一篇の最後をかすめることになったとき、これは妙な読み取りをされるのではないかと、わたしは不安になったのでした。事実、小谷野の存在などしらない複数の読者の方から、「妻」と後藤との関係を訪ねられたことがあります。小説家としては恥じ入るべきなのでしょうが、作者の怯みと構成上の偶然が重なって生まれた読みの可能性として、わたし自身驚いた次第です」（『ユリイカ』二〇〇三年五月号）と書いている。

付論　佐川光晴『縮んだ愛』（講談社）書評

佐川光晴のデビュー作である新潮新人賞受賞作『生活の設計』は、発表当時、「差別」に晒されている屠殺業を主題とした作品としてもっぱら論じられた。ところが私はこれを仔細に読んだうえでそのノイズに着目し、ここには実は主人公の妻の「不倫」が仄めかされているのではないか、と書いた。しかし別段作者自身にそういう意図はなかったようだ。しかと言っても、現代の批評ではテクストは開かれたものであって読者には誤読の自由もあるのだから、「違ってました」というわけにもいかない。さて、『縮んだ愛』はその佐川の第四作目の中編だが、先のインタビューによると、佐川は私の批評を読んで、この作品をミステリ仕立てにすることを思いついたと言っている。しかしそうは言っても、今度は「犯人」と思われる人物による語りで、障害児という、やはり「差別」にあう存在をめぐって、傷害事件が起こり、語り手が逮捕されるのだけれど当人は語りのなかで否定し続けているという厄介な構造を持っている。しかも、雑誌発表時、私もいろいろ考えたのだけれど、いくつかの「謎」は解かれえない仕組みになっているとしか思えないのである。『ジャムの空壜』は不妊治療を扱ったもので、佐川は最新の「子どものしあわせ」（『文學界』二〇〇二年四月号）まで一貫して、「弱者」とも言うべき存在を主題にしており、本書には小説としてはやや異例ながら「あとがき」がついていて、作者がごく真面目な意図をもってこれを書いたことが示されている。

しかしそうなると、なぜ作者はこういう書き方をするのか、ということが疑問に思えてくる。『生活の設計』のあのノイズは何だったのか、なぜ本作はミステリ仕立てなのか、またそのタイトルが『痴人の愛』のもじりで、冒頭部がそれに似せてあるのは意味があるのか（『群像』四月号の合評でこのことに気づいた者はいなかったようだ）。そして「差別」や「弱者」を問題にするなら、なぜその語りが後藤明生じみていたりしなければならないのか。とりあえず本作のあらすじを辿ると、こうなる。ある小学校の障害児学級を担当していた岡田という男が語り手兼主人公だが、今から十年前の四十歳の時、自閉症の生徒サトシが（なお自閉症は脳の先天的障害で、育児法の結果などではない。念のため記しておく）、牧野直樹という問題児に理不尽な乱暴を働かれるという事件が起こり、牧野の担任の中村という女性教師が職を辞するという騒ぎになるのだが、牧野とその父は詫びることもなく引っ越してしまった。そして今、妻と息子がイスラーム巡礼の旅に出たあとという状況で岡田は青年になった牧野と再会し、その二人の友だちを混じえて時々酒を飲むようになる。だが岡田がふと旅に出て帰ってみると、牧野は何者かに殴打されて意識不明の状態になっている。帰ってきた岡田の妻はその姿をみて牧野を引き取るのだが、ほどなく岡田は牧野に対する傷害容疑で逮捕されるのであった。

岡田が旅に出ながら旅館に着いたのが翌日だったのはなぜか、そして岡田＝語り手はなぜその理由を隠すのか、その帰りに十年ぶりに中村先生に会うことに何か意味があるのか。岡田が牧野を殴ったとしたら、なぜか、そして、いつ、どんな状況でか。一切は、明確な答えを与えられない。読者をケムに巻くためにしつらえられたかのような謎のことは、仕方ない、放置しよう。

『生活の設計』『ジャムの空壜』、本作と読んでくると、佐川はいつも「特異な家族（あるいは夫婦）関係」を描いていることに気づく。もちろん、特異な家族を描いた小説などいくらもある。けれど佐川のそれは、『痴人の愛』が描くような奇妙な夫婦とも、『枯木灘』が描くような特殊な一族のそれとも違って、ごくありきたりの夫婦家族のようでありながら、夫の職業が屠殺であるとか、不妊治療のため精液を採取するとか、堂々と世間に公表するのを憚られる雰囲気のある何かを背負っている。しかも、それはこれまであまり小説の主題にされることがなかったものだ。そして佐川の作品は、現代における「家族」と「市民社会」との間のズレを示しているように思える。

ここで私は十年ほど前、ある有名なリベラリストの学者夫妻の娘が「黒人」と結婚したことを報じた家庭欄の新聞記事を思い出す。そもそも、一人の日本人女性が黒人と結婚するなどということに何のニュース・ヴァリューもないはずである。そのような記事を出すこと自体が「差別」なのだが、リベラリスト学者はとりあえずのコメントを残していた。かくのごとく、「市民社会」では、差別してはいけないとされるものも、いったん「家族」という世界へ入り込むと軽々と差別されてしまうのだ。たとえば大学で正義や公正を教えている男の妻が、娘がなんらかの被差別者と結婚するとなると反対するということは十分起こりえる。男は妻を説得するだろうが、では妻の両親も説得できるか。

本作にも、恋愛結婚した岡田の妻が、障害児について差別的な発言をする場面がある。「あとがき」で作者は、それを訂正できない岡田の「不作為」を「端的に間違い」だと言っているが、ではひとは、たとえば恋人が何らかの拭いがたい差別意識を持っていると知ったとき、相手との恋愛や結婚を諦めねばならないのか。そして夫婦は常に政治や社会に関して意見を一致させておかなければならないのか。たとえば米国の知識階級は、こういう問題に敏感だが、日本ではそうではない。むしろそのルースさこそが、日本の家族や夫婦をウェットなものにしている。原一男の映画『ゆきゆきて、神軍』の冒頭部分に衝撃を受ける日本人が多いのは、結婚披露宴というもっとも「家族」的な場に「天皇制反対」というもっとも政治的なものがぶつけられているからだ。
『ジャムの空壜』の野間文芸新人賞の選評で、なぜそうまでして子供が欲しいのか、と苛立ちを示した作家がいたことは、今度は逆に、不妊治療を何年も続けている夫婦がおおぜいいるという「家族」的事実と、作家の「子供などいなくてもいいではないか」という「市民社会」的正論が衝突したことを示しているだろう。「世間」という言葉を使う学者もいるが、佐川はおそらく、「家族」という日本の最も暗い闇（それは家名を絶やしたくないというイエ制度的動機から夫婦別姓を唱える者に端的に現われている）を静かに踏破しようとしているのだ。そうすると、日本の「家族小説」なるものが、ずいぶんかいなでの代物だったなと改めて思わされるのである。佐川はこれから、無視できない作家になってゆくだろうと、私は思う。

（『文學界』二〇〇二年十月号）

曖昧な日本の女

高橋源一郎が『朝日新聞』夕刊に『官能小説家――明治文壇偽史』を連載中である。高橋の『日本文学盛衰史』（講談社）の副産物であり、明治四十年代と現代が混在し、作家「おれ」のもとへ森鷗外や夏目漱石がやってきたり、既に死んでいる樋口一葉を半井桃水《なからいとうすい》が育てる筋が挿入されたり、なかなか奇抜である。ただし、作品評はここではしない。気になったのは、一葉として成功してゆく樋口夏子が、現代の「コギャル」として登場してくることだ。彼女は、桃水の開く小説教室へ通ってきて、稚拙な「小説」あるいは作文を書き、桃水がそこに才能を見出す、という展開なのだが、たとえばその「作文」の一節を引いてみよう。

だれかの手がのびておっぱいをつかんだ。だからよろけてたおれたの。ひざこぞうが痛い。ストッキングにまあるく穴があいてる。両方のあしともあいてる。床に涙がおちてにじんだ。顔をあげた。たくさんのしらない人たちがあたしを見おろしてる。みんなこころのなかであたしをわらってるのがわかる。（中略）あたしはきょう二十さいになる。ときどきじぶんがだれだかわからなくなる。こわい。なつ子と読んでほしい。（中略）けしょうなんかしなくていいんだよなつ子は。そのままで大洋みたいだよっていってくれたのあの人は。

他の教師が、文章も下手で漢字も知らない、と言うのに対し、桃水はそうは思わない。確かに漢字は間違えてあるが、現代の文章観から見ても、これはとうてい「下手」とは言えない文章だ。実際に大学生にでも作文させてみれば分かるが、下手な文章というのは、漢字をこのように間違えるのではなく、主述が対応していないのはもちろん、テニヲハもめちゃくちゃ、時に敬体と常体が交じり合う、といった代物なのだ。むろんここは、後の（仮想世界における）樋口一葉の文章なのだから、凡庸に文章が下手なのではしかたがないし、高橋とて普通の下手な文章がどういうものかくらい分かっているのだろうが、それにしても、これは巧すぎる。文章のプロがわざと下手に書いてみせましたよ、という文章だ。

「コギャル」を描く試み

一九九〇年代後半、何人かの作家たちが、「コギャル」を描こうと試み始めた。先鞭をつけたのは、九六年の桜井亜美『イノセントワールド』と村上龍『トパーズII　ラブ&ポップ』であり、その後、柳美里の『女学生の友』と赤坂真理の『ミューズ』が続いた。だが、いずれも成功したとは言いがたい。桜井は、当初あたかも自身がコギャルであるかに見せかけた「覆面作家」としてこの種の作を書きつづけ、今では三十代のジャーナリストであることが分かっているが、新型の少女小説の域を出ていない。九六年当時は、援助交際なる婉曲語で呼ばれる女子高生売春ないし準売春が社会問題化していたが、七〇年代後半の東陽一の映画『サード』(原作は軒上《けんじょう》泊《はく》『九月の町』)を観れば分かるとおり、女子高生売春は必ずしも新しい問題ではなかった。新しかったのは知識人の側の反応であり、若手社会学者の宮台真司が、あたかもこれに理解を示すかのような姿勢を見せたのみならず、性を開かれたものにすればいいといった生半可な言論を展開したために、事態が複雑化した。村上は軽率にもこの言に乗ったように見えたが、結局は女子高生の世界に、客の姿をとった他者を介入させ、君が好きでやっていてもそれは両親や知人を悲しませるんだよ、というメッセージを伝えるに至る。『女学生の友』もまた、売春行為へ進もうかとためらう主人公に対し、インテリの老人を介入させて別の事件へ発展させた。

言うまでもなく、桜井を含めて、作家たちはコギャルではない。より正確に言うならば、過去においても典型的なコギャルであったことは、まずありえない。典型的なコギャルは、たとえ成長しても小説など書けないからだ。書けたとしたら、それは典型的なコギャルではない。循環論法のようだが、そうなのだ。近代文学は、それ以前の文学のように王侯貴族の世界ではなく、平民の世界を描こうとした。日本でもその動きは西鶴や近松の時代に起こっている。だが、それは往々にして、奇抜な体験をした者の物語であったり、特別な成功をおさめた者の物語であったりした。だからノヴェル（新奇なもの）というのだが、時代がさらに写実へ傾いても、主人公が相対的にインテリであることを免れるのは難しかった。漱石作品の主人公も、「坊っちゃん」でさえ、当時の社会構成から見るなら、富裕階層出身のインテリなのである。長塚節の『土』は当時としては例外的に貧民の世界を描いているが、長塚自身は豪農の息子であり、これは外面描写である。仮に内面描写が行なわれたとしても、それはほぼ作家が外形的に知りえた範囲に留まらざるをえない。鷗外が『雁』で妾の心理を描き、鏡花が藝者の心情を描いたのも、想像とある種の理想化によって可能だったと言えよう。

しかし「コギャル」が、世間の耳目を集めたのは、そもそも彼女たちの内面が、知識人たちの想像の限界を越えているように思えたからだ。バルザックやゾラやフロベールは、俗世間の者たちの内面を、ルサンチマンと情欲を備えたものとして描いた。だがそこには自尊心という負荷が懸かっていたのであり、その規《のり》は通常越えられなかった。仮にコギャルが「売春」をするものだとしたら、私たちは売春婦を描いた文学を参照すればいいのだろうか。しかし『好色一代女』も『モル・フランダーズ』も『ファニー・ヒル』も、その稼業から足を洗った者の懺悔録として、ないし半生記として、深い無常観や懺悔を描いて終わるのが普通だった。あるいは『雪国』の駒子にしても、十分な自尊心があった。

とはいえ、ここで問題なのは売春云々ではない。むしろ、確固たる内面を持たない（かに見える）者を描くことがいかにして可能かということが問題なのだ。たとえば『ハムレット』のオフィーリアは、科白を見ただけでは白痴的に見えるが、これは戯曲なので、シェイクスピアはその内面を説明する必要がなかった。ガートルードにしても同じなのであり、だからこそT・S・エリオットは苛立ったし、オフィーリアの内面を描こうという野心を抱いて「おふえりや遺文」を書いたのは、作家ではなく批評家だった。それは何やら、鏡花の『草迷宮』の世界に似て、自我の輪郭は模糊としているが、事実、小林秀雄は鏡花を高く評価していた。漱石は、『三四郎』から後、ヒロインの内面を描こうとしなくなったが、『明暗』で再びこれに挑戦した。おそらくこの時参考にしたのはジョージ・メレディスとヘンリー・ジェイムズだったろうが、当初津田を視点人物に、途中からお延を視点人物に変換するこの作品に描かれたお延の内面は、一見精緻に見えはするが、よく考えると動機が単純に過ぎる。シェイクスピアがオフィーリアやガートルードが描けたのは、それが戯曲、ないし上演用台本だったため、彼女らの台詞だけを書けばよかったからだ。坪内逍遙が「没理想」という言葉で表わしたのは、確かに作者講評の類がないということもあっただろうが、「心内語」すら描かずにすむという性格に憧れたのだと思われる。事実ヘンリー・ジェイムズは、戯曲を理想とした時期もあった。二十世紀の小説において、全知視点の語り手というのは時代遅れになったため、多くは作中に視点人物を据えたが、そのことはかえって、視点人物がインテリないし常識ある人物でなければならないという制約をもたらした。たとえば『ハックルベリー・フィンの冒険』は、ハックの語りということになっているが、果たしてハックにこれほどの長尺を語る力があったかどうか疑わしい。しかもそれはヴァナキュラーな言葉（俗語）で書かれており、多くの日本語訳はこれを普通の日本語に訳している。俗語ふうに全編を訳したのは渡辺利雄だが、読みにくいことは否定できない。

インテリではない、頭の弱い女を主人公兼語り手にするという離れ業に挑戦したのは、宇能鴻一郎のポルノ小説である。ただし、そこでは主人公を取り巻く社会は道具立てに過ぎず、まともに描かれることはなかった。野坂昭如の『エロ事師たち』のスブやんにしても、こういう文脈で見れば広い意味でのインテリと言わざるをえない。では少年少女はどうか。多くの少年少女小説の主人公は、その年代なりの分別を備えているのが普通である。あるいは、これは戯曲だが、平田オリザの『転校生』に出てくる女子高生たちの会話は、まるで大学院生のようだ、と別途論じた（「平田オリザにおける『階級』」『シアターアーツ』八号）。

さて、そういう意味で、『ミューズ』は極めて画期的な作品だった。赤坂はもともと、『蝶の皮膚の下』や『ヴァイブレータ』など、セックス、ドラッグ、精神障害を取り扱う作風だったが、主題はありふれていながら、その文章の硬質さと洗練度がずば抜けていた。がそれも、視点人物＝主人公がインテリだったからこそ可能だったのだ。それが、『ミューズ』で見事に裏目に出る。この作品の主人公兼視点人物は、十七歳の女子高生美緒だが、既に藝能界でアルバイト的に働いており、テレクラでバイトしたこともあり、ここでは歯科医師とのセクシャルな関係が物語を形作っている。しかし、この少女の語りは、とうてい高校生のものではない。彼女の両親は何らかの宗教団体の成員で、彼女自身が五歳まである種の霊能を持っていたことが暗示されてはいるが、だからといって次のような語りが十七歳の少女によってなされることが正当化されるわけではあるまい。

ひとにはその人を動かしているオペレーション・システムがある。それを取って、器だけになり、遍在している他者を私に入れる。他者には無限のヴァリエーションがあるから、無限の可能性を私にもたらす。アンインストールした自分はいつも、何かモノに一時的にあずかってもらう。動かない無機物は、固有の波動だけの存在でオペレーション・システムを持たないので、入り組んで刻一刻つながる神経接続がなく素粒子だかの間に空間が大きく、あずけやすいのだ。ただ、あずけるとき、私を分散させるのが安全なのか、ひとつのものにまとめておくのが安全なのか、五歳の時から今に至るまで、未だ答えが出ていない。分散させると、あとで断片のいくつかを回収できないことがある。まとめておくと、いっぺんに失うリスクがつきまとう。

天才少女の物語ではないのだし、一方で作者は主人公に「番町皿屋敷」が分からないような普通のコギャルらしく装わせているのだ。台詞部分はなんとかコギャルらしく装わせようとしているが、にしても「売春の絶対人口」とか「マスターベイト」とか、おかしい。赤坂の文体や思想を担わせるのは、コギャルには無理だったと言うほかない。

山本文緒作品の女たち

逆の例とも言うべきなのが、直木賞を受賞した山本文緒の作品である。ここでは主に受賞作である短編集『プラナリア』について見よう。ここで描かれているのは、「どこかではないここ」が四十代の主婦、あとは二十代の独身の女と、三十代の離婚歴のある女たちだが、最後に置かれた「あいあるあした」以外では、彼女らは視点人物＝語り手でもある。だがその語りは、二十代の女たちに関して言えば、彼女らが足りないのではないかと思わせるのみならず、それが語り手でもあるために、時に作者もまたバカなのではないかという錯覚を起こさせるほど、放恣である。かといって前衛的に脈絡がないのでもなく、インテリでない女に文章を書かせたら多くはこうなるのではないかと思える程度であり、それを狙っているとしたら、高橋や赤坂より遥かに巧みである。そして「囚われ人のジレンマ」を読むと、作者が意識的にこうした文体を用いていることが分かる。十年前ならば、山本のような作風は、いかに若い女性に人気があろうとも、「直木賞にはふさわしくない」とされていた可能性が大きかっただろう。

とはいえ、三十代の良識ある男を視点人物に据えた「あいあるあした」は、伝統的な「人情話」に仕上げられており、これが受賞に功を奏したとも考えられるが、山本的なのはそれ以外の作品だ。なお、先行作品として、やはり直木賞の篠田節子『女たちのジハード』があるが、この独身「O

L」たちを描いた連作は、ちょうど男女雇用機会均等法に合わせて、しかしながら条件のいい結婚相手を見つけようとする若い女の実態を描き、文学的というより社会現象的な作品だったと言ってよかろう。篠田は本来サスペンス長編の書き手であって、この連作は、マンガを出版するために創立された集英社が、「コバルトシリーズ」を経て『小説すばる』で確立した若い女性相手のマーケティングの産物だろう。ここに描かれた若い女たちの結婚観は、うぶな男には衝撃的かもしれないが、分かりやすいといえば分かりやすい。

山本もまた、『紙婚式』のような三年前の短編集では、結婚の幸福という幻想を打ち崩そうとしているが、そこではまだ文体、つまり地の文には「自我」があった。「色と欲」「世間体」「自尊心」といったものが、一般読者の常識の範囲内でバランスが取れていたのである。

だが、どうやら山本は、そのバランスを次第に崩し、それにつれて文体、つまり視点人物の語りをも崩していったようだ。吉川英治文学新人賞受賞の長編『恋愛中毒』で、ヒロインがバイト中に有名藝能人に声をかけられてうかうかとクルマに乗り、ホテルへ連れ込まれて、「結局私はやられてしまった」と地の文で語っているのを読んだとき、私は不快感を覚え、もし日本に教条的フェミニズム批評なるものがあるとすれば、これこそ「女には理性がない」という神話を強化するものだとでも批判されるに相応しかろうと思ったものだ。

通常、こうした主人公を描く場合は、たとえば谷崎の『痴人の愛』の譲治が最後に居直ってみせるように、あるいは『卍』が、ヒロインが作家に宛てた手記という形式を取っているように、また

『瘋癲老人日記』が最後に医師と看護婦の所見を載せているように、どこかで相対化されるのが常道であった。しかし山本はそれをしない。「プラナリア」は、二十三歳で乳癌に罹り、乳房を切除し、会社も辞めてしまって自棄になっている女の話だが、文章が既に自棄である。たとえば四つ年下の恋人とのセックスの場面も、

もはや習慣となったお風呂タイムには性的な雰囲気はなく、彼は汚れた食器を洗うかのように自分と私の体と髪をゴシゴシ洗った。最初の頃はこっぱずかしいの半分と、こんな体になっても慈しんでくれるなんてという感動が半分あって落ち着かなかったけれど、今はされるがまま、ただ何も考えずに洗われている。(中略)

風呂から上がったらそのあとは有無を言わさずセックスである。私は手術後ずっとホルモン注射を打っているので、お月様がこない。だから「今日は都合が悪いの」なんて言い訳はきかない。疲れてるとか、めまいがするとか言って断ったこともあるが、そうすると世にも悔しそうな顔をするし、そのあとご機嫌をとるのが大変なので、やってしまった方が簡単である。

なんという野放図な地の文であることか。「お風呂タイム」だの「こっぱずかしい」だの、語りの文章で使われるようなものではなかった。高橋や赤坂より、こちらのほうがよほど「コギャル」というより、コギャルのなれの果てのようである。「ネイキッド」は、離婚して会社も辞め、貯金

を食いつぶして無気力に生きている三十六歳の女の話だが、昔の知り合いの男と出会って部屋に入れた後も、こんなである。「で、そこから先はチビケンが勝手に服を脱ぎだしたので、あーそうか、やるのかと思っているうちに三回もやってしまった」。かつて永井豪が、「うめーうめー」とか「ねーちゃん」とかいった台詞を言わせた時、「ー」を台詞に使うことは、マンガの世界でさえ画期的だった。それが、山本が最初だとは思わないが、小説の、しかも地の文に出てくるし、しかもこの相変わらず投げやりなセックス。かつ、そこにはある種の小説の、新しい生き方をしているのだという自負もなければ、これで男を捕まえようという打算もなければ、抑えきれない性欲があるわけでもないのである。

「普通の女」は存在しない

だがここに、根本的な疑問がある。この主人公は、頭が弱いとは言い切れないし、主人公がこうなる前の社会的地位、つまり容貌、出身大学などが妙に曖昧なことだ。「ネイキッド」の主人公・涼子と、「囚われ人のジレンマ」の主人公・美都は、いずれも四年制の大学、しかも少なくとも二流どころのそれを優秀な成績で出ているらしいことが「大学時代は多少気がゆるんで遊んだりはしたものの、レポートも試験も決して気を抜いたりはしなかった」「大手の企業ではなく中堅の輸入販売と企画の会社に就職したのも」(「ネイキッド」)とか、美都が認知心理学の知見を要する仕事についていることなどからわかるが、はっきりしたことはわからない。

「囚われ人のジレンマ」となると、この「地位の曖昧さ」が、かなりはっきりしてくる。現代日本では、社会的地位は第一に最終学歴、第二に実家の資産で決定されるが、女の場合、容姿も重要な要因になる。美都の恋人は、彼女の大学の同級生で、大学院博士課程で心理学を専攻しており、彼女の二十五歳の誕生日に結婚を申し込んで来、彼女はためらい、その間に二人の男と寝てしまい、深い自己嫌悪に陥る。相談を受けた彼女の上司は、彼女には成功恐怖があるのではないかと示唆する。しかしそもそも、この大学はどこなのか？　都内であるらしいが、東大や早慶ならば、博士課程にいる以上、前途は決して暗くないし、父親が「『学生なんかに一人娘をやれるか』と怒鳴る」という想定は厳しすぎる。かつ、美都も同じ大学を出ているとすると、合コンにおける彼女の扱いにも少し書き込みがあってしかるべきだ。とすれば、二流どころの大学と見なすのが妥当だろう。さらに美都の容貌もよくわからず、それまでどれだけモテていたかも曖昧である。全体として主人公の社会的地位が意図的に曖昧にされている印象を受ける。

おそらくこれは、大衆向け小説の宿命とも言うべき、主人公を学歴、容姿で限定してしまうと読者の共感が得られにくいというマーケティング上の要請を反映しているのだろう。実際には「普通の女」などというものは存在しない。学歴、容姿、資産などで女たちは格付けされるからだ（同様に「普通の男」も）。美都は恋人の朝丘と同じ研究室にいる男の子に、朝丘の「自尊感情」が低いと言われて、「そうだろうか、ものすごくプライドが高いと思うけどと思」うのだが、もちろんその男が正しい。だからこそ朝丘は、すぐに別の男と寝てしまうような女だと知りながら、美都との結婚に固執するのだ。要するに山本が描くのは、そこそこの大学を出て、男にもまったく相手にされないわけではないが、さほどいい男が寄ってこない、そういう女たちなのだ。

恐らく山本が女性読者に人気があるとすれば、そうした部分を曖昧にしたまま、どこかで自分と重ね合わせることができるという感覚によって支持されているのだろう。それはかつて「おとめちっくろまこめ」と呼ばれた少女マンガの発展形態かもしれない。私個人は、山本の作品には、正直言って、違和感を覚える。ただしこの感想を普遍化するのは現時点では禁欲したいと思うのは、私が「古い」だけだからかもしれないからだ。

（二〇〇一・七）

演劇における前衛とウェルメイド

三谷幸喜の『オケピ!』が岸田國士戯曲賞を受賞し、三谷の脚本としては初めて、白水社から刊行された。だが、この受賞が少なからぬ演劇批評家にとって不快であっただろうことは十分予想される。三谷は、東京サンシャインボーイズを率いる、いわば「小劇場」系の劇作家でありながら、その作風は一般的な基準から言えば「娯楽演劇」であり、その才能は既にテレビドラマや映画を通して一般にもよく知られている。ただし、小説の世界の「大衆小説」(純文学の対概念としての)とは違って、演劇の世界で「大衆演劇」と言えば、長谷川伸や川口松太郎の描く人情もの、時代ものなどを指すのが一般的であり、三谷の戯曲が上演される場合は、飯島早苗(と鈴木裕美)や鈴木聡《さとし》、マキノノゾミのものと併せて「ウェルメイド」と呼ばれるのが普通だ。飯島やマキノも、過去に岸田戯曲賞候補になったことはあるが、受賞には至っていない。代わりにマキノは、芸術選奨新人賞や読売文学賞を既に受賞している。そのマキノでさえ、岸田戯曲賞の選考では落とされた。客観的に見ても、『オケピ!』が受賞するなら、飯島の『法王庁の避妊法』も十分受賞に値しただろうと思われる。『オケピ!』単行本に挟み込まれた選評もまた、選考委員の躊躇《ためら》いと決断を示している。

七年ほど前に創刊された演劇批評誌『シアターアーツ』は、ほどなく批評の新人賞を創設したが、その第二回選考の際、三谷幸喜論を受賞させるかどうかで編集委員＝選考委員の意見が対立した。掲載された三谷論(同誌8号)は、三谷戯曲では登場人物が力を合わせて困難を乗り切るといった分析が主で、「批評」の世界にいる者から見ればそれこそ選評で内野儀《ただし》が言っているように、インターネット上のホームページやパソコン通信のフォーラムにでも載っていそうな代物だった。また、三谷戯曲は、どう見ても、「批評」の対象にできるような深みは持っておらず、そもそも三谷自身がそうした深さを目指してはいない。だから三谷論を佳作として掲載するかどうか、という問題に対する判断を選評によって見れば、内野や鴻 英良《おおとりひでなが》のような反対派と、賛成派との演劇観/批評観の違いは明らかである。この場合の「演劇観」は、もちろん、現在時におけるそれである。三谷の受賞は、世界的にも、演劇がある転換点に差しかかっていることを示しているのだ。

演劇は、小説以上に、客が入らなければやっていけない文化である。近代という時代は、文化が、常に前衛を持つことを要請する時代であった。しかし別途述べたとおり(「『風と共に去りぬ』はなぜ『大衆小説』なのか?」『聖母のいない国』青土社)、二十世紀に入ってから、詩、小説、音楽、演劇のいずれもが、その前衛の部分においてとうてい一般の大衆がついてこられない地点へ進出してしまった。音楽については言うまでもなく、たとえばフランスの六人組と呼ばれた作曲家たちのうち、藝術の域内に留まったとされるオネゲル、ミヨー、プーランクの作品が今どれほどの聴衆を持っているだろうか。小説については別途述べたし、現代詩というものが、作家の生計を成り立たせるものでないことは明らかだ。

問題は演劇である。演劇は、十九世紀にヴァグナーが総合藝術としての楽劇を試みた後、チェーホフ、ブレヒト、クローデル、といった台詞劇や音楽劇の方向への展開があり、ベケットによって極点に達してしまった。岸田國士は、久保田万太郎とともに、このなかではチェーホフ系統の台詞劇を指向したし、プロレタリア演劇の流れを別にすれば、福田恆存や三島由紀夫もこの系譜上にある。その後のフランスの前衛劇、イヨネスコ、ジロドゥー、アヌイなどは、一時期隆盛を見せ、日本では安部公房がこの系譜上にあったが、ヌーヴォー・ロマンと同じく、いつしか廃れた。米国では、リヴィング・シアターのような前衛もあり、テネシー・ウィリアムズやアーサー・ミラーは、手法的にはむしろ後衛の作家だし、サム・シェパードは前衛のようではあるが、あまりメジャーにはなっていない。たとえば前衛演劇が「客」を集められることの例として、『ゴドーを待ちながら』が刑務所の囚人に大受けしたという話がよく持ち出されるが、これは『ゴドー』が彼らに訴える構造を持っていたからであり、特殊な例に過ぎまい。

日本演劇の特殊性

日本では、「小劇場」の時代の最中に、遂に「台詞」を削ぎ落とした「沈黙の劇」を太田省吾が創り出したし、その後、感受性豊かな若い観客は、演劇ではなくダンスの方に向かいつつある。それは、フランク・カーモウドが『ロマン派のイメージ』(邦訳、金星堂)で予言し、三浦雅士が『身体の零度』(講談社選書メチエ)で説く通りの、近代の必然なのだろう。演劇界でも、パパ・タラフマラや大駱駝艦、あるいは大野一雄、ないしは維新派のような、台詞のない演劇あるいは舞踏の方が人気が高い。一方、内野や鴻、また浅田彰のような前衛派の批評家が批評対象とするのは、ダムタイプや解体社のような歴然たる「前衛」である。内野は、読売演劇大賞を数部門で受賞した蜷川幸雄の『グリークス』を厳しく批判しているが、そこには、いわばレコード大賞と芥川作曲賞やモービル音楽賞が一緒になっているような状況があり、ダムタイプを論じつつ『グリークス』を批判するのは、一柳慧《いちやなぎとし》を論じつつ坂本龍一を批判する、といった態のジャンル錯誤があるように思われる。確かに二十年前、蜷川の『王女メディア』は傑作に見えたが、現在ではそれがウェルメイドのレベルになっているのは事実だ。だがそれなら、蜷川が商業演劇に進出した時点で見えていたことだし、『グリークス』がピーター・ブルックの『マハーバーラタ』より劣っているとは私にはあまり思えない。

そして恐らく、演劇が、小説における「純文学」のような「純演劇/娯楽演劇」の区別を日本において創り出さなかったのは、いくぶん乱暴なのを承知で言えば、唐十郎がいたからである。鈴木忠志でも寺山修司でもない。唐は、戯曲を読む限りでは、極めて難解で前衛的に見えるが、いったんそれが舞台に乗ると、不思議な力を持って観客を呪縛する。その劇作＝演出術の影響の下に、ほぼ十年を隔てて野田秀樹が登場したのであり、唐は、百年に一人と言って差し支えないような天才なのである。内野や鴻、西堂行人の世代の批評家は、唐の巨大な影響力が生きている時代に批評家としての自己を形成したために、前衛演劇が同時にエンターテイニングであるようなほとんど不可能な世界を夢想してしまうのである。

そして、元来「新劇」の賞だった岸田戯曲賞は、唐が受賞して以来、八〇年代の小劇場ブームまで、もっぱらこうした小劇場の劇作家兼演出家が受賞しており、それが九〇年代に入って、バブル経済の終焉とともに変化を余儀なくされたのは周知の通りである。一時的に「新しい流れ」と見なされたのが、青年団を率いる平田オリザに主導された「静かな演劇」のそれであり、岩松了や、京都の松田正隆が注目されたが、平田はその日常をそのまま写したかに見える劇作・演出術が際立っては見えたものの、落ちついてよく見てみると、実はそのなかにはやはり「ドラマ」が含まれており、岩松は次第に旧来型の「出来事」芝居になってゆき、それは何のことはない、岸田國士の亜流でしかなかったのである。当然ながら、ダンスや台詞のない芝居は、「戯曲賞」の対象にはなりえない。この行き詰まりのなかで、岸田戯曲賞候補作のなかに、「ウェルメイド」系の作品が混じりはじめたのである。そして実は三谷の前年に受賞した永井愛も、広義ではこのウェルメイド劇作家と見て差し支えないのである。永井は既に鶴屋南北戯曲賞、読売文学賞も受賞しており、マキノノゾミとともに、ウェルメイド劇の擡頭はもはや抑えがたい趨勢なのである。

ではウェルメイドとは何か。一般的にこの言葉は、二十世紀前半に活躍した英国の劇作家・脚本家のノエル・カワードの手法を指すもので、その後ニール・サイモン、現在でもアラン・エイクボーンのような作家がいるが、そもそもは十八世紀英国の風習喜劇——シェリダンやゴールドスミス——の流れを汲むもので、台詞を基調とした軽快な喜劇であると考えてよかろう。しかし、見落としてはならないのは、風習喜劇以来、このジャンルは「中産階級」を風刺的に描くという特徴を持っていたということだ。ただしその風刺は、スウィフトのように、あるいはオルビーのように痛烈ではいけない。バーナード・ショーの場合も、いくぶん深遠なことを考えていた節があるとは言え、この属性から近づけば、ウェルメイドの近傍に位置している。インテリのチェーホフは、『かもめ』さえ「喜劇」と名付けたが、概してヨーロッパ大陸と米国では、ウェルテル—ルソー主義の影響が強く、中産階級の属性であるスノビズムや色恋沙汰を笑うという、モリエールの時代には存在した特性をなくしており、英国でのみそれは可能だった。

『オケピ!』の選評（単行本附録）を見てみると、最も熱心にこれを推しているのが別役実、反対しているのが岡部耕大、どうも反対らしいのが太田省吾である。井上ひさしは元来「喜劇」の擁護者だし、野田秀樹はやや複雑な立場にあるが褒めている。三谷のこれまでの作品の系列からいうと、テレビドラマも含め、「本番もの」とでもいうべきジャンルがある。『ショウ・マスト・ゴー・オン』『ラヂオの時間』『その場しのぎの男たち』『王様のレストラン』のような、既に何らかが始まってしまって、数人の者たちが右往左往するという構造だ。『オケピ!』もこれに近いが、中心を占めるのがオケとしての仕事とは直接関係のないコンダクターの離婚やハーピストの色恋沙汰だったりするので、その変形とでも言うべきものだろう。先に挙げたシアターアーツ賞受賞の評論は、三谷戯曲では人々が力を合わせて何かをなし遂げる、そこを礼讃しており、確かにこれでは「批評」ではなく、パンフレットの宣伝文だと思わざるをえなかった。井上ひさしや別役実が「喜劇作家だとしても、そこには明らかに人と人との間に、最終的に埋められない断絶が描かれている。

そして例えば、やはり岸田戯曲賞を「遅れて」受賞した鴻上尚史の『スナフキンの手紙』には、結末近く、登場人物が力を合わせて敵と戦おうとした時、いったんこれを拒否して「俺はやだね」「そうやって、全員がひとつの輪になるなんていう日本的なモノを見ると吐き気がすんだよ。そういう日本的なモノと、俺は戦ってるんだ！」と言う人物が出てくる。「じゃあ、どうするの？」と訊かれて彼は「バンザイ突撃をする。」と答え、「それが一番、日本的じゃないの！」と言い返され、仕方なく輪の中に入るのだが、初演時にこの場面を観ていた私は、「あっ、鴻上さん、ごまかしたな」と思った。「バンザイ突撃」は「天皇陛下万歳」のことだろうが、それは別段「一番、日本的」ではない。むしろ一神教的なもので、近代天皇制がこれに倣って作り出したものだ。

三谷幸喜の「笑い」

しかしもう一度、少し遡ってみよう。七〇年代、井上ひさしは、近代文学では「笑い」が軽んじられてきた、と繰り返し主張していた。大江健三郎はこれに触発されて『ピンチランナー調書』を書き、もともとブラック・ユーモアを基調としていた筒井康隆と三人で、一時期論陣を張っていた。学問の世界でも、やや早い時期から漫才を観に通って笑いの研究をしていた梅原猛と、道化研究に向かった山口昌男がいた。しかし井上や大江の場合、明らかに「笑い」は手段であって、その根底には戦後民主主義擁護のような大義が見て取れた。三谷の場合、シェリダンやカワード、ショーと比べても、その「笑い」には、ブラック・ユーモアはもちろん、皮肉の味わいというものが全くといっていいほどない。たとえ登場人物の誰かが意地悪な視線を向けられるとしても、それは最終的には周囲の人々の優しさで包み込まれ、調和に至ることになる。絶対的な敵は内部ではなく、『オケピ！』で言えば上の本舞台、『ラヂオの時間』で言えばスポンサー、など、外部にいるだけだ。三谷によるエッセイなどを読んでいても、その人柄は驚くばかりに常識人であり、インテリ的なシニシズムがまったく感じられない。要するに、「三谷幸喜論」は、それこそオマージュとしてしか成立せず、「批評」としては成立しないのである。井上ひさしならば、その「笑い」が時に空転するさま、さらに「笑い」と言いつつ実は深刻であるさまを「批評」の対象にしうる。だが三谷にはそれも通用しない。それは何やら永六輔や青島幸男を思わせるが、青島は都知事にまでなったし、永も時に硬骨漢の側面を見せる。小説家ではあるが、たとえば当初軽薄な作家らしく見せていた野坂昭如や田中康夫が、いつしかやはり論争的となり、政治に進出したのと、これは同じ現象だと言えるだろう。だから三谷が厄介なのは、その種の「ただのエンターテイナーではない」という所を見せようという野心をどうやらほとんど持っていない点なのだ。

三谷が私淑しているのは、もちろんカワードでもショーでもなく、ビリー・ワイルダーである。しかし演劇史的に言うならば、こう言えるだろう。九〇年代に入って、「野田―鴻上崩れ」とでも言うべき劇団があちこちで上演していた。とりあえず「深」そうなメッセージを骨組みにしながら、全体に笑いを鏤《ちりば》めるという手法で、自転車キンクリートなども一時はこのやり方を採っていたが、それらは次第に、全体から乖離したギャグが浮いてみえるようになっていった。そのなかから、野田的な重層的な戯曲構造を捨て、ごく素朴なストーリーラインに笑いを乗せるというごく正統的な喜劇の手法が復活してきたのである。自転車キンクリートもこの路線になっていったし、マキノノゾミ、カクスコ、永井愛らが方法を確立していった(永井の二兎社も当初は野田崩れだった)。

ここで永井を見てみよう。永井の『時の物置』に始まる戦後生活史劇三部作には、未だメッセージ性が濃く残っていた。岸田戯曲賞の『兄帰る』は、その延長上にあるし、第一、菊池寛のパロディーだ。だが、永井が変貌を見せたのは『ら抜きの殺意』と『萩家の三姉妹』である。『兄帰る』と同じように、前者のタイトルは島田荘司の『ら抜き言葉殺人事件』のもじりであり(これは田中貴子氏に教えてもらった)、後者はチェーホフの『三人姉妹』をそのラストにおいてはっきり下敷きにしているが、タイトルは恐らく映画『宋家の三姉妹』のもじりである。個人的には、この二作が、最近の戯曲のなかでは私は一番好きなのだが、いずれも、前者は言葉の乱れを匡《ただ》そうとする人物、そして二作とも教条的フェミニズムを振りかざす女性を「嗤《わら》う」作品であり、ベルクソンのいう「こわばり」が笑いを生むという理論を忠実になぞっている。なかんずく後者の主人公とも言うべき、旧家萩家の長女で、不幸な男性経験のために「腐れフェミニスト」になってしまった大学助教授萩鷹子は、まことに愛すべき人物である。たとえばゼミの学生である南ちはるとの会話。

ちはる　先生……個人的なことは政治的でもありますよね?
鷹子　ラディカル・フェミニズムではそう言いますね。
ちはる　では、私に恋愛の機会が訪れないのは、政治的な問題でもありますか?
鷹子　あなたの側の?
ちはる　いえ、男性です。私に魅力を感じる男性がいないのは、男性のセクシュアリティについての認識が低いからだと考えてもいいでしょうか?
鷹子　え〜、それは……
ちはる　先生から見て、私には魅力がありませんか?
鷹子　とってもチャーミングだと思うけど……
ちはる　では、なぜそれが男性にはわからないのでしょう?
鷹子　まだ出会いがないだけよ。あなたに魅力を感じる男性が、いつか、必ず……
ちはる　フェミニズムは、モテない女を救えるんでしょうか?

ここで会話は中断されるのだが、『もてない男』なる書物からアイディアを借用した痕跡は明らかながら、このアイディアはこう使うものだという見本のようなものだ。しかるにこれほど痛烈にフェミニズムをおちょくっていながら、フェミニストが怒ったという話を聞かないのは〔後記。上野千鶴子・小倉千加子の『ザ・フェミニズム』にこの作への言及があるが、どうも二人とも噂だけで語っているらしい〕、永井が女だからでもあり、フェミニズムが冗談にいちいち食ってかかるほど未熟ではなくなったからだとも言えるだろう。しかしたとえばシェリダンのマラプロップ夫人のように、言葉の乱れにこだわる人物や「腐れフェミニスト」が徹底して揶揄されているわけではなく、周囲の人物は彼女らを「そのようなもの」として受け入れている。フェミニズムは、批判の対象でないのはもちろん、風刺の対象ですらない。笑いの道具の一つなのだ。その意味で、多くの喜劇がそうであるように、これらは風習喜劇であって、百年後の観客にはそのままでは通用しないだろう。永井のこの二作も三谷の戯曲も、オルビーの『動物園物語』や安部公房の『友達』の対極に位置する。戦後の前衛だったこれらの作品では、人と人とが剝き出しの他者性をもって対峙するが、永井や三谷の世界では、登場人物はある共同体にすっぽり包まれて、外部と出会うことがない。

風刺を評価してきた近代批評

それはたちまち「他者」が描かれていない、という批判を呼び起こすだろう。しかし昨年、大塚英志が車谷長吉の「萬蔵の場合」「鹽壺の匙」を批判して「他者がいない」と書いた時、私は忽然として大塚の時代錯誤に気づかざるをえなかった（「歴史と対峙する『私』」『Ｖｏｉｃｅ』二〇〇〇年二月号）。大塚のこの批評はいくつかの点で奇妙である。まず大塚は、川崎長太郎や田山花袋らを私小説として認めつつ、車谷のそれがこれら「日本文学史における私小説とは明らかに趣きを異にする」と言い、「車谷長吉の小説にはつきなみな言い方だが他者はいない」と書く。が、日本の私小説には社会性がないとは、小林秀雄、中村光夫以来言われてきたことだし、『暗夜行路』もそのような批判に晒されてきた。大塚は川崎や花袋の小説に「歴史性」を感じるというのだが、それは全く論証されておらず、大塚が参照するのは連合赤軍の女性兵士の日記でしかない。第二に、この批評は、福田和也が車谷の『赤目四十八瀧心中未遂』を批判したもの（『喧嘩の火だね』所収）にあまりに似ている。それはあたかも福田が大塚という変名で書いているかのようだ。大塚の批評は江藤淳の『成熟と喪失』をお手本にしている。そしてもちろん、八〇年代の環境においては、『抱擁家族』や『死の棘』の、妻が他者になってゆく過程は、あるいは江藤が漱石の『行人』に見た他者としての妻は、時代の先取りと見なしえたし、「他者」という術語はほとんど「流行」だった。ところが、実は九〇年代半ば以来、この術語は無効になりつつあったのだ。というのも、現実の社会が他者で満ち始めたからだ。実を言えば、高度成長期以前の社会というのもまた他者を持っていたのだが、人々はそれを「変態」「異常者」「不良」その他のラベルを貼ることによって社会の外縁へ追いやることで処理してきた。ところが、そのような他者を復権させ、中心を賦活する存在として位置づけようとしたのが七〇年代の文化人類学であり、あるいはそのような他者を「人権」の観点から救済しようとしてきたのが六八年以後のリベラリズムだった。

平田オリザは、これを指して、現実の都市が祝祭空間になってしまったから、劇場でことさら祝祭を演じる必要はない、と言ったのだが（『都市に祝祭はいらない』晩聲社）、「祝祭」という言葉はあまり適切ではない。私たちは、突然見知らぬ他人を刺し殺す男を見るために、劇場へ足を運んで『動物園物語』を観る必要がなくなってしまったのだ。実はここで先ほど触れた三谷論の結論に、私は異議がある。佳作となった渡辺信也「三谷幸喜論——対話なき世代への慰藉」は、結論部分で、現代人は対話や他者を回避する傾向があり、三谷は一見これに迎合しているように見えるが、「対話の復権」を目指している、というのだ。しかし、それはおかしい。いや、この文章が発表されたのが九七年だということを勘案してもいいだろう。九七年以降の日本は、異装に身を固めた女子高生が闊歩し、傍若無人に携帯電話で大声をあげ、コンビニの前に坐り込んでジャンク・フードを食らい、都市は無用の大音響で満たされ、電車内のもめごとから人を刺してしまうといったことが日常化した世界になってしまい、他者から逃れようにも一歩外へ出れば逃れられない世界になってしまったからだ。

批評家はそもそも、人間関係の不成立あるいは崩壊を描いた不条理演劇その他を、微温的な日常を生きる観客を脅かすものとしてこそ称賛してきた。だが、いまや現実のほうが不条理である。「ひきこもり」にでもならない限り、他者はいやおうなく視界に入ってくるのが都市の現実であり、のみならず家庭内離婚や家族の断絶も日常化して、『セールスマンの死』や『ヴァージニア・ウルフなんかこわくない』はもはや日常なのだ。近代文藝は、『ミザントロープ』のアルセストを擁護したルソーの末裔である。つまり個人性を擁護して共同体に対峙したのが「批評」の源泉だったのだ。もちろんモリエールの「個人」批判は三谷より遥かに辛辣だし、共同体をそのまま是認しているわけではない。けれど、藝術はシニカルでなければならないというのは、近代的な偏向に過ぎない。ノースロップ・フライに従うなら、近代のベル・レットルは基本的に風刺《サタイア》なのであり（自然主義もまた、現実をそのまま描くことはシニカルな視点を持つことにほかならないとして、フライはこれを風刺に分類している）、批評家はその種の作品をのみ称揚してきた。だがおそらく「批評」のそういうあり方、なかんずく「共同的」である演劇というジャンルの批評においてそれは、曲がり角に来ている。三谷や永井、飯島―鈴木が描くのは、「顔の見える共同体」である。ここで私は先ほどの渡辺と同じ、「個」よりも「集団の和」をという結論に陥りそうになるのだが、それはちょっと違う。渡辺は「対話」というが、対話とは、個が成立した後で、個同士の齟齬や軋轢を論理的にほどいていこうという試みだが、『オケピ！』で描かれているのは対話というより、「顔の見える共同体」内での、他人の個人的背景まで知った上で状況に応じて対応しようという行動原理だ。そこでは、かわいらしいお嬢さんに見えるハーピストに惚れてしまいそうになっているコンダクターに彼女の正体を教えてあげるという「お節介」も肯定される。誰も名前を知らなかったビオラ奏者の名前を、彼を傷つけずに聞き出そうとする努力は、「名前は何ですか」と直接的に訊ねる「論理的対話」とは異なる。それはウィリアム・エンプソンのいう「牧歌《パストラル》」の世界ではないか。エンプソンは、プロレタリア文学も、ある共同体を描くことによって、舞台が都市であっても牧歌の一変奏だと言った（『牧歌の諸変奏』邦訳、研究社出版）。三谷の芝居も、都市を舞台にしながら、実は牧歌劇なのである。牧歌劇ではいけないのか。近代批評は、「個」の露呈、個と個の激突を描く作品を評価してきた。が、それはその当時の現実社会が「個」を重視しなかったからだ。「批評」もまた、百五十年程度続いたこの方向性について改めて考え直さなければならない時期に来ているのではないか。それが、『オケピ！』受賞を機に考えたことである。

（二〇〇一・八）

〔後記〕本稿初出後、インターネットの匿名掲示板や携帯メールなどで、時には名を隠し、また肉声を介さずに他者と関わろうとする者の存在が顕著になったが、人数としては少数派だろう。この点はまた別稿で論じたい。

恋愛と暴力とセックスの後で

ちょっと最初に余談をしたい。

熊本地裁におけるハンセン氏病患者の国家賠償請求の勝訴に対し、政府が控訴を断念したことで、この病気への不当な扱いの歴史にも関心が寄せられているが、数年前の熊井啓監督による映画『愛する』も再上映されるという。これの原作は遠藤周作の『わたしが・棄てた・女』なので、今回初めて読んでみた。九八年刊、七十一刷の講談社文庫版である。一九四八年頃を舞台にして六三年に発表された作品で、熊井はこれを現代に置き換えているため、多々無理があるのだが、それは論じない。私が驚いたのは、作中に「ソープ」という表現が出てきたことである。主人公の貧しい学生が、性の渇えから買春に赴く場面だが、言うまでもなく「ソープランド」という表現は、一九八四年、それまで「トルコ風呂」と呼ばれていたものを、トルコ人の抗議によって業者団体が発明したものだ。四八年はもちろん、六三年にさえなかった言葉だ。果たして旧版を見れば「トルコ風呂」とある。現在の文庫版には、著者による後記として「この作品は、一九六三年に執筆されたもので、今日の観点からみると、差別的表現ととられかねない箇所がありますが、当時の風俗、言語を残すためにに、やむをえざる部分のみ、それをそのままに致しました。（後略）」とある。しかし、一九四八―四九年頃の日本にありもしなかった「ソープ」などという言葉をもって置き換えることが「当時の風俗、言語を残すために、やむをえざる部分」ではなかったというのは理解しにくい（なおトルコ風呂の始めとされる東京温泉が創業するのは一九五一年なので、執筆当初から遠藤の時代考証は不十分だったらしい）。ほかにも、シナ人金さんの「それたから、すく、とんで来たんたろ。はア。顔を赤くしたな。純ちょうたな。お前」といった台詞も変えられている。その点も疑問なしとしないが、文学作品の初出本文というのは重要なもので、むろん作者自身が改削を加えるということはありうるが、この改変は作者の裁量の範囲を越えている。新潮社から一九九九年に刊行された『遠藤周作文学全集』所収本文も「ソープ」である。仮にも「全集」と銘打ったものがこうもオートマティックな言葉の置き換えに甘んじているのは、言葉を仕事とする者の行為として、納得できない。

また別の例ながら、山川出版社の『世界史総合図録』の年表は、一九五八年の段階から「ミャンマーでクーデタ」などと書いている。ならば古代のペルシャ帝国も「イラン」になるのか。そのうち『ビルマの竪琴』も『ミャンマーの竪琴』になってしまうのかと思うと背筋が寒くなる。

「優等生的」な作品はなぜ書かれるのか

中条省平は、『論座』四月号の「仮性文藝時評」で、珍しく一回分を一つの作品の否定に費やしている。それは前回の芥川賞受賞作、青来《せいらい》有一の「聖水」で、中条はこれが「模範答案のように書かれて」おり、「読んで憤慨した」と言っているのだが、中条の文を読むと、作品そのものより、石原慎太郎との受賞記念対談(『文學界』三月号)で青来が、主題選びとかマーケティングとか読者に読んでもらいたいとか、率直に楽屋裏を明かしているのを不快に思ったらしい。しかし、それはテクスト外の話だ。そして「聖水」そのものが、果たしてこうまで罵倒されなければならないような出来かどうか、より正確に言えば、それ以前の受賞作に比べて格段にひどいか、は疑わしい。何より、もしこれが「模範解答」であり、青来がそれに「受かる」ために書いてきたとすれば、既にそれ以前の芥川賞が、そのような模範解答的作品に受賞させる体質を持っていなければならないだろう。青来は「純文学ですと、ストーリーテリングのほうに行きすぎるといまひとつ評価していただけない」と発言しており、こうした率直さが中条を怒らせるのだが、事実青来の言うとおりだとしたら? 多くの芥川賞受賞作家が、本来の自分の資質を抑えつけても受賞用の作品を書いているのは、調べてみれば分かることだ。川上弘美は、『神様』所収の小品群が本来の資質だし、池澤夏樹や奥泉光はほんらい長編向きだし、模範解答的といえば大岡玲《あきら》や南木佳士《なぎけいし》の受賞作もそうではないか？　さらに遡ると、古井由吉《よしきち》や中上健次は、受賞作でいくぶんそれ以前からの方向転換を行なっていなかったか？　また宮原昭夫や三木卓はあからさまに作風を変えなかったか？　山川方夫《まさお》はまさにストーリー・テリングが巧み過ぎて受賞を逃したのではないか？　開高健の「裸の王様」、そして大江健三郎の「飼育」でさえ、子供や戦争といった「まじめ」な主題を扱い、それ以前の作風を変えているように思うし、近年では北米渡りの「政治的正しさ」という基準もまた芥川賞に影を落としている。石原慎太郎は明らかにこの傾向に否定的で、堀江敏幸や藤野千夜《ちや》の受賞作への低い評価にそれが見て取れる（なお藤野の「夏の約束」を、同性愛でなければただの凡庸な小説だと石原が評したのを「性的マイノリティ差別」などと非難するのはまったくお門違いである。同性愛あるいはバイセクシャルだから評価するという方が差別である）。

ここまでは中条の言葉を借りて「模範答案」と言ってきたが、「優等生的」という言葉を採用してみよう。文学作品であれ文学批評であれ、何らかの社会的変動あるいは大きな文学運動の勝利などがなければ、制度化に伴って「優等生的」な作品あるいは論文が量産されるようになる。フランス現代思想の「知の欺瞞」を指摘したアラン・ソーカルが行なったのも、北米の人文・社会科学の一部に形成されつつあったポストモダン・ポリティカリー・コレクトの優等生論文への攻撃にほかならない。あるいはたとえば映画なら、キネマ旬報ベストテンに最も多く入ったのが今井正であり、今なお、シリアスな主題を扱った「ヒューマン・ドラマ」の入選率が高い。かつて蓮實重彦が、淀川長治らと鼎談（『映画千夜一夜』）を行なっていた際、サタジット・レイの『大地のうた』の評価を渋って、優等生じみたところがありますでしょう、と言っていたのを思い出す。その蓮實が高く評価していたのは、ロバート・アルドリッチ、サム・ペキンパーのような、暴力的な作風で知られる監督だった。もちろん、小津やヴェンダースも評価していたとしても、やはり暴力を用いることの多い北野武の映画をいち早く評価したのも蓮實だった。そして蓮實の批評活動は、その影響を受けた小説や映画の作家たちに、暴力を導入すればいいのだ、という安直な発想を与えはしなかったか？　既に引用したことがあるが、松浦理英子による文藝賞の選評（三十六回）を引く。「落選作二本はともにセックス、ドラッグ、ヴァイオレンスが題材となっているが、こうした題材がすでに手垢に塗れているという自覚が作者にあるのかどうか」（『文藝』九九年冬号）。もう一つ、髙樹のぶ子による三島由紀夫賞の選評から、受賞作である中原昌也の『あらゆる場所に花束が……』の講評を引く。「全篇が無意味な暴力と暴力的なセックス、嫌悪と憎しみで繫がる人間関係（これを人間関係と呼ぶならだが）だけで成り立っており、話の筋は通らず、登場人物は名前だけの存在で、しかもこうした無秩序に何も必然性が無い」。さらに続くが、同じ作品に対して宮本輝は「十六、七の子供ではあるまいし、三十歳の作者が自分の小説の眼目に、いまどき使い古された理由も対象もないただの怒りを設定し、フラグメントの重ね合わせで無用に長い作品に仕立てあげたこと自体、私は幼稚だと感じた」と書いている（『新潮』七月号）。しかもその三島賞で中原を推した三人の腰が、選評その他（たとえば『リトルモア』八月号での福田和也と中原の対談）を見てもいっこうに定まっていないので、どうも気分が悪い。特に支持した福田は、候補作のひとつである佐川光晴の

『生活の設計』を新潮新人賞受賞の際には高く評価していたのに、選評によれば宮本の一言で撤回したことになっており、どうも不自然だ。

私が気になるのは、中原作品がやはり、暴力を導入すれば新しく見えるという錯覚に捕らわれているのではないかという疑念が残ることだ。阿部和重《かずしげ》の『インディヴィジュアル・プロジェクション』にしても、阿部が蓮實に影響を受けていることが明らかなだけに、そう見えた。村上龍の『五分後の世界』の文庫版解説で渡部直己もその暴力場面の過剰性を評価しており、いま思えば村上春樹を否定するためとはいえ、無理な論法だった。一時期評価の高かった劇作家の鐘下辰男も、永山則夫を扱った『tatsuya――最愛なる者の方へ』で芸術選奨新人賞を受けているが、流山児《りゅうざんじ》祥《しょう》演出で観た限りにおいて、ただ無意味に暴力が投入されているとしか思えなかった。

「優等生か暴力・セックスか」などという二者択一が馬鹿げているのは誰が見たって明らかだ。私は右記の松浦の言に同意するし、松浦自身はみごとに『裏ヴァージョン』(筑摩書房)で、セックス―同性愛小説を相対化してみせた(ただし中山可穂の『白い薔薇の淵まで』を読むと、性愛でも友愛でも、女同士の親密な関係は「愛憎入り交じった」ものとして描かれるという定型があることに気づく)。しかし優等生的に見えるからといっていけないということにはならない。たとえば岩阪恵子の連作『淀川にちかい町から』(講談社文芸文庫)は、一見優等生的に見えるが、質の高さがその「優等生」性を乗り越えた例である。だから要は、優等生「的」であっても、それを越える質を確保すればいいだけだということになるのだが、もちろんそれが難しい。

『群蝶の木』が描く職業と住居

　さて、作家としてのキャリアは長いけれども、芥川賞受賞後着実な仕事ぶりを見せている作家の一人として、目取真俊《めどるましゅん》の短編集『群蝶の木』（朝日新聞社）を取り上げてみたい。というのも、目取真は、沖縄出身の作家であり、しかも沖縄を題材、舞台として書いており、それは当然のごとく、本土とは異なる古俗、あるいは周囲の大国に翻弄された歴史とその一環としての沖縄戦という惨劇を背負っており、下手に扱えばたちまち「優等生的」な作品に堕してしまう危うさを抱えているからだ。今回の短編集は四つの短編を収めているが、実は表題作の出来がいちばん悪く、まさに沖縄の古俗、沖縄戦の記憶といったモティーフがうまく整理されないまま詰め込まれている。冒頭に置かれた「帰郷」は古俗を用いており、あとの「剝離」と「署名」は、必ずしも沖縄的ではない、それぞれ、小学校の教員をしている夫婦、高校の補充教員をしながら正規の教員としての採用を目指している男を主人公にした作品だ。先に作品の出来について言っておくと、「帰郷」「剝離」がいい。「署名」は、アパート近辺の野良ネコをめぐって主人公が追い詰められていく不条理劇風の作品だが、終盤までは、現代における集合住宅というものの閉塞感を描いていて佳編と言えるのだが、最後にほんとうに怪しい男が他の住人から庇《かば》われるあたりが、それ以前の部分と整合せず、構成が不自然になっている。どうやらこの作品は部分的にペキンパーの『わらの犬』を参考にしているらしく（猫が吊るされている場面、主人公が最後に湯を沸かして反撃に出ようとする箇所など）、だとすると「暴力」が発動する一歩手前で作品は終わっている。

「署名」では勤務先の場面が一つあるが、「剥離」は勤務先と住居の両方を舞台にしている。そして、「署名」のネコ殺しを別にすると、暴力も、セックスも、恋愛もここには描かれていない。そして実は、これらを描かないことが、芥川賞受賞作に顕著な特徴であって、これらを正面から描いて受賞した作は例外的にしか存在しない。暴力については『ゲルマニウムの夜』、セックスについては『太陽の季節』『限りなく透明に近いブルー』『エーゲ海に捧ぐ』であり、これらの受賞が物議を醸したのは言うまでもない。恋愛に関しては『忍ぶ川』くらいで、髙樹のぶ子でさえ受賞作『光抱く友よ』は女子高生同士の友情を扱ったものだった。青来は、物語の方へ行くと純文学として評価されにくいと言っているが、恋愛、セックス、暴力もまた、出発期においては認められにくい主題なのである。十九世紀の小説においては、恋愛、結婚といった主題はほとんどあらゆる作品に見られた。セックスはロレンス以来、暴力はフォークナー以来本格的に導入されたが、恋愛は「恋愛小説」の世界で、セックスはヘンリー・ミラーや大江健三郎でその表現の頂点を極めたが、依然として作品に力を与えると信じる向きは存在する。犯罪やカネもまた十九世紀小説の重要な主題だったが、犯罪はむろん探偵小説やクライム・ノヴェルへと分化し、カネもまた経済小説というジャンルを生み出している。九〇年代以降の日本の純文学で全盛を誇っているのは、前に述べたように、神経症のような精神障害を扱ったもので、つまり娯楽小説に奪われていない主題へと多くの新人が殺到しているということになる。

「剝離」「署名」が興味深いのは、学校教師という職業と住居を重要な要素としている点である。職住分離のもとでの組織内における職業が描かれるようになったのはプロレタリア文学に始まるが、戦後になって「職業」をきちんと描いた作といえば、丸谷才一の『笹まくら』(新潮文庫)、藤原智美『運転士』(講談社文庫)その他、あまり見つけられない。教師というのは、現代社会の不条理を一身に背負ったようなところがあり、ぜひ描かれるべき題材だったといえよう。そして住居。現代日本においてアパート、マンションを問わず、都市部の集合住宅に住むということは、高度経済成長期以前のそれとはまったく違う経験になってしまった。現代では隣人がどんな人間であるかさえはっきりしないことがある。宮部みゆきの『理由』は、高級分譲マンションにおけるそのような住居事情を描いているが、こうした現代の住居を小説に描いたのは、笙野頼子の『居場所もなかった』(講談社文庫)を先蹤とするだろう。笙野自身は作中でこれを実験小説と呼んでいるが、いま読めば、実験的な箇所はあるにしても、優れたリアリズム小説である。現代のアパート、賃貸マンションには、学生、独身者、所帯持ちが男女を問わず入居していて、それぞれ極端に異なった価値観のもとに暮らしているから容易に共同体は構成できないし、独身女性の場合、むやみと隣人と知り合いになったりはできない。「剝離」は、妻が勤務先の小学校の「学級崩壊」で神経を病み、隣室で何か危険なことが行なわれているのではないかと恐れはじめるという形で、職場―住居の両方で感じなければならない現代人の閉塞感が緻密な構成で描かれている。本当のところ、恋愛やセックスや暴力を卒業した現代の小説が描かなければならないのは、こういう世界だろうと思わせられる。

巧みな人工授精小説『ジャムの空壜』

次に、性や暴力を導入せず、かつ悪く優等生的でもないという点で感心した佐川光晴の第二作『ジャムの空壜』（新潮社）を取り上げたい。斎藤美奈子のいうような、明治期以後の「妊娠小説」の系譜というのがあるわけだが、これは「人工授精がいかなるものであるかを描いた最初の小説」（高澤秀次）だ。前作『生活の設計』と設定が似ているのは確かだが、結婚後四年経っても妊娠しないことに気づいた夫婦が産婦人科を訪れ、男の精子の数が少ないことから人工授精に踏み切る筋と、男の学生時代のエピソードと、いま男が働いている肉屋の話とが並列的に描かれているように見える。けれど、きちんと筋は通っていて、男は、北大と思しい大学で一九八五年ころに自治会運動の一端を担い、丸山眞男の弟子に当たる教授（松沢弘陽らしい）のゼミに属しながら（しかしその教授が、一九九五年に刊行が始まった『丸山眞男集』の解題を書いていた、と当時のことのように描かれているのはやや不自然だ）、教授の「享楽」を否定する考え方に違和感を覚え、遂に決裂して研究者の道を自ら閉ざし、卒業後就職した企業からもリストラされて司法試験を目指しており、小学校の教員である妻に生計を頼っている。男が教授の長広舌に突然激昂する場面は唐突に見えるが、それは教授が「享楽」を否定していることと関係している。たとえば肉屋の仕事においても、男はある享楽を覚えているのだ。

「妊娠小説」は、享楽のためのものだったセックスが、生殖という期待しなかった結果をもたらしてしまうものだ。そして夫婦間での妊娠は、享楽としてセックスをしている間にいつしかするものだと男は漠然と考えていた。が、いったん人工授精を開始すると、男を待ち構えているのは、初めは精液の検査のための、次に授精そのもののための自慰であり、時にそれは産科医のトイレで行なわれなければならない。もちろん成人男性の多くは、自慰行為を享楽として行なっているが、それが生殖を目的とした行為となり、往々にして上を向いているペニスから射出される精液を容器に入れるという営為の困難は、そこから享楽を完璧なまでに剝奪してしまう。佐川は書いていないが、人工授精専門の医院には、採精用の個室があり、エロ本やアダルト・ビデオも置いてある。その様子は芥川賞受賞作である玄侑宗久《げんゆうそうきゅう》の「中陰の花」（文藝春秋刊同題書所収）に少し書いてあるが、それが索漠たる行為になるだろうことは容易に予想できる。しかしここで、自宅で採精してくるように容器を渡された男は、「人工授精にふさわしい射精とはどのようなものだろうか？」と問い、「すぐに二つの方法を考えついた。ひとつは妻と性交をし、射精だけを容器に向ってする方法。もうひとつは、性器以外での、妻からの刺激による射精だ」と考える。だが現実には男は一人で射精するほかなく、その詳細は描かれていないが、一度の失敗の後、消毒した容器なら何でもいいと医者に言われた男は、ジャムの空壜を使うことにする。けれど、基礎体温から排卵日を判定し、空壜に精液を封入して妻と産科へ行った男は、排卵が既に終わったと知らされ、その壜を虚しく持ち帰る。

生殖を目的とするもの以外の性交も、自慰さえもカトリシズムは禁じたが、人工授精など存在しなかった中世においては、それは依然として享楽を含んでいた。セックスから享楽を一切剝奪するとはこのようなものだと細密に描かれる時、享楽を否定する教授に対して男が「屈辱と怒り」を覚えなければならなかった理由が事後的に了解される。人工授精の顚末を描くだけでも、優に一編の佳作になりうるだろう。実際ここには、不妊症ではないかと思いはじめてから検査を受けるまでの三ヵ月、男が「もし妻の方に原因がないとすれば、という不安にとらわれてきた」のであり「男自身に原因があるよりは、妻にある場合の方が、たとえついに不妊でありつづけるしかないとしても、耐え易い気がして」いたのであり「それがこの上なく卑怯な考え方であることも男にはわかっていた」のだが、たとえ原因が妻にあったとしても「そのことによって妻と別れることなど決してあってはならない」と自分に言い聞かせてきたという箇所は、男の妹が妊娠したという知らせを受けた妻が泣き崩れる場面と相まって、夫婦というものの深淵を抉っている。その素材をそのまま描いても興味深い作品になるのだろうが、佐川は「享楽」をモティーフとして重層的な作品に仕上げた。

セックスや暴力を導入すれば、マスメディアでも話題になり易い。しかしもちろん話題になることと文学的価値は別であって、「話題性」でふくらませた作品などというのは不良債権を抱えこんだ金融業のようなものである。批評というのは「業界」の維持のためにあるわけではあるまい。「話題性」でふくらませなければ潰れてしまうような「文学業」は早く潰れればいいのだ。

（二〇〇一・九）

文学者の〈いじめ〉責任

　関川夏央、中条省平といった人たちが声を揃えて絶賛する岡崎京子の『リバース・エッジ』というマンガに、私は感心しなかった。むしろ違和感を感じた。その理由は、薄々感づいてはいたが、二〇〇一年夏に上梓された内藤朝雄の『いじめの社会理論』（柏書房）を読んで、その違和感に私は確信を抱いた。内藤の本は、少なくともその前半部において、従来の多くの「いじめ」論に鋭い反省を迫り、それらが共有している「子供は本来善であり、いじめの問題は子供たちの共同体の自浄作用によって解決されるべきだ」という「共同体主義」の誤謬を剔抉している。細部にも目配りが効き、かついじめへの著者の激しい怒りが文体にも反映されていて、前半部において名著と呼んでさしつかえない。「いじめ論者」たちの文章を引用しつつほとんど筆誅というに近い批判を叩きつけるさまに、かつて「いじめられっ子」であった私は快哉を叫んだ。

　そして、短期的な処方箋として、学校を聖域と見なすことをやめ、暴力的ないじめの類に対しては公権力の導入も辞すべきでないとする提言にも、同意できる。

ただし後半で、中長期的な処方箋を提示しようとして、内藤が描き出す「ユートピア」像にはまったく感心できなかった。それは内藤が、「自由」という価値を信奉しすぎたからである。だが、それはまた別稿で説くべきことだろう。同書中、刮目すべきはやはり、従来の「いじめ」論批判である。戦後日本の社会思想は、戦前戦中の国家主義への反省から、個人主義の尊重に偏してきた。それに対し、やはり国家の役割を重視する者が対峙してきたが、この十年ほどは、サンデルやマッキンタイアのような共同体主義者と呼ばれる社会思想家の影響を受けながら、国家でも個人でもない、共同体に価値を置こうとする論者が擡頭しつつある。だが、「いじめ」は、まさに共同体主義の躓きの石とも言うべき問題で、たとえば家族のような共同体でさえ、近年、ドメスティック・ヴァイオレンスや強制的近親姦の問題（むろんこれもDVの一種と言えるが）が盛んに取り上げられており、聖域ではない。内藤は、「わたしたちの社会では（国家権力ではなく）中間集団が非常にきつい」とその「まえがき」冒頭近くで述べている。一瞬、この「わたしたち」は「日本」のことなのかと思わせられる。実際、司馬遼太郎の最高傑作だと私が思っている長編『菜の花の沖』（文春文庫）では、近世村落における「いじめ」に触れつつ、それが日本特有の現象であるかのように記述している。しかし近年の研究によって、いじめはどの国にもある問題であることは明らかにされているし、これはこの傑作の一つの疵だと言わざるをえない。

「子供共同体」の神聖化

さて、内藤は、「全体主義」というものの考察から話を始め、戦時体制下の日本において、国家権力が直接個人を抑圧するのではなく、その体制によって作られた隣組のような中間集団のなかで、「いじめ」が発生していたことに触れてゆく。そして戦後の日本では、国家による全体主義ではなく、学校共同体と会社共同体による全体主義が行き渡った、とする。そしていじめの定義を絞り込み、「社会状況に構造的に埋め込まれたしかたで、かつ集合性の力を当事者が体験するようなしかたで、実効的に遂行された嗜虐的関与」とする。ついで、従来の「いじめ」論者の議論が、子供性善説と、子供共同体の自治を信じるものであることを批判してゆく。この部分は本書の圧巻だ。内藤は、こうした考え方を、教育系論者の「國體」と呼んでいる（いじめにおける共同体の圧力は、井桁碧「『日本』論という思想」〔大越愛子ほか『フェミニズム的転回』白澤社／現代書館〕でも触れられている）。

なかでも印象に残ったのは、「賢治の学校」を主催する小学校教員鳥山敏子が、いじめが起こった際、「優等生」であるためにいじめられた被害者と加害者グループに「気持ちのぶつけ合い」をさせる事例である（鳥山『みんなが孫悟空』太郎次郎社）。その結果、加害者グループに罵られた被害者・コミはその「傲慢の罪」を見つけさせられ、自分自身を糾弾する。その記録のなかで鳥山は、

「そこからめげずに立ち上がれる道を、きょうはコミ、なんとかつくろうぜ！とわたしの心も叫んでいた。だって、**おまえがつき合いたいのは、ほんとうは大人のわたしではなくて、**（加害者グループの名）**なんだからな**」と書く。このゴチックは、内藤によるものだ。そしてこの部分こそ、最も見事な部分である。著者の内藤は私と同年だが、私たちは、子どもの頃から、くりかえし、この種の物言いを聞かされ続けてきたからだ。曰く、「大人は判ってくれない」、曰く、「子供は子供同士」。この種の考え方は、言説としてのみならず、マンガやテレビドラマや映画の形をとって、執拗なまでに繰り返されてきた。その結果、子供は、いじめの加害者と被害者でありながら、いじめられたことを大人に告げることは「チクる」という言い方で「密告」扱いを受ける。子供の共同体は、大人への抵抗のための砦であるかのような幻想が構成され、子供は「子供共同体」のなかで「協調性」を示すよう強要される。今なお、多くの「教育系」の論客や文化人は、子供に向かって、大人は敵であり、子供は連帯しなければいけないかのごとき言説を垂れ流している。この状況下において内藤が行なった告発の意義は大きい。

『リバース・エッジ』に私が感じた違和感は、まさにそこにこの「子供共同体」を神聖視する観点が、決して付随的なものではなく、本質的なものとして内在していたからだ。いじめがあろうが、軋轢があろうが、この場合は高校生である「子供」は、「大人」には理解できない共同体を構成するものである、という視点である。私たちは、あまりにも根深くこの世界観に毒されているから、これを客観視することができない。たとえば漱石の『坊っちゃん』に対して、主人公坊っちゃんは、生徒たちに対して愛情をもって接していない、という批判が出たことがあった。だが、それはこのような、「子供は本来善であり」、坊っちゃんの蒲団へイナゴを入れたのも、無邪気な「いたずら」に過ぎず、本当に「悪」なのは大人であり権力者である校長や赤シャツでなければならず、坊っちゃんが「善玉」なら、生徒たちとの連帯の上に彼らと戦わなければおかしい、という固定観念に侵されているからにほかならない。実際、映画やテレビドラマ化された『坊っちゃん』では、最後に坊っちゃんが生徒たちに惜しまれながら去ってゆく、というストーリィに変えられていることが少なくない。だが、よく読んでみれば、生徒たちのいたずらを弁護しているのは、むしろ坊っちゃんの「敵」たちであり、断固懲罰を主張しているのが山嵐なのだ。

文学における無垢なる子供たち

いったいいつごろからこの種の「子供共同体」が信じられるようになり、広まったのかといえば、敗戦後のことだ。なかんずく、高度経済成長以後のサブカルチャーの物語の多くが、「子供は子供同士」を歌い、「子供の喧嘩に親が出るべきではない」と主張してきた。児童文学者を含む文学者たちも、この物語の流布に加担してきたし、今なお加担し続けている。それはいわば「文学者の〈いじめ〉責任」である。では他国ではどうか。アジアのことは分からないが、英国パブリック・スクールにおけるいじめはよく小説の主題に選ばれる。トリュフォーの映画は、『大人は判ってくれない』という邦題がつけられたが、ここで峻別しておかなければならないのは、一人の子供の、世界からの疎隔感を描くことと、子供共同体の神聖さを描くこととはまったく別のことだという点である。その点、スティーヴン・キングの『スタンド・バイ・ミー』は、まさに子供共同体を神聖なものとして描いている。それ以前にも、『理由なき反抗』や『怒りをこめて振り返れ』(ジョン・オズボーン)のような、青年の社会への反抗を描いた映画や劇はあるが、これらは「青年」の世界だから、当面別箇に考えよう。

フィリップ・アリエスの『〈子供〉の誕生』は、学問的にはもはや破産している。中世史学、図像学などの成果によって、既に大人とは別の存在としての子供が中世においても認識されていたことが明らかにされている。アリエスが何を見誤ったかと言えば、近代は「子供」を発見したというより、性的―精神的に「無垢」な子供、という神話を作った、と言うべきだったのだ。もちろんその淵源は、子供の精神をタブラ・ラサだと見たルソーである。しかしそのことは直ちに「子供共同体主義」を導きはしない。恐らく、こうした「子供共同体」を決定的に印象づけ、創始したのは、ジュール・ヴェルヌの『二年間の休暇』(一八八八)である。しかもヴェルヌは、明治期日本において、シェイクスピアに次ぐ邦訳量を、単行本において誇っており、『二年間の休暇』は明治二十九年(一八九六)、森田思軒によって『冒険奇談 十五少年』として邦訳され、その題名は今なお「漂流記」付きで使われているし、佐藤紅緑に至っては『少年連盟』の題名で翻案までしている。ウィリアム・ゴールディングが、現実の子供たちがこのようなものであるはずがない、という意味合いを込めて『蝿の王』を発表したのは一九五四年のことだ。では『二年間の休暇』と同じころ書かれた『ハックルベリー・フィンの冒険』はどうか。確かにこれは子供を描いている。だがハックが生きるのは、十五人もの少年の共同体ではなく、黒人奴隷ジムとの二人きりの絆である。この違いは重要である。

明治日本で、最初に「子供の共同体」を描いてみせたのは、『たけくらべ』の樋口一葉であろう。確かに、ここで描かれた子供たちの世界は、吉原遊廓の傍らの竜泉寺町で一葉が実見したことに基づいているのだろうが、近世文藝のなかにこの種の世界が描かれたことはないと言ってもいいので、やはりそこにはヴェルヌの『十五少年』の示唆が働いていると見るべきだろう。いくぶん、慶安から明暦ころの旗本奴と町奴の争いか、近世末から明治にかけての博徒の喧嘩を思わせる子供の世界の争いは、そうした近世以来の大人の世界での任俠と、西洋渡りの子供共同体の理念を天才的な筆をもって一葉が統合し理想化したもので、そこでは「汚れた世界」としての大人の世界が、美登利の変貌によって浮かび上がる仕掛けになっている。ところが、「子どもたちの時間」(『樋口一葉の世界』平凡社所収)という論考で前田愛は、「大音寺前を賑わわせていた子どもの世界を跡かたもなく崩してしまった見えない力の正体が、『近代』そのものであったとすれば、それは(中略)私たち自身が引きうけなければならない原罪なのである」としている。ここで前田は、二重の幻想に囚われてしまっていると言わざるをえない。一つは江戸幻想、もう一つは、子供幻想である。この論考の初出は一九七五年で、時あたかも、内藤が指弾する「子供共同体主義」が隆盛を誇った時期だと言えるかもしれない。確かに、近代的な学校制度が、内藤の言うとおり、恣意的に選びだされた者たちと強制的に「なかよく」させられる世界であるなら、前近代においてその種の暴力は存在しなかったと言うことはできるが、かといって村落共同体の村八分のような私的制裁はあったはずだし、前田が言っているのは近代的な学校制度のことではない。前田は、子供の世界が無垢であるかのように描く一葉の魔術に見事に引っかかったのである。たとえば明治期までの読者が虚心に『たけくらべ』を読むなら、ここに登場する男の子たちが美登利に欲情を抱く気配がないことを怪しんだだろう。恐るべし、その種の欺瞞に最も敏感だった斎藤緑雨は、率先して一葉に参ってしまった一人だったのである。

実際には、もう二十年ほど前から、児童文学研究者の間では、こうした近代の「童心」主義は批判的に論じられているのだが、それはいっかな、内藤呼ぶところの「教育系」の論者たちを動かすことがない。しかしその一方で、たとえば明治二十年代、若松賤子訳『小公子』で人気を呼んだバーネット夫人がいる。だが、その『セーラ・クルー（小公女）』を読んでみるがいい。そこで描かれるセーラの同級生たちは、セーラが父の死によって資産を失うと掌を返したように冷淡になるような者たちだ。バーネットは、一人の子供の高潔を描いても、子供共同体の神聖など描きはしなかった。かろうじて描いたのは、『秘密の花園』における、二人の絆の成立過程だけである。一人の子どもの無垢を描くことは、子供共同体の神聖を描くこととは違う。それは鏡花の『照葉狂言』でも、中勘助の『銀の匙』でも同じことだ。だから文学史的には、『たけくらべ』は直接の後継者を持たなかった。

内藤がこうした「子供共同体主義」を教育系論者の「國體」と呼ぶのは、メタファーのように見えるが、実はメトニミーである。なぜなら、これが成立するのは、恐らく昭和期に入ってからのことだからだ。佐藤紅緑こそ、その最初の責任者である。昭和二年から三年にかけて『少年倶楽部』に連載された『ああ玉杯に花うけて』は、多くの読者を獲得したが、そこでは浦和中学を舞台に少年たちの世界が描かれており、主人公青木千三は、父を亡くし、豆腐屋の伯父の家に母とともに厄介になり、豆腐を売って生計を支えている。中学には「生蕃」とあだ名される阪井巌《いわお》なる乱暴者がおり、他人の弁当を奪って食べたり脅したり、したい放題であるが、巌の父は町の助役なので、教師たちも強いことが言えずにいる。その巌は千三の折詰を奪おうとして拒否され、彼に暴力を振るい、怒った伯父は阪井家へ行ってその父を殴って逮捕され、監獄行きになってしまう。巌は学業はできず、試験の際には、できる生徒ができない生徒に答案を密かに見せる「カンニング」が行なわれているが、優等生の柳光一は巌に答案を見せようとせずに教室を出てしまう。巌は柳に暴力を振るう。遂に巌は停学になり、自ら退学してしまう。だが、巌の父の不正が発覚しそうになり、その証拠書類を夜半役場へ行って燃やそうとするのを見た巌は、遂に父が間違っていることを知って改心し、皆に謝る。

ここに二つの側面がある。一つは、内藤が指摘するような、生徒間の、個人より共同体、カンニングを義侠の振舞いと見るような思想であり、それは今でも「いじめ」を教師に訴えることを「密告」と見る思想として生き延びている。もう一つは、地域の有力者の子だから好き勝手をやるという側面で、これは高度経済成長によって都市部を中心として次第に地域共同体が消滅し、親の地位が平準化するに従ってなくなっていった。だが、この点はむしろそれ以前の方が、いじめの環境としては希望があったのである。なぜなら、そこでは学校は閉鎖社会ではなく、外部と繋がっていたからだ。親の職業や地位が学校社会に影響しなくなった時、いじめは救いようのない「子供共同体」の専制に委ねられてしまう。そして佐藤紅緑が、阪井父子の間に断絶を入れ、乱暴者・巌をあたかもいがみの権太のように改心させることによって「子供」の「無垢」を守ったことは、結果的に、戦後に至るまで、子供観の根幹を形成することになった。

悪いのは大人なのか？

戦後の昭和二十三年に石坂洋次郎が発表した『青い山脈』でも、より複雑な形でではあるが、女学生間の「いじめ」から話は始まっている。だがここでも、いじめの先導者は、学校に忍び込んで手紙を盗み出そうとした所を見つかり、遂に改心していじめの対象だったヒロイン新子に謝り、二人はお互いに頬を打ち合い、和解する。頬を打ち合っての和解、といえば『走れメロス』だが、私たちは嫌になるほどこの種の場面を見せられてきた。これもまた、「子供」が根底においては「善」であるという信念、子供間の争いは最終的には子供同士で解決すべきだというイデオロギーを再生産している。最後まで「悪」なのは、校長や教頭のような「権力者」なのだ。

大江健三郎は、『飼育』と『芽むしり仔撃ち』で、戦後の子供共同体主義を文学の面から補強し、確立した。子供たちの内部で行なわれていることがどれほど陰惨でも、それは「無垢」であって、遂には大人社会の介入によって潰され、ノスタルジーの対象となる。

「子供たち」は時に「一揆」や「反体制組織」に変わったが、大江は一貫して共同体主義者である。ただし確認しておかなければならないのは、「家族共同体」は、小島信夫の『抱擁家族』以後、山田太一の『岸辺のアルバム』を経て天童荒太の『永遠の仔』(この表記には大江作品の影響が明らかだ)に至る文学の世界でも、言説の世界でもその価値を疑われるようになってゆき、現在ではほとんど壊滅状態だということである。「いじめっ子」を警察に引き渡すべきだと言わない論者も、ドメスティック・ヴァイオレンスに警察が介入することには反対しない。なぜなら、大人が「悪」を犯すことは十分ありうるからであり、もし子供が悪に走るとしたら、周囲の大人が悪いからだ、というのが「教育系」論者たちの信念なのである。日本の読者は、マンの『トニオ・クレーガー』より、ヘッセの『車輪の下』のほうを好むだろう。私が、大江における武士的心性を指摘したのに対して、川本三郎は、大江はむしろ「子ども」性にこだわってきたのだ、と反論している(『サンデー毎日』九八年五月二十四日号)。もっともこれは、大江がなぜ恋愛小説を書かないかの理由についてなのだが、実は少なくとも大江において、この「武士」と「子ども」は矛盾なく同居している。『ああ玉杯に花うけて』から引用しよう。

巌の憤怒は絶頂に達した。およそ学生の喧嘩は双方木剣をもって戦うことを第一とし、格闘を第二とする。刀刃や銃器をもってすることは下劣であり醜悪であり、学生としてよわいするにたらざることとしている、これ古来学生の武士道すなわち学生道である。

これが、暴力で食物を奪い、カンニングを強要する者の述懐なのだから可笑しいようではあるが、外の世界を拒絶し、「学生共同体」の内部でのルールを重視する点では実は一貫している。武士の果たし合いも、子どもの喧嘩も、外部（公権力）に通じることを卑怯と見る点で同一である。

だが実際に、「子供共同体」の神聖を謳ってきたのは、このような文学史上の作品であるよりも、マンガやテレビ・ドラマのようなサブカルチャーであることは言うまでもない。私はたとえば、萩尾望都の『トーマの心臓』の高い評価にも同意できない。それはこの作が、いろいろあっても、少年の共同体は美しい、と言っているとしか思えないからであり、それを支持するのは、現実の男の子たちの世界を知らない少女、ないし元少女だとしか思えないからである。そして、今日に繋がる形で、いろいろあっても子供の世界は美しく、大人の世界とは違う、と正面から主張したのが紡木たくであって、私には当初から馬鹿馬鹿しいとしか思えなかった。もちろん、青春がどうしたとかいうテレビドラマの類、不良の世界を得々として描いたマンガの類は、言うを要しない。数年前の、藤子不二雄Ⓐと柏原兵三《かしわばらひょうぞう》を原作とした篠田正浩の映画『少年時代』は高い評価を得たが、これまた、いじめがあって、いじめっ子の転落があって、しかし最後は帰郷する主人公を当初のいじめっ子が見送りに来るという予定調和の見本のような作品だった。

　内藤は、現代の子供社会を、こう描いている。


〔彼らにとって〕最も「悪い」のは、「チクリ」と個人的な高貴さ《アトミズム》である。それに比べれば、「結果として人が死んじゃうぐらいのこと」はそんなに「悪い」ことではない。他人を「自殺に追い込む」ことは、ときに拍手喝采に値する「善行」である。個の尊厳や人権といった普遍的ヒューマニズムは「わるい」ことであり、反感と憎しみの対象になる。（九五―九六頁）

　この少し前に、注が付いている。それは「『日本国憲法が門前で立ちすくむ』職場組織では市民状態になくても、自宅の居間で新聞を読んで『子どもの病んだ小世界』を憂いているときにだけ市民状態にいるかのような気になる大人も多いだろう」とある。この種の怒りの表現は文学的と言ってもいいくらいだが、それだけに後半、「普遍的ヒューマニズム」を認めないリバタリアンな立場に立ってしまうのが残念でもある。

　近代というものは、あまりに個人主義を押し進めすぎたのではないか、そういう反省が、社会思想においても、文学においても、出てきている。後者はたとえば丸谷才一による「うたげの文学」の復権の提唱になっている。前者については、宮崎哲弥の時論集『「自分の時代」の終わり』（時事通信社）に如実に現われている。だが、本当に私たちはそれほど個人主義的なのか？　フェミニストたちは、フェミニスト共同体内での自分の位置を気にし、他人の言動に右顧左眄している。夫婦別姓論者のなかには、個人主義どころか、実家の家名を残したいという前近代的な動機の者が少なくない。社会人の事大主義は言うまでもない。では学生たちが「個人主義者」だとでも言うのか？　大概にするがいい。彼らは、みんなが茶髪にするから自分もするのだ。みんなが携帯電話を持つから自分も持つのだ。みんなが聴く音楽を自分も聴くのだ。みんながフリーターをするから自分もするのだ。みんなが売春するから自分もするのだ。みんながカルスタをやるから自分もやるのだ。みんながいじめるから自分もいじめるのだ。こう見れば、個人主義とリバタリアニズムはまったく別のもので、後者は他人に追随する自由、奴隷になる自由さえ認めるものだ（内藤はリベラリズムという言葉を使っているが、最終的な社会構想はリバタリアン的である）。

重松清の描く〈いじめ〉

では、現代の作家で、子供の世界やいじめを描いている重松清はどうか。坪田譲治文学賞受章作の『ナイフ』（一九九七年）は、〈いじめ〉を扱った五編の短編から成っている。新潮文庫版解説で故如月小春が「どうしてこんなにも辛い小説が書けるのだろうかと思う」と書いているが、確かに現代のいじめの実相は、赤裸々に描かれている。如月は続けて言う。「でも重松清さんは、絶対に手を抜かない。〈いじめ〉を隅々まできちんと描こうとしている。それはたぶん、適当にボカして書いたりしたら現実にいじめられているたくさんの少年や少女たちに、彼等を救うことができずにのたうちまわっている親たちに、失礼だと思っているからではないだろうか」。確かにここには、安易な救いも、予定調和もない。冒頭の「ワニとハブとひょうたん池で」の主人公は、「学校は楽しくない場所、それでいい」と述懐している。だが、一九九八年に『朝日新聞』に短期連載し、長編に書き改めて山本周五郎賞を受賞した『エイジ』は、いじめや偽悪的な中学生を登場させながらも、結局は「子供共同体」の物語になってしまっている。たとえば、主人公エイジはこう述懐する。

ぼくはいつも思う。「キレる」っていう言葉、オトナが考えている意味は違うんじゃないか。我慢とか辛抱とか感情を抑えるとか、そういうものがプツンとキレるんじゃない。……

「オトナ」？　「オトナ」というカテゴリーを提示した時、エイジは既に「子供共同体」のなかにいる。「大人／子供」と分ければ、いじめっ子といじめられっ子がともに共同体の一員だという認識まであと一歩だ。「ワニとハブとひょうたん池で」でも、「ナイフ」でも、いじめられている子供は、そのことを親に知られるのを嫌う。だが、それは既にその子が、子供共同体の一員になってしまっているからであり、内藤はそれを「精神的な売春」と呼んでいる。『エイジ』朝日文庫版の斎藤美奈子の解説「現実を生きる中学生のための物語」は、もし当たっているとしたら、重松の後退を示しているだけだ。斎藤は言う。「『エイジ』は、大人がつくった包囲網のなかでクサクサしている同時代の中学生に向けて発信された、一種のメッセージでもあったのです」。斎藤が「大人＝悪／子供＝善」という古めかしい、しかも「いじめ論」を呪縛してきた図式に首まで漬かっているのは明らかだ。さらに斎藤は、その当時世間を賑わわせた少年をめぐる事件に触れつつ、エイジが感じているのは「なにもかも『一般論』で語ってしまう大人たちへの嫌悪あるいは抗議といっていいかもしれません」。このような言い方自体が、中森明菜の「少女A」以来の、長い歴史を持つ、陳腐な、そしてあたかも「子供」たちが一枚岩であるかのように錯覚した「一般論」であることに気づかない、そこに斎藤美奈子の限界がある。しかも、遂に斎藤は「若い読者は「世の中にはわかってくれる大人もいる」ということを『エイジ』から感じるのではないでしょうか」とまで書いてしまう。私が感じるのは、重松や斎藤が若い読者から「世の中にはわかってくれる大人もいる」と思ってほしいと思っているということだけだ。いま引用していて驚いたのだが、「若い読者の中には」ではないのだ。斎藤は、「若い読者＝子供ないし青少年」が一枚岩的に存在すると想定して疑わない。これこそ「教育系」の言説である。この文庫版が出たのが二〇〇一年の八月であることを思うと、斎藤美奈子がそこまで「制度化」されたことを悲しまざるをえない。いったい、宮台真司に始まって、「少女たちの側に立って」『ラブ&ポップ』を書いた村上龍、そして重松や斎藤に至るまで、「若者」が一枚岩的に存在すると想定し、その若者に好かれる「文化人」になりたいと欲望することの現在時における醜さに、彼らは気づかないのだろうか。重松は昨年、「先生はすすめない本」なる題で、いかにも子供向けの文体での新刊案内を新聞に連載していた。もはやこの題名に、いじめられっ子にとって、いじめっ子は「仲間」などではなく、子供たちは連帯して「先生」と戦っているわけではないという洞察はまったくない。

＊

その後内藤朝雄は、宮台真司・藤井誠二との共著『学校が自由になる日』を上梓したが、どれほど学校制度をいじろうとも、大人になって生活の糧を得なければならない日が来れば、人は所属する共同体を好き勝手に選ぶことなどできはしない。内藤のいじめ理論も、宮台の社会理論も、資本制社会における自己疎外の問題をおそらく意識的に排除している。その結果、大人社会のいじめにはメスを入れることができない。あるいは彼らの「自由」への固執が、マルクス主義系列の思想を受け入れなかったのだろうか。むろん、資本制以前の社会にもいじめはある。社会主義国にもあるに決まっている。けれど、学校というものが、元来、有能な労働者を作るためにできたことは常識だ。文藝ジャーナリズム共同体もまた、この論理を免れない。だが、文学はマスコミの婢ではない。マスコミより速く走ること、そして批評はもっと速く走ること、それは何も最新の理論を振り回すことではない。少なくとも内藤の書物は、斎藤の解説文より速く走った。内藤は言っている。

「子ども」のいじめは、自分の姿を映し出すために倍率を高くした鏡として、大人にとって意味がある。わたしたちはその投影をもう一度自分たちの側に引き受け、美しく生きるためには闘わなければならないことを覚悟すべきである。

もう一つ、美しく生きるためにはその闘いを一人でやらねばならない、と付け加えておこう。

（二〇〇二・一）

II　マスコミには載らない文藝評論

「堕落論」をめぐる謎

私が高校生のころ、角川文庫には、坂口安吾作品が二十冊ばかり入っていたと記憶する。何となく魅力的なタイトル、「白痴」とか「不連続殺人事件」とか「堕落論」とかがあったが、私は太宰治には耽溺といっていいほどのめり込んだのに、なぜか安吾を読まなかった。ようやく『白痴・二流の人』という短編集を読んだが、さして興を喚られず、それきりになっていた。『堕落論』と題されたエッセイ集を読んだのは、もう二十七くらいになってからである。もちろん、「教祖の文学」のような小林秀雄批判や、「日本文化私観」のようなブルーノ・タウト批判は、そのころ既に「悪口好き」だった私にはそこそこ面白かったが、特に面白かったわけではない。もうその頃は、角川文庫でも、安吾作品は五点ほどに減っていた。

ところが、それから数年後、澎湃《ほうはい》として、安吾礼賛の声が上がってきたのである。発端は「安吾は私たちのふるさとである」などと言いだした柄谷行人かもしれない。そして筑摩書房から文庫版の安吾全集が出たりした。私は、ご多分に漏れず柄谷の愛読者だったが、この安吾礼賛にはどうも納得のいかないものがあった。その後柄谷は、『坂口安吾と中上健次』という本を出して伊藤整文学賞を受賞した。実は私は、中上健次についても、どうしてもそれほど世間が騒ぐような偉い作家だとは思えずにいた。それはともかく、この本に収められた柄谷と関井光夫の対談では、安吾の小説はさほど面白くない、エッセイがいい、と言われていた。

安吾のエッセイと言えば、「堕落論」である。この穏やかならぬタイトルのエッセイは、昭和二十一年四月、『新潮』に発表されており、私の座右の書である高校生用の『新修国語総覧』にも、「主要評論解説」の項に挙げられていて、「従来の政治観・道徳観を超えた逆説的な論理で、戦後の混乱と頽廃の中で生きる拠りどころを失った人々に呼びかけ、大きな影響を与えた」とある。それはよろしい。大東亜の西洋からの解放を謳い、善と美に依拠して苦しい戦争を戦っていると信じていた日本人が、敗戦という現実に直面して、米国を中心とする占領軍になんら抵抗することもなく屈伏し、従来の価値観を根底から揺すぶられるなかで、「生きよ堕ちよ」「人間は生き、人間は堕ちる。そのこと以外の中に人間を救う便利な近道はない」といった断言が意味を持ったことは理解する。だが、どうもこのエッセイは、今なおたいへん人気があるようで、私が持っている角川文庫版は、平成元年の第五十三版だ。学生などと話していても、特に文学青年というわけでもない学生が、この「堕落論」だけは知っていたりする。日本では、漢字二文字に「論」を付けると格好良く見えるものだし、「恋愛論」などという書物は高群逸枝の昔からたくさんある。特にそれが「堕落」と来ると、デカダンスに憧れる傾きのある学生などの興味をかき立てるということもあろう。けれど、安吾がこのエッセイを書いたコンテクストは、明らかに彼らとは関係ないものだ。いったい今の学生の誰が、大東亜戦争が、東亜新秩序という理想を抱いた戦争だったなどと知っているだろう。いったい今の若者の誰が、昨日まで「鬼畜」と呼ばれた米軍兵士相手に日本女性が「パンパン」とか「オンリー」と呼ばれる娼婦となる様子を見た日本人の屈辱を知っているだろう。

岸田秀は、日本は米国に二度にわたって強姦された、と前から言っている。ペリー来航による強制的開国と、敗戦である。そして片務的な安保条約によって日本は事実上米国の属国になっており、日本人の自我は外向きと内向きに分裂している、と岸田は言う。一九七〇年代後半に提出されたこの「岸田唯幻論」は、そのきびきびした文体と相まって、高校生だった私に、目から鱗が落ちるような思いをさせてくれたし、今でも若者が岸田の本に初めて出会うと衝撃を受けるらしい。もっとも、援助交際と呼ばれる少女売春について意見を求められて、日本そのものが米国に対して売春しているからこういうことが起こるのだと言ったりする辺りは、「藝風」とは言え一本調子に過ぎる。

戦後日本が米国に対して屈辱的な関係にある、といった感覚は、村上龍も繰り返し描いているし、『五分後の世界』は、文学的完成度はともかくして、その趣旨の宣伝文としては白眉であろう。けれど、では「堕落論」がそういう文脈もろともに読まれているかというと、それは多分に怪しい。いったい人は、現代日本で「堕落論」をどう読んでいるのか。だいいち、そもそも「堕落」とは何か。

安吾は言う。むかし、赤穂の四十七士を切腹させたのは、生き長らえて何か不面目なことをしでかして恥を晒す者があってはならないからだと。或いは、童貞処女のまま死にたいと心中した若い男女が十数年前にいたとか、自分の姪が数年前、二十一歳で自殺したとか言って、「美しいうちに死んでくれてよかったような気がした」と書く。もうだいたい、この辺から、といってもまだ一ページ目なのだが、私は安吾についていけないのである。私はいったいに、夭折の美とか心中の美とかいったものにまったく理解がなく、大学時代の友人が、「僕は二十代で夭折するはずだったのに、もう三十になってしまう」と冗談混じりに言ったときも、冗談とはいえそういうことを考えるアタマというのが理解できずに唖然としたくらいである。確かに、武者小路実篤や丹羽文雄のように、何も分からなくなるくらい長生きしているのを見れば老醜と感じるけれど、二十代で死ぬのが美しいなどというのはほとんど慮外である。

もっともそうなると、安吾はそもそも「爆弾三勇士」とか「特攻隊」とか「玉砕」を美と捉える思考に抵抗して「醜くとも生きろ」と言ったのだということになり、それなら「醜く生きるくらいなら美しく死にたい」と思っている連中が読むべきエッセイであって、「長生きした者の勝ち」だなどと思っている世俗的な私なんぞが読んでも何の功徳もないのは当然だというハナシに終わってしまう。だいたい厄介なのは、安吾自身が戦争中には爆弾三勇士を描いた「真珠」などという短編を書いていて、その罪悪感があるからで、私は健啖家で女好きで命根性の汚かった谷崎潤一郎の方がその点ではずっと好きなのだ。安吾は、自殺した姪について、続けてこう書いている。「一見清楚な娘であったが、壊れそうな危なさがあり真逆様に地獄へ堕ちる不安を感じさせるところがあって、その一生を正視するに堪えないような気がしていた」。後のほうでまたこの姪は出てくる。

まったく美しいものを美しいままで終わらせたいなどと希うことは小さな人情で、私の姪の場合にしたところで、自殺などせず生きぬきそして地獄に堕ちて暗黒の曠野をさまようことを希うべきであるかもしれぬ。現に私自身が自分に課した文学の道とはかかる曠野の流浪であるが、それにもかかわらず美しいものを美しいままで終わらせたいという小さな希いを消し去るわけにも行かぬ。未完の美は美ではない。その当然堕ちるべき地獄での遍歴に淪落自体が美でありうる時に始めて美とよびうるのかもしれないが、二十の処女をわざわざ六十の老醜の姿の上で常に見つめなければならぬのか。これは私にはわからない。私は二十の美女を好む。

「私にはわからない」ではない。この文章の「未完の美」以降、何を言っているのか分からない。かろうじて最後の「二十の美女を好む」が分かるだけだ。だいたい「未完の美」とは何か。なぜ安吾はその姪が地獄へ落ちたり淪落したりすると決めつけるのか。「淪落自体が美」とは何か。ゲーテは『ファウスト』の最後の方に、「時間よ止まれ。お前は余りにも美しい」と書いた。この箴言風の文句にひどく感動していた男を私は二人知っているが、どうも片方は単にそのころ好きだった女性の美のことを言っていただけのようだった。とは言えゲーテが考えていたのも、若い女の美だった可能性は大きい。むろん私だって、松たか子は十五歳のころがいちばん可愛かったとか、中嶋朋子は十代のころのほうが良かったとか思わないわけではないが、だからといって彼女たちがそのころ死んでいたら良かったのになどとは微塵も思わない。だいいち私は三十過ぎの美女のほうが好きである。

いや、話が逸れた。どうも、「堕落論」は、天皇制の問題とか武士がどうしたとか書いてあることはあるが、安吾がひどく拘泥しているのは、文脈に乱れの見られるこのあたり、つまり「女の淪落」なのではないかと思えるのだ。そもそも「堕落」とは何か、と考えてみれば、赤穂浪士の生き恥だの、東京裁判の被告だの、さして普遍性のある話ではなし、要するに安吾は、女が若くて美しい処女で死ぬか、処女を失い、果ては娼婦に身を落としてなお生きるかといったあたりをイメージしてこのエッセイを綴ったとしか思われないのだ。

そして厄介なのは、どうもこの、『白痴』の作者は、清楚な処女にも魅かれると同時に、娼婦、あるいはそれまがいへと「転落」した女にも、何か異様な興味を持っていたとしか思えないからである。私がとつぜん、あまり興味のなかった「堕落論」を取り上げる気になったのも、二年ほど前話題になった佐野眞一のルポルタージュ『東電OL殺人事件』（新潮社）に、この「堕落論」がライトモティーフとして使われていたからである。この本はだいぶ売れたが、未知の読者のために解説しておくと、一九九七年春、渋谷の道玄坂《どうげんざか》で三十九歳の女性が殺され、その女性が慶応卒で東京電力に勤めるエリート会社員で、しかも勤めが終わると渋谷の円山町《まるやまちょう》界隈で街娼をしていたということが分かって世間の耳目を聳動《しょうどう》させ、ネパール人男性が容疑者として逮捕されたが、二〇〇〇年、無罪判決が出た、というその過程を追ったもので、佐野は被害者の家族の協力を得られなかったため、もっぱらネパール人の無罪を立証するルポを中心にしているのだが、とにかくこの被害者女性の生活というのが凄まじくも理解不能である。毎晩四人の客をとり、終電で杉並区の自宅へ帰り、土曜日曜はホテトルで働いていたというのだから、一種の病気と言うほかない。

しかし、問題は佐野が、冒頭から安吾の「堕落論」を引用し、この女性の「堕落」に神聖なものを見いだそうとしている点だ。この点に関しては、小浜逸郎《こはまいつお》が、やはり欠点と見ているが、佐野とてプロだから、一冊の書物を書く際のライトモティーフとして文学的に設定したのだろう。とは言え、セブンイレブンで買ったオデンの具だけを、売春の場で食べ、汁を残しておいて、帰りの終電の中で飲み干していたらしいと知った佐野が、この女性に「どうしようもなく魅かれていく」と書くのは、嘘ではあるまい。もっとも、「魅かれていく」の意味が少し、うまく伝わっていない。

この後佐野は、渋谷のセンター街あたりで「援助交際」をしている少女たちの「お手軽売春」や、世間の俗物たちの「小堕落」に比べれば、この女性の「大堕落」は見事だといった文学的味付けをしていく。その論理が、小浜の言うようにわざとらしいのは確かだが、佐野は、この女性と大学のゼミで一緒だった女性から、「でも、女性ならば誰でも、自分をどこまでもおとしめてみたい、という衝動をもっているんじゃないかと思うんです」という言葉を聞いてたじろいでいる。

この言葉が本当かどうかはともかく、安吾にせよ佐野にせよ、男のなかに、「娼婦幻想」あるいは「ふしだら女幻想」とでも言うべきものがあるらしいことは、文化史的にも言えることだ。それが、西行法師の前で江口の君という遊女が普賢菩薩になったという伝説にも現われているし、近世の花魁《おいらん》についても、その現実とはかけ離れた幻想が一部に流布している。だが、それを「聖女＝娼婦」といった形で定式化するのは間違っていよう。この東京電力社員にしても、オデンの汁を飲み干す姿は、まず第一におぞましい。そのおぞましさが、性的なものと結びついた時、ぐるりと反転するように「崇高」に見えてしまうということがあるのだろう。たとえば私は、北米に留学していたころ、日本では手に入らないようなポルノグラフィーを買い、「ハードコア」と呼ばれる性交そのものを写したあらけない写真に、ほとんどおぞましさしか感じなかったが、そうではなく、モデルの女性が、自らの陰部を手で開いて見せている写真を見ていて、ふとその女性を「えらい」と思ったことがある。これは飽くまで「ふと」である。

要するに「堕落論」に人気があるのは、若者のデカダン気分を煽り立ててくれるからに過ぎず、佐野のような用い方をする者においては、勝手に「淪落の女」に幻想を抱いているだけだ、と私は思う。そして結局、「堕ち切ることによって救われる」などというのは、なんのことやらさっぱり分からないのである。

高田里恵子『文学部をめぐる病い』に抗して——中野孝次のために

二つのやりとりを引用しよう。

「西洋の物質文明と東洋の精神文明ということが、横光さんの『旅愁』に出てきますね」と私たちのなかの一人がいった、「あれをもう少し説明していただけませんか」「それは君、いわなくてもわかるだろう。精神文明は日本人の心のなかにあるものだ」「物質文明とは、科学のことでしょうか」「そういってもよい」「技術のことでしょうか」「そうだ、科学技術だ」「ちょっと待って下さい、科学と技術とは、別の二つのことではないですか」「いや、関係が深い、ぼくはひとつのものと見ている」「しかし別の二つのものだから、関係ということがいえるので、同じひとつのものについては、浅くも、深くも、関係ということはいえないでしょう」「それは、君、理くつだよ」「しかし科学は理くつですね……」——という風にしてその議論ははじまったように思う。（加藤周一『羊の歌』岩波新書、一五二頁）

柄谷〔行人〕　そういう種類の人間主義ならば、テクノロジーでつぶされたほうがよかろうと、その程度のことです。

中野〔孝次〕　あなたの使うそのテクノロジーっていう言葉はどういうことなんだ。ちょっと言ってみてくれないか。

（中略）

柄谷　テクノロジーというのは技術という意味だよ。

中野　テクノロジーは技術だけじゃないでしょう。科学と技術と一緒になったものでしょう。技術と科学ぐらいはきちんと区別してもらいたいね。

柄谷　まあどちらかといえば、科学というものは一つのシステムを持っていて、その根底に真理なるものが存在してるような、そういう体系的な知だと思うんです。テクノロジーというのは、もちろん科学に基づいているとしても、現実的にはでたらめな出現の仕方をしたり、方向性がなくて、われわれに不意打ちを食らわすような、そういうものだと思う。そういう意味では、同じようにみえても、ぼくにとっては意味が違うんです。（柄谷・中野・中上健次・秋山駿「シリーズ・戦後文学とは何か　戦後文学の『内部』と『外部』」『文學界』一九八五年八月）

あいだに四十年以上を挟んで行なわれた二つの議論のなかで、「科学」と「技術」に関して、妙に似たやりとりが繰り返されている。いずれも、批評的に文学に関心を持つ者ならば記憶にとどめているだろう、片や横光利一が、片や中野孝次と柄谷行人が、相手を罵倒するほどに激昂した場面のきっかけにこれがあるのである。しかも中野は、まるで横光を反復するかのように、「科学」と「技術」が一緒になったものではないか、と言いながら「区別してもらいたい」と言い、柄谷が、二つは別のものだ、と言っている。ここで柄谷が「技術」について言っていることは、その後の柄谷の思想の展開のなかで、ことさら深められたものではない。柄谷自身は後に、この頃の自分のことは封印してある、と述べており、やや精神状態が普通ではなかったことを認めている。それにしても、もし柄谷が「テクノロジー」を「技術」という意味で使ったとすれば、「技術」と言えば済むことだ。一方、そもそも横光利一がこの時おこなった講演は、「近代の超克」の流れに沿ったものであり、だからこそ駒場の、第一高等学校の学生たちはこれに揶揄的な口調をもって応じたのである。だとすれば、そこで横光は何かを間違えたのか、そうでないのか。「科学」と「技術」は同じようなものなのか、そうでないのか。それは「近代の超克」の思想とどう関係するのか。柄谷も中野も、少なくともここでは、加藤周一が記録した横光の言葉尻から、何かを学んだ形跡はない。

ごく素朴に捉えるならば、次のように言えるだろう。横光は「日本回帰」を考えており、西洋的な科学技術に対するに日本的精神をもってしようとした。それはしかし、戦争を準備する思想だった。そしてそのようなものへの抵抗者だったはずの「戦後派」とそれを擁護する中野は、結局形を変えた「精神主義」に陥っているだけであると。そして柄谷らが戦後派を批判し、中野を批判するのもそのような理由においてなのだ、と。

しかし、事態はそれほど単純ではない。柄谷は、「科学」という、体系性をもつものに対して、「テクノロジー＝技術」が不意打ちのような作用をもたらす、と言っており、ここにはその二年前に登場した浅田彰が翻案したドゥルーズ＝ガタリの「リゾーム」の影響が見られるからであり、西洋近代的な理性への批判が、ポストモダニズム批判である『批評とポストモダン』を既に書いていたとは言いながらだいぶ浅田に影響されていた柄谷によって密輸入されているのが見て取れる。だとすると柄谷もまた、横光―中野と同じではないけれども近い位置にいたことになってしまうのだ。中野は、罵倒に終わるこの討議の最後においても、柄谷らの「テクノロジー礼讃」を非難しているが、そこで標的となっているのは、その二ヵ月前の『文學界』に掲載された、「シリーズ・戦後文学を考える」第一回の、柄谷・中上・坂本龍一・青野聰による「『戦後文学』は鎖国の中でつくられた」である。しかしここで「テクノロジー」の語が出てくるのは終わり近くなってからで、しかも概して坂本が主導し、シンセサイザーで尺八の音が作れる、とかそういう話である。柄谷は「うちの息子なんかも、ビデオなんか作ってるけど、そういうテクノロジーを身近に持ってるやつと、そうでないのと、だいぶ違うね」と言い、坂本がこれを受けて、「文学とか小説とか言われた時に、手と脳の直接的な運動としての文学というかな、それがいつも落っこちてるでしょう。いつも思想的な問題になってしまう」などと言っている。

もはや十七年も前のことだから、若い読者のために説明するなら、この当時はこの種の、自然なものだと思われているものも技術によって作りだせる、フラクタルやカオスを用いれば自然らしい風景さえコンピューターで作れてしまうという議論が流行していたのである。だからいま読めばなかなか軽薄な印象を受ける討議で、なかんずく柄谷が「従来の感性だとか魂とかって言う人には、届かないような世界にわれわれはもう住んでると思うね」と言っているのを見ると、当時四十四歳の柄谷の「若さ」に驚かされる。あるいは中上が、「おれいつも思うんだけどさ、日本の作家が小説書く上で、主人公を外国人にしたものはまるっきりないでしょう」と言い、青野が「ない」と答えているのだが、シナ人やモンゴル人やインド人を主人公にしたものなら、幸田露伴、芥川龍之介、中勘助、谷崎潤一郎、井上靖が、あるいは西洋人なら辻邦生や中村正軌が書いている。概して雑駁な、流行に乗った雑談である。

しかし話を戻そう。この二つの議論のなかで「科学・技術」という言葉が問題になっていること、そしてその妙な類似性を改めて取り上げる気になったのは、中島秀人の『ロバート・フック　ニュートンに消された男』(朝日選書)を読んだからである。中島は、十七世紀半ばの英国王立科学協会、ひいては西欧の科学界に君臨していたフックが、後進のニュートンに取って代わられ、今ではその名も一般には忘れられているのはなぜかについて、それが決してフックの科学が間違っていたからではないことを詳述した後で、こう書いている。フックは、数々の実験装置を工夫し、そこから発見を行なっていくタイプの科学者だったが、ニュートンはむしろ、それまでの実験の成果をもとに理論を練り上げるタイプの科学者だった。中島は言う。「科学者の中には、研究のタイプによるヒエラルヒー〔身分差〕がある。そして、理論家に近ければ近いほど高く評価される傾向にある《ママ》」。現代の大学でも、理学部は工学部よりもアカデミズムにおいて高い地位を占め、ノーベル賞にも工学賞というのはない。「より正確にいうなら、理論を経験や実用より重視する態度は、古代から綿々〔連綿の誤りか＝小谷野注〕と続いている伝統である」。この記述を読んだ時、柄谷と中野の対立に一条の光が差したのである。

高田里惠子における権威主義

中野孝次の父は、大工という「技術者」である。中野は「大工の子に教育はいらない」と言うような父との葛藤のなかから、東京帝大に進学し、ドイツ文学者となった。そのことを自伝小説として書くことによって中野は作家になったのである。そして私がこの文章を書く本当のきっかけとなったのは、高田里惠子の『文学部をめぐる病い』〔松籟社〕における、中野のこの初期小説への批判を、不当だと感じたからである。

高田著が刊行されたのは、二〇〇一年六月、著者は東大でドイツ文学を専攻した関西の私立大の助教授、当時四十三歳くらいである。版元の松籟社はもっぱらドイツ文学関係の書物を出している京都の書肆だ。著者としては初めての単著で、「教養主義・ナチス・旧制高校」と副題されている。私ははじめこれを書店で見つけた時、現代の大学文学部の病いを描いたものかと思い、期待して中を見ると、どうやらドイツ文学者の高橋健二が、第二次大戦中、大政翼賛会の二代目文化部長を勤めていた、という、よくある「知識人の戦争責任」ものらしいので、買わなかった。八月の『朝日新聞』で斎藤美奈子がこれを書評にとりあげ、「いまやご高齢の旧制高校出身者には、いささかきつい一撃であろう」と書きはじめて、「おもしろすぎる分、頭から湯気を吹いて怒る人もいそうだなあ」と締めている。それでもだいたい察しがついたので、やっぱり買わなかった。高橋健二は、戦後長らく日本ペンクラブ会長を勤め、この三年ほど前に亡くなっている。ドイツ文学者の高田としては、権威に挑む意欲作とも言えよう。そのせいか、大新聞での書評は斎藤のものだけだった。しばらくたって、東大駒場の生協で見ると、版を重ねており、売れているらしい。古本屋にあるのを見つけて、さすがに気になって買った。案の定、高橋を中心に、芳賀檀《まゆみ》とか保田與重郎のほか、今では名前も忘れられてしまった東京帝大独文科教授たちの、ナチスに関する言説が俎上に乗せられており、一次資料の発掘としてそれはそれで面白かったし、帝大教授になれなかった芳賀の奇行はむしろ私には面白く、共感さえ感じられた。高田は大学紀要などにこの種の論文を書いており、それを一書にまとめたらしい。だが、著者のスタンスにどうもブレがある。たとえば「本書は……一種の男性論たらんと望んでいるのだ」（六四頁）とある。しかし……。

高田は、「文学部」というものの曖昧な位置と、「二流」の「男たち」の悲哀を描き出そうとしている。けれどこの書物が「男性論」であるとしたら、それは単にこの書物が扱っている世代において、大学教師になれたのがもっぱら男だったからに過ぎず、現在ならば女の大学教師たちも同じ悲哀を味わっているはずなのだ。果たして高田は、本書刊行時の、共同通信配信の著者インタビューで「大学教師というのは悲しい職業なんですよ」「自分に返ってくることを覚悟して書かなくてはいけない本でした」と語っている。じっさい高田は、文学部でドイツ文学を教えているのではなく、経済学部でドイツ語を教えているらしい。私もまた、十年ほど、基本的に英語の教師をしているから、高田の言いたいことはよく分かる。しかし、だとすると、「男性論」というのは、構想の失敗、あるいは「自分に返ってくる」ことを避けようとした結果生じた矛盾だと言うほかない。「単なる大学教師」「単なる翻訳者」でありたくない、という意識を描くなら、それをむりやり「男性」と結び付ける必要はなかっただろう。

その最後の章で、中野孝次が扱われる段になると、私の違和感は増す。カフカを初めて邦訳し、その後『ブリューゲルへの旅』や『麦熟るる日に』のようなエッセイや自伝小説で作家としての地位を確立し、『ハラスのいた日々』や『清貧の思想』のようなエッセイをベストセラーにした中野は、戦後の「旧制高校から東大に行き、ドイツ文学者から作家になった」例として高田から揶揄を浴びせられるのだが、ひどく気になるのは、高田が、中野の初期小説を柄谷行人が批判したことに触れつつ、まるで柄谷が「権威」であるかのように書いている点であり、同じことが「凡庸」という語を、蓮實重彦をやはり権威として扱いながら用いてしまう手つきが、いかに「自分も二流」だと言っても、その程度の距離すら柄谷・蓮實といった面々から取れないようでは、二流を揶揄する資格もなかろうと思えてしまう。あるいはたとえば、ヘッセの『車輪の下』を批判的に論じるにあたり、「『ヱルテルは何故死んだか』という、答えが分かりきっているような問いをあえて発した保田與重郎に倣って『ハンスは何故死んだか』と問うてみるのである」（二七七―七八頁）とあるが、高田は保田の評論『ヱルテルは何故死んだか』を読んだのだろうか。保田はここで、近代的な一夫一婦制と恋愛の矛盾を説いたのであって、分かりきった問いを発したのではない。最近のやっつけ仕事評論家のように、『中年男に恋はできるか』という表題だけみて「できるに決まっているではないか」などと書くボケをやらかしているのでなければ幸いである（多分、読んだのだと思うが）。あるいは中野孝次について、「西洋文学（の翻訳）の放棄、日本古典文学への回帰、自伝的小説の執筆、大学教師辞職等々が導きだされ、それは、ついに『清貧の思想』やら良寛さまやらへと行きつくだろう」（三〇五頁）と揶揄するところもそうだが、高田の文章には、「これはバカにしてもいいだろう」という知識人世界の暗黙の了解へのもたれかかりが多すぎる。そして、

ふと、ある視点にとらわれてしまうと、本来違う主題や方法をもち、作者の資質も異なる二つの小説が似かよって見えてくるときがあるが、たとえば「中年の危機」などという魅力的な言葉にとらわれてしまうと、福永武彦の『告別』と中野孝次の『真夜中の手紙』二編が、そのような不思議なそっくりさんぶりを示しはじめるのである。（三〇〇頁）

などという、少なくとも前半部において蓮實重彦そっくりの文章を書いてしまう（後半は斎藤美奈

子）。

中野孝次の正当なる鬱屈

ところで本書中に、江藤淳の『昭和の文人』（新潮文庫）からの長い引用がある。高橋健二が大政翼賛会文化部長だったことを初めて知った驚きを記した箇所である。さて、その『昭和の文人』では、平野謙、中野重治、堀辰雄の三人が扱われているのだが、これは全体として異様な書物である。なかんずく、堀が自分の父親について「隠蔽」していたという疑惑を追求する部分は、その執拗さに、むしろ江藤の拘泥の根深さを感じてしまうのだが、平野に関してもそれは言える。江藤は、平野が自分の父親の職業について隠蔽していた、と言い、二つの文章を引用して分析を加えているのだが、二番目の、戦争中の家族の不幸を概観した文章はともかく、最初の、平野が二十二歳の時に書いた随筆風の文章の方は、父親の職業が書いてないことを取り立てて問題にすべきものとは思われない。そしてもしかするとこれは、柄谷行人への当てつけだったのではないか、という邪推すら誘発する。

柄谷が父親について語ったのは、『隠喩としての建築』（講談社学術文庫）に収められた「受賞の頃」というエッセイで、父親が癌で死んだ時のことを書いたものがあるくらいだろう。そこでその父親は、突然「数学」の勉強を始めたりしており、「唯物論者」だったとされているが、職業については触れられていない。學燈社の『國文學』一九八九年十月号の柄谷行人特集に附せられた自筆年譜にも、それはない。同じ雑誌のそれより十五年ほど前の江藤淳特集の自筆年譜が、父の職業はおろか家系、さらには妻の父親の職業まで記載しているのとは好対照である。そしてどちらのほうが一般的かと言えば、平野や柄谷のほうなのであって、近代の知識人というものは、幸田文や萩原葉子や室生朝子のように、父を語ることから始めたり、隠れもなく有名な父親を持っていたりする場合を除いて、特に若いころは、父親についてはあまり語りたがらないのが普通であり、『一族再会』（講談社文芸文庫）のようなものを書く江藤のほうが特異なのだ。

とにかく、柄谷の父の職業は分からない。だから柄谷の家の経済状態も分からないのだが、柄谷が甲陽中学に入学したことは書いてあり、私立中学へ行ったということは、特に貧しい家庭ではなかったことが分かる。そして柄谷自身は、「言語、数、貨幣」のようなものも書き、文藝評論家としては異例なまでに、「理論的」であろうとしてきた。『日本近代文学の起源』（講談社文芸文庫）は、柄谷自身がそれを恐れていたと言っているにもかかわらず、「新しい近代文学史」として日本近代文学の研究者にバイブル視されている（いた？）し、米国の日本近代文学研究者向けに英訳もされているが、柄谷自身は、『マルクスその可能性の中心』から、「隠喩としての建築」『内省と遡行』『探究』『トランスクリティーク』と、常に、触知《タクタイル》可能な対象から遠ざかり、理論へと抽象化しようとしてきた。先の中野との衝突の後、その際中野側に立って同席していた秋山駿と対談した時、作家に関する実証的な仕事はやらないだろう、と秋山に言われた柄谷は、「ああ、それはやりませんね」とこともなげに答えている。そして、理論的な仕事がなければ、柄谷がカリスマ思想家になることはなかっただろう。また柄谷は、フランス文学者の仕事に典型的な「文学主義」にもかねてから批判的で、英文学、英語というものの実用性を強調する議論を行なってきた。

以上はごく普通の柄谷理解だが、中島秀人が論じるような文脈で言えば、柄谷は紛れもなく古代以来の理論重視の態度に取りつかれてきたように見えるのである。むろん、実用性の強調はその例外だし、法政大学にいたころの英語教師としての有能さも伝えられている。だが、理論家としての柄谷という文脈を念頭に置いて、中野孝次の自伝的小説を読んでみると、当時、文藝時評で柄谷がひどく中野の作品を批判した理由が見えてくるのだが、その前に、高田里恵子である。高田は、中野の「彷徨の夏」から次のような箇所を引用している。主人公が大学の助手から「『ところできみの家は何してる』と聞かれ、『大工だよ』という言葉をどうしても言えずいい加減にごまかしておいたことがあった。彼は東京のさる私鉄の重役の息子だった」という箇所だが、高田はいう。「小説の読者は、二十歳を過ぎた大人がとる態度としては異常なこだわりを感じざるをえないだろう」と言うのだが、私にはなぜ高田がこんなことを言うのか理解できない。今でも東京大学では、学生の親の学歴や平均年収が高く、それゆえ貧しい家庭から進学してきた学生は周囲との間に齟齬を感じ、ために東大では自殺率が高いと言われているのだ。もっとも、高田もまた大工の娘の東大生であったというなら話は別であり、そこが男と女の違いなのだという書物の論旨にも合致することになるだろう。しかも書物全体において「階級」という視点を持ち込みながら、「小説の読者」などというものが無階級的に存在するかのような記述は不用意である。高田が中野を論じる段が柄谷の批評に寄り掛かりすぎているというのはこのあたりだ。そしてもしかするとそれは、東大独文科で直接教わったであろう柴田翔の代わりに中野孝次を論じた疚しさから来ているのかもしれないとさえ思える（じっさいこの書物には柴田も川村二郎も池内紀もまったく登場しない）。

さて、中野の小説に対する柄谷の批評には、ちょっとした事実誤認があり、それが高田によって拡大されているので、そこを修正しておきたい。中野の小説第一作「鳥家《とや》の日々」は、栃木県の益子町という田舎で生まれ、千葉の市川というやはり田舎で大工をしている父を持つ息子の視点から、知識人となった語り手による回想の形式を取りつつ、その出自を呪う自分自身を描いている。柄谷はその一節を引用して、このような分析は芥川や中野重治によってすでに見出されており、「戦後日本の批評はすくなくともそれをふまえるところにはじまったのだ」と言っている（『反文学論』講談社学術文庫）。高田はそれを敷衍《ママ》しているつもりでだいぶ拡大し、「柄谷は、こういう自意識、疚しさ、家族との異和感は、夏目漱石や芥川龍之介をはじめとして、多かれ少なかれ近代日本の知識人がもちつづけたものであり、いまさら、それじたいをテーマとして書かれねばならないものではない、と言う」と書いている。柄谷はそこまでは言っていない。ここで注意しておかなければならないのは、貧しく教養のない親を持ちながら最高学府まで進んだ者の階級的煩悶の類が自伝的小説に書かれたことというのは、日本近代においてはほとんど、ないということだ。

漱石や芥川は、養子に出されたために後々苦しめられたのであり、谷崎の『異端者の悲しみ』は一見、貧しい家を呪うものに見えるが、あれは父親が事業に失敗したため貧に落ちただけであり、長塚節や嘉村磯多や木山捷平が貧しい農民を描いたり文壇で成功できない苦悩を描いたとしても、彼らの生家は庄屋級である。かつ新井潤美《めぐみ》の『階級にとりつかれた人びと』（中公新書）は、十九世紀後半から二十世紀前半の英国における、成り上がろうとするロウアーミドル・クラスに対するアッパーミドル・クラスの軽侮を論じている。たとえばそこでは、郊外（サバーブ）というのが、小金を貯めたロウアーミドル・クラスの住む場所となり、サバーバンという階層がアッパーミドル・クラスによる揶揄の対象になったという。日本の関東地方で言えば、茨城県西部、千葉県西部、埼玉県南部というのは、東京の郊外として、いわばこのサバーブのように軽侮の対象になってきた地域であり、中野の語り手の鬱屈にはこのことも混じっている。だから柄谷は、第二作「雪ふる年よ」をやはり否定的に評しながらも、「この主人公の渇望と疚しさがかなりの社会的広がりをもって存在したこと、にもかかわらずまだそれについて書かれたことがないということを考えさせられる。その点においてだけでも、この作品の存在理由はあるのかもしれない」と書いたのだ。中野が焦点を当てているのは、東京帝大のようなところに、労働者階級出身の者が入学したことからくる屈辱感であって、家族への罪悪感は副次的なものだ。そして英国ではこうした、ワーキング・クラス、ないしロウアーミドル・クラス出身の者がアッパーミドル・クラスを中心とした学校へ通うことから生じる苦悩が重要な小説の主題になったが、日本ではこの種の主題はほとんど描かれていないのだ。それにはいくつかの理由があるが、ひとつには、労働者階級出身で最高学府へ進んだ者じたいが極めて少なかったからである。だが、戦後の高度経済成長を経て、日本では階級を論じること自体がタブーになった。戦前においてもあまりこのような階級的軋轢が描かれなかったのは、日本では地主貴族というものがいなかったからでもある。この国では大名華族は必ずしも裕福ではなかったし、商人は金があっても成り上がり者だった。

柄谷行人が一般に広く名を知られるようになったのが浅田彰の登場を契機としているのは否定できない。そして医師の家に生まれた浅田には明らかに、アッパーミドル・クラス的な意識を肯定して成り上がり者を軽蔑する傾向がある。じじつ浅田は、柄谷の論文「言語、数、貨幣」をもじって、カネがあって語学や数学ができなければダメだ、といった発言をしていた。それは彼らに近いところにいた蓮實重彦においてなお顕著な出自への誇りであり、学者の子として生まれ、森鷗外の孫である山田䖍《じゃく》に学んだ蓮實が「凡庸」という言葉を使う時、それは才能に関するものだけではない、家系の重視の類が見て取れた。最近、本郷の東大構内を歩いていたら、「蓮實重康の世界」なる展覧会のポスターが貼ってあり、前学長の父親となるとこうも出世するのか、と感心させられたものだ。

中野の「鳥家の日々」は、大工の家に生まれた青年の、精神世界に憧れるさまを描いたものだが、その最後のほうに、いざ父親の大工仕事の手伝いをしてみると、青年がなかなか巧みな技倆を見せてしまい、結局自分には大工の血が流れているのか、と複雑な思いに駆られる場面がある。その後の、友人の須藤をめぐる、結末近い部分を引用しよう。須藤は、家だの物だの道具だの、自分で作るより専門家が作ったものを買ったほうがいい、と言う。

だいいち家だの物だの道具だのって何のためにあるんだ、そんなものにこだわるなんてくだらんぞ、物なんか使い捨てにして、先へ越えてゆかなくちゃだめだぞ、きさま、と。須藤の極端な精神主義は、物に執着しないのか物を大事にしないのか区別もつかぬところがあり、(中略)彼のそういう(中略)近頃の眼を思いだすと、せっかく苦心して作った立机であったけれど、そんなものに腰かけて得々としている自分も、タンスの物入れまで自力で作り上げる父も、なんだかひどくつまらぬみじめなもののような気がしてきた。(中略)物を作る人間と、物を金で買って使う人間と、この世には二種類の人種があって、おれは父の血を引いて生れつきその前者になるように定められているのかと思うと、毒液のように憤ろしい感情がぼくの内部から衝きあげてきた。(『麦熟るる日に』河出文庫)

この箇所を、先の坂本や柄谷の発言と照らし合わせてみると、なぜこれに続く討論で冒頭から中野が苛立っているのかがわかる。坂本の父は、名編集者と言われた坂本一亀《かずき》であり、坂本も労働者階級の出身ではない。そのことは最初の座談会でもちらりと出てくる。中上健次はよく知られるように被差別部落の出身だが、その実父は『枯木灘』連作に描かれたような成功した事業家であって、中上はその出自を聖化してきた。「テクノロジー」と坂本や柄谷が言うとき、彼らはテクノロジーの作り手ではない。それを「買って使う人間」なのである。つまり「テクノロジー礼讃」を中野は非難しているけれど、実は坂本や柄谷は、この須藤の「精神主義」に近いところにいるのである。柄谷は文藝時評の仕事で中野のこの小説を批評しているのだから、この部分も確実に読んでいる。そして中野もその批評を読んだだろう。柄谷は、中野が自分の書いたものを読んでいない、と言って抗議しているが、実際には中野は最初の座談会を読んで、柄谷の本質を見抜いていたのだ。

そう考えると、八〇年代の柄谷と蓮實のカリスマ性に寄り掛かった高田の書物は時代錯誤的というほかない。たとえば高田は、「凡庸」の反対は「愚鈍」だと、蓮實の受け売りで述べているが、中野孝次のエッセイや小説が成功しえたのは、中野が類稀な「愚鈍」さを備えていたからであり、柄谷は呆れているが、一九七〇年代後半になってこれほど愚直なビルドゥングス・ロマンを、照れの痕跡を残さぬ稠密な文体で書き得る「愚鈍」さは、優にひとつの才能であって、それに少し遅れて書かれた蓮實重彦の小説がみごとに「愚鈍」さと無縁だったためにカルト的な人気を得たに過ぎなかったのとは対照的である。

それゆえ、高田の書物と中島秀人の書物とを並べて読むと、高田が「理論家」のほうが「実験家」より上位だとする伝統的概念に疑問も抱かずに従っていることが見えてしまうのだ。高田はここで、ドイツ文学者たちを、高橋健二を中心として論じているが、まことに「文学研究者」というのはロバート・フックのような存在である。アカデミズムのなかで高い地位を占めても、それはせいぜい「学士院」のような世間にあまり知られない世界での名誉にしか繋がらず、ノーベル賞とも無縁なら、文化勲章からさえ遠いのである。文学関係者で文化勲章を受けるのは、第一に創作家であり、第二に文藝評論家、あるいは言語の研究者であり、純然たる文学研究で文化勲章をもらったのはこれまで一人（市古貞次）しかいない。明治から昭和にかけて帝国大学や東大、京大の教授を務めた文学研究者の名前など、ほとんど世間から忘れられており、むしろ東京帝大を辞めた夏目漱石や、訳詩によって知られた上田敏の名が残っているだけだ。高田は、研究・翻訳という仕事を専らとする文学研究者が、それだけでは二流であり、中野はそこから脱するために作家となって成り上がった、という。だが、そのような上昇指向が、なぜ揶揄されなければならないのか。

私の父は、茨城県の田舎の半農半商の家の三男に生まれ、高校を卒業したあと病いのために三年病臥し、時計修理職人となって、三十余年、働きつづけてきた。父方母方ともに、親戚にも、有名大学を卒業した者は私と弟のほかはいない。私はそのような境遇から抜け出したいと、長いこと念じていた。大学ではまだしも、大学院に進学してみると、院生の多くは、学者や医者、企業重役や官僚の子どもたちだった。私は、そのことにずっと苦しんできた。四十になって、ようやく、父の職業を恥じることをやめられるようになった私は、中野孝次を揶揄する気になど、まったくなれない。

＊

高田著の刊行後一年少したった、二〇〇二年九月、共同通信配信のエッセイ「淡々とした凡庸さ」で、高田はこう書いている。

「わたしはこう思った」などとヌケヌケと書いてさまになるのは、谷崎潤一郎クラスの人間だけだ、と浅田彰が、ある若手文芸評論家を批判して言っていたことがある。いつもながら、当たっているだけにキツイひとことであり、だいぶ次元の低い自意識過剰に苦しむわたしでも、すっかり嫌な気分になったものだった。

私は「当たっている」などとは露ほども思わない。相変わらず浅田彰あたりの空転する厭味（ただしどこでどのような文脈で言われたのかは確認できていないが）をまともに受け止めているのは困ったものだが、このエッセイは、

過酷で悲惨な体験をした「しもじもの者」の「わたしはこう思った」も同じように、繰りかえしと凡庸さから免れてはいない。だが、この淡々とした凡庸さにこそ、心打たれ、深くこうべを垂れてしまうときがある。「わたしはこう思った」を断罪しきれない理由である。

と結ばれている。相変わらず「凡庸」などという蓮實語を濫用しているが、少しは中野孝次揶揄の過ちに気づいているようだ。ところで、高田のことではないが、他人を「自意識過剰」呼ばわりす

る者は、たいてい自分が自意識過剰なものである……。

『ノルウェイの森』を徹底批判する

——極私的村上春樹論

村上春樹の新作長編『海辺のカフカ』の分厚い全二巻が発売されると、数多くの絶賛書評に混じって、初期からの村上の最も熱心な擁護者だった川本三郎が「読み通すのはつらい」という趣旨の否定的書評を書いた（『週刊朝日』二〇〇二年十月十八日号）のに続いて同誌の匿名時評「虫」もこれを罵倒し（十月二十五日号）、困った斎藤美奈子が、どうせ元々RPG小説なんだから（十一月一日号）と評し、ここぞとばかりに坪内祐三は『ノルウェイの森』を中途挫折して以来村上春樹は読んでいない、と言いだすのだが（『朝日新聞』十月十六日朝刊東京版）、それなら『SPA!』での、やはり一貫した春樹擁護派・福田和也との連載対談でそれを言ってほしい、とも思うのだが（毎号確認しているわけではないから言っているかもしれない）、やはり福田との対談本もある宮崎哲弥は『サイゾー』二〇〇三年二月号の宮台真司との対談で、『世界の終りとハードボイルド・ワンダーランド』を途中で放り出した、ということをこともあろうに『文學界』で言ったなどと自慢げに言うのだが、実際にはそんな激しい言い方はしていなかったのであり（『文學界』二〇〇一年十月の、島田裕巳インタビュー)、それならやはり福田との対談(『愛と幻想の日本主義』)で一言あってしかるべきだろう。もっとも『別冊宝島』もこの期に及んで無名筆者をずらりと揃えて春樹本を出すのだから、依然として「ファン」は多いと見える。しかしなにも『海辺のカフカ』を待つまでもなく、『ノルウェイの森』を読めば村上のヒドさは明らかだったのだから、とりあえず『スプートニクの恋人』までの村上の長編小説をここでは対象とする、と断って、始めることにする(以下、行間の(　)で括った数字は注を示し、(　)で括った数字は参考文献を示す)。

『早稲田文学』のリニューアル第一号だった二〇〇一年一月号には、渡部直己と福田和也の対談が掲載されていた。雑誌は時に意外な組み合わせの対談を目玉にするが、これもまたその一種だろう。けれど、渡部—福田に関して言えば、『保田與重郎と昭和の御世』の著者と『不敬文学論序説』の著者の顔合わせという以上に、気にかかったのは、村上春樹に関する評価において、この二人が鋭く対立しているはずだからだ。福田は『「内なる近代」の超克』において正面から村上擁護の論陣を張ったし、渡部は一貫して春樹否定派の急先鋒だったからだ。

しかし、福田は川村湊(31)と同じように『ねじまき鳥クロニクル』におけるノモンハンの描写を言挙げするのみだし、『スプートニクの恋人』の評価については口を濁しており、それほど対立点が鮮明になったわけではない。ここで一応、村上春樹をめぐる言説史をお浚《さら》いしておきたい(以後、村上龍との区別のため「春樹」と呼ぶ)。春樹は、石原慎太郎や村上龍、あるいは近年の平野啓一郎のように、デビュー作『風の歌を聴け』から広く注目を集めたわけではない。芥川賞を取らなかったからかというとそればかりでもなく、やはり芥川賞を取らなかった田中康夫の『なんとなく、クリスタル』や、古くは深沢七郎の『楢山節考』に比べても、さほど注目されなかった。おそらく春樹が初めて注目されたのは、三作目の長編『羊をめぐる冒険』が『群像』に一挙掲載され、ついで単行本化された際（一九八二年十月）、当時『朝日新聞』の土曜日の夕刊文化面「土曜の手帖」の記事の一つで激賞された時のことだろう。「副」と署名されているが（副田義也？）、引用しながら要約すると、この作品が「若い読者の間に静かに共感を呼び、ベストセラーに顔を出している。野間文芸新人賞は受賞したものの、この小説は既成文壇内部では評価は一般的に低く、むしろ若い、文芸誌などふだんあまり読まない層に支持された。雑誌でいえば、『BRUTUS』や『宝島』が積極的に村上春樹を評価した」。若者たちは、「ようやく僕らの感性に合う僕らの作家が登場した」という共感を示しており、「遊戯的な文体がその寓話性を」強調しており、汗臭い「湿った青春小説が多いなかで」この作品は「一編の上質の遊び・冗談になっている」。春樹は、「家族のしがらみや貧乏生活の苦労などより、都市生活者の軽いニヒリズムやロマンチシズムを大事に」している。つまり「都市的感性」だというのである。

だが、汗臭い、湿った青春小説とは、どういうもののことだろう。中上健次や村上龍、立松和平や三田誠広のことだろうか。だが既に田中康夫は登場しているし、何より、春樹より八歳年長の片岡義男が、まさに「都市的感性」に基づく小説を、七〇年代から書きつづけており、七六年には『スローなブギにしてくれ』、七七年には『彼のオートバイ、彼女の島』、七九年には『マーマレードの朝』を刊行し、既に翻訳を除くと二十冊近い作品を出していたはずだ。片岡の先駆性は、関川夏央が再評価しているが（『本よみの虫干し』岩波新書）、片岡と春樹の違いは、後者がいちおう、群像新人賞や野間文芸新人賞をとって「純文学」として認められていた、という点に、まずあるだろう。だが「副」の記事は、あたかも片岡がいなかったかのように書かれている。

実はその頃大学一年だった私も、この記事を読んで『羊をめぐる冒険』を読み、続けて『風の歌を聴け』も初めて読んで、特に後者に感心して、同級生に勧めて回ったものだ。もっとも、みな感心してくれたのはいいけれど、その反応が「あたしもこんな洒落た会話がしてみたい」とか「ジェイズ・バーみたいな場所を作ろう」とかいったものだったので、私のほうで嫌になってしまった、ということはある。

じっさい、その後もしばらくの間、春樹は、「若者に人気のある、アメリカ的な、都市的感性の作家」という扱いを受けており、八五年に『世界の終りとハードボイルド・ワンダーランド』が谷崎潤一郎賞を受けた時も、かなり意外の感と戸惑いを与えたように記憶する（蓮實重彦はこの授賞を批判した）。そして八七年に『ノルウェイの森』が四三〇万部を越えるベストセラーになるわけだが、「百パーセントの恋愛小説」と帯に謳われたこの作品は、ますます春樹を、批評家に白眼視させる結果になったように思える。もちろん、ごく初期から春樹の擁護者だった川本三郎のような評論家もいたのだが、川本自身が、文藝評論家というより、アメリカのポップ・カルチャーに身を寄せる若者文化評論家と見られていた。こうした春樹の「受け入れられ方」に揺さぶりをかけたのは、『ノルウェイの森』が二七〇万部売れた時点での、『週刊文春』八八年九月八日号の「村上春樹は『80年代の漱石』か」という一般記事である。そもそも週刊誌の社会記事としては異例なまでに巧妙なレトリックで、夏目漱石も生前、人気はあったが文壇からはバカにされていた、ならば春樹もそうかもしれないではないか、とぶち上げたのだ。そして福田和也が、『Voice』誌の連載で、九二年九月に、春樹擁護文を掲げたのである。(28) このことは、福田が「保守」と見られ、『日本の家郷』で意図的に日本古典に寄り添うような書き方をしていただけに、やはり私自身、一書に纏められた際卒読して意外の感に打たれた。おそらくそこには、当時、文藝批評の覇権を握っていた柄谷、蓮實重彦らのグループが、中上健次を最大級に持ち上げ、村上龍を次点に置き、春樹に対して否定的だったことへの対抗戦略も秘められていたと思われる。蓮實が東大総長として批評の現場から退き、柄谷も半ば引退した後で、福田はかつての中上健次への過大評価を一部の批評家に認めさせるに至るが、では春樹はどうなのか。

福田はその際、春樹の作品が「商品」になっていると述べたあと、こう書いていた。

> 批評家たちは、氏〔春樹＝小谷野注〕の個人主義に対して強い反発を示した。彼らは、氏の個人主義を「自閉」とか「疎外」と呼んで、異口同音に批判を加えた。（中略）批評家諸氏は、（中略）村上氏の作品は、その「自閉」において日本の鎖国性を象徴している等と論評した。だが氏の作品は、現在の作家の中で（吉本ばなな氏をのぞけば）ほとんど唯一、欧米で多く

の書評にとりあげられ、読者を獲得している。その点からすれば、現存の作家の中でもっとも海外で流通し、「開国」的であるのが村上氏の作品であるといえるかもしれない。

だが、このレトリックは、奇妙である。春樹の作品は、『風の歌を聴け』が、はじめ英語で書かれてから日本語に訳されたとされているくらい、アメリカのジャズ・エイジ以後の文学の影響が色濃く、英文和訳のような調子があることは周知の通りだし、『ノルウェイの森』がフィッツジェラルドの『夜はやさし』の焼き直しだとは、夙に指摘されており、その文体や、『世界の終わりとハードボイルド・ワンダーランド』の、SF的趣向を取り入れながら純文学に仕立てる手法は、明らかにカート・ヴォネガットに学んだものだ。それが英訳され、たとえば北米で受け入れられることに、何の不思議もない。福田は、高校時代、ロックバンドに付いて米国を回った経験を持ち、アメリカのポップ・カルチャーへの違和感を持っていない。つまり、福田の正体はごく普通の、世代を代表する感性の持ち主に過ぎないのだ。

春樹作品は、米国だけでなく、韓国でも大きな人気を勝ちえているが、これは韓国が、日本―米国文化に、政治的に言っても影響を受けざるをえない位置にあることの結果でしかないだろうし、龍に比べれば、政治性が稀薄な点こそ、米国でも韓国でも春樹が読まれうる理由なのは、明白である。最近はロシアやシナ、ドイツなどでも読まれているようだが、結局はこれらの国が、ソ連邦崩壊後、米国の「マクドナルド」文化―高度資本制に浸食されつつあることを示しているだけのことだろう。あるいは、これらの国が、後期徳川日本化しつつあるだけかもしれないけれど。[1]

福田に「批評家たち」と呼ばれているのは、恐らく『羊をめぐる冒険』を批判した加藤典洋[2]、あるいは柄谷行人[23]や蓮實重彦[7]の、「外部がない」「物語に溺れている」という意味の批判、それから私の記憶に鮮明なのは、『ノルウェイの森』の性的放縦に不快感を表明した富岡幸一郎[12]である。だが加藤はその後（よりによって『ノルウェイの森』のあとで）春樹擁護派に転向し、否定派の笠井潔、肯定派の竹田青嗣とともに『村上春樹をめぐる冒険』を九一年六月に上梓しているから、福田の標的は、時間のズレを伴ってはいるが加藤、そして柄谷、蓮實、あるいは富岡ということになるだろう。特に加藤はその後、福田以上に熱烈な春樹擁護派になってゆく。だが『村上春樹をめぐる冒険』を見ても、柄谷、蓮實、渡部らと、竹田、加藤らの「党派的」な対立がここにはあり、文壇政治を弄する福田は、なぜかその後、蓮實が東大の教養学部長から総長という重職に就いて不在だった隙を狙うように柄谷グループに接近したため、もはや春樹の肯定否定によって党派を区分けすることは不可能になった。

しかし、春樹を最初から否定していた柄谷や蓮實の立場を棚上げして、問題を『ノルウェイの森』に絞るなら、決定的な『ノルウェイの森』批判は、千石英世[11]と笠井潔[21]によって書かれている。千石は緻密な分析によって、この作品を「病的な回想記」で「シックな小説」であって、「嘘（フィクション）」だとして、それは「自己言及的な性としての自慰を描いているからにすぎ」ず、これは「自慰小説」だと言う。しかし周到に、それが野坂昭如のオナニー小説とは違う、とも言う。

そして主人公ワタナベ君は、「金も、力もない、しかも、異性との交際にも消極的な、しかし、なぜか異性を魅了する人物、日本文学に伝統的な優男、もしくは、みやびをなのである」とする。ただし、平安朝文藝の、恋に狂う男たちと、徳川期文藝の色男は区別すべきだが、ワタナベ君はもちろん、後者の系譜上にある。そして「突撃隊」と呼ばれる友人に対する「ワタナベ君の残忍さは、大宮人が田舎者に対して眉をひそめて露わにする嘲笑、性の通人たちが性の無骨者に見せる憫笑、みやび男が野暮天に示す冷笑に通じる」と的確に指摘している。笠井は、『風の歌を聴け』から『世界の終りと……』まで出てきていた「鼠」が、『ノルウェイの森』では消えた、という点に絞り込んで論じている。「僕」のような主人公に対する批評者である「鼠」は消え、「『ノルウェイの森』では、作者のなかば強いられた自己欺瞞が、さらに精緻な水準にまで方法的に徹底化されている」として、ここで「鼠」に相当する位置を占める「突撃隊」は冷酷な侮蔑の対象になっているという。

『ノルウェイの森』を恋愛心理小説として読むと、あまりにも不自然な設定が目についてやりきれない気分になる。緑やレイコのような魅力的な女が、なぜワタナベ青年のような無自覚に権力的な――無自覚な権力は最悪の権力である――異性に関心をもち、愛情を抱いたりさえしうるのか。

もっとも、緑やレイコをワタナベへの対応から切り離して「魅力的な女」とみることは、私にはできない。だが笠井はこのあと、ワタナベの、全共闘学生たちへの対応について細かな議論を始めるのだが、むしろその点に拘泥したために、加藤や竹田との対論では、話がはぐらかされてしまう。もっとも、アナルコ・キャピタリストと化した現在の笠井が同じことを言うかどうかは、分からないが。(2)

しかし竹田青嗣の『ノルウェイの森』擁護論(10)などは、まったく説得力を持たない。また加藤にせよ福田にせよ、いったん批評として春樹作品を論じる段になると、ただ放恣に取り出した抽象概念をひねくり回すだけで、彼らはあたかも、読者大衆とは別の次元で高度な問題を春樹が扱っているかのように論じる。

批評家たちの立場については、既に斎藤美奈子がまとめたことがあるが(34)、ここで私なりに改めてまとめてみたい。むろん二十年にわたるので、途中で立場が変わった者もいるが、ここでの標的はあくまで『ノルウェイの森』なので、批評家たちの立場を『ノルウェイの森』評価を中心に纏める。否定派は個別に触れるので、それ以外の立場を分類しよう。

(一) かなり本気の擁護派——加藤典洋、竹田青嗣、川村湊、池内紀《おさむ》、柘植光彦《つげてるひこ》 池内は、もともと否定的なことは書かない人だ。柘植は、日本文学者のなかでは随一の春樹擁護派で、栗坪良樹とともに『村上春樹スタディーズ』全五巻を編集している。なかで、『スプートニクの恋人』を中心に春樹作品を総括した書き下ろしの文章(37)があるが、その末尾は、こうだ。

現代文学におけるこの村上春樹の新しい方向を、私は全面的に支持したい。さらに大きな構想へ、さらに大きなメディアへ……。村上春樹の本当の読者たちは、きっとそれを望んでいるにちがいない。

そうだね？

そのとおり。

何を自問自答しているのか、苦笑せざるをえない。さらに「ちょっとジョークっぽく言ってしまえば」と断りながらも、春樹の『UFOについての省察』に、ある女の子から、「ハルキさんはUFOも見られないからダメなのよ」と言われ、それならUFOや霊を見たことのある者を藝術家、そうでない者を藝術方面活動家、としたらどうだろう、とあるのを引用して、「おそらく村上春樹は『地震のあと』で、初めてUFOに遭遇したのだ」と書いているが、本気でオカルトにはまる若者もいるのだから、大学教師たるもの、ジョークでもこんなことは言ってほしくないものである。

(二) 曖昧派――沼野充義、野谷《のや》文昭、三浦雅士、柴田元幸　沼野は、文藝時評を書いていても、作品を貶すことはまずない「褒め屋」である。野谷は、否定的なことも言うのだが、結局詳細に分析することによって、分析に値する作家だと認めてしまっている。三浦の『ノルウェイの森』評[4]は、前半で「他者がいない」「苛立ちを覚えた」と言いながら、後半で無理やり肯定評価にしているが、以後春樹に関する積極的発言は見当たらない。柴田は、インタビューもしているし、共著も出しているが、まとまった春樹作品論のようなものはないし、単に商売でやっているだけのように思える。

（三）「通俗小説」派――畑中佳樹《よしき》、風間賢二　もう昔のことだが、畑中は、春樹は「アメリカ文学」ではなく「アメリカ小説」から影響を受けたのであり、「通俗小説」が好きなのであり、たまたま「純文学」を書いただけだ、と言っていた[3]。風間は、スティーヴン・キングとの関係を論じつつ、「お偉い文芸評論家たち」をバカにしてみせる[19]。もう一歩進んで、村上春樹も通俗小説だ、と言ってくれるといいのだが、畑中は「純文学」だと思っているらしい。

（四）「居直り」派――福田和也、大塚英志　先に述べたとおり、福田は、国際的に春樹が読まれているからエライ、と言うが、いったんまともに作品を論じようとすると、読解不能なものしか書けない[29]。大塚も、福田が車谷長吉《くるまたにちょうきつ》を批判するとそれとそっくりの口調でこれを踏襲して、それに比して村上春樹がいい、と言ったりするので[43]、「友人」ならパクリも許されるのだろうか、と思うが、大塚の文章もまた曲がりくねっていて意味不明、最近も大江健三郎と比べて春樹がえらい、と書いている。ただし大塚の、江藤淳は春樹に否定的だったが直接批判はせず、堀辰雄を批判することで間接的に批判した[36]という指摘は面白い。

早慶的なもの、フェミニズム批評に耳を藉さない女たち

ところで、春樹の占める位置について、いくぶん余計なことを言う。

ノーベル賞は東大から出ない、と言われて久しいが、こと文学賞に限って言えば、川端も大江も東大である。そして、戦後、鷗外と漱石が文豪の位置を確保して以来、近代日本文学のキャノニカルな作家は、彼らの後に、芥川、志賀、谷崎、川端、太宰、三島、そして大江、ついで古井由吉に至るまで、慶応の遠藤周作や安岡章太郎もいたけれど、ほぼ東大系の作家で占められていた。

だが、春樹の作品からは、「早稲田臭さ」が強く立ちのぼっている。『羊をめぐる冒険』の主人公が通っている大学はＩＣＵらしいが、『ノルウェイの森』では早稲田らしく思える。むしろＩＣＵのほうが似つかわしいけれど、概して、先に述べた、米国のロスト・ジェネレーション以後の文学、ジャズ、映画といったものへの親炙の仕方が、いかにも早稲田なのである。『ノルウェイの森』がベストセラーになった八七年は、同時に、俵万智の『サラダ記念日』が売れた年でもあり、しかもその年末には、東大卒の中曾根康弘が、任期切れによる退陣の後の禅譲を、東大卒の宮澤喜一や安倍晋太郎ではなく、早大卒の竹下登に譲り、その後の「竹下派支配」に道を開いた年でもある。そして竹下以後十三年、東大卒の首相は宮澤だけであって、逆に早大卒は、海部、小渕、森と三人を数える。

この「早大的なもの」の先駆者は、文藝の世界では、遠く尾崎士郎、そしてその『人生劇場』の模倣とも言うべき『青春の門』を書いた五木寛之である。一九七〇年代、若者の間で随一の人気作家だった五木は、しかし、露文の出身であり、政治的にはソ連の擁護者として出発した。だから春樹とは対蹠的に見えるのだが、よく売れたエッセイ集『風に吹かれて』のタイトルは、『風の歌を聴け』の先駆と言うこともできるし、もちろんボブ・ディランから取ったものであって、その意味ではビートルズの曲名から採られた『ノルウェイの森』や、ナット・キング・コールから取られた『国境の南、太陽の西』を先取りしている（この二つの曲を私は知らないが）。殊に、五木の最も売れた作品は、「翻訳」である『かもめのジョナサン』だっただろう。五木は、若者大衆の嗜好を的確に把捉する能力を持っていた。

東大的なものと早稲田的、あるいは早慶的なものの違いを一口で言うと、こうなる。私たちは、村上春樹が大学の同級生と学生結婚したという情報を持っているが、同級生が恋愛の対象であるという要因が、既に「早大的」なのであって、江藤淳もまた、同級生と結婚している。むろん私は「的」と言っているのであって、同級生と結婚する東大の学生がいないわけでは、むろんない。しかし、同級生が恋愛の対象であるかないかは、その人の世界観の一面を決定付けてしまう。『ノルウェイの森』の直子は高校の同級生だし、『国境の南、太陽の西』の島本さんは小学校の同級生で、そういう女性とのちのちまで交渉が続くというあり方は、尾崎、五木の衣鉢を継いでいる。たとえば東大卒（どころか後に東大教授）の柴田翔の『されどわれらが日々――』の主人公は東大の院生だが、その婚約者は東京女子大の学生だ。やはり東大卒の福田章二は、「喪失」という堀辰雄―福永武彦ふうの短編でデビューした後、十年の沈黙の後に庄司薫として再デビューするのだが[3]、そこで福田は、「東大的」なものから「早慶的」なものへの転換を行なっている。なお、春樹作品に頻出する「やれやれ」という間投詞は、「喪失」に出てくる。またやはり早大卒の詩人、長田《おさだ》弘の『ねこに未来はない』も、極めて早大的な童話である。これは一九七一年に晶文社から刊行され、ロングセラーになって、角川文庫にも収められているが、その書き出しを引用しよう。

ぼくは最初ねこが好きじゃありませんでした。

じっさい、まっくらな夜の闇のなかを黒ねこの瞳がふたつ、ピカリと光ってはしるのをみるのは怖かったし、友だちの家に遊びにいっているときなど、とつぜん膝のうえに生暖かい重量がヒラリと跳びあがってきたときの緊迫した気もちといったら、まるで息のつまるようなおもいがしたものです。

そのぼくが、どういう星のめぐりあわせか、たいへんねこ好きのひとと結婚しなければならないはめになってしまったのです。なんという不運でしょう！

結婚しなければならないはめというのは、こうでした。つまり、ぼくはそのひとが好きで、そのひともぼくが好きで、そんなふうにふたりとも恋愛にとてもむちゅうだったので、世界はまるで魚眼レンズでのぞきこんだみたいにまあるく、まんなかはしっかりとおおきく、はしっこのほうはボンヤリとゆがんだりかすんだりしていて、とにかくあいてがねこ好きかねこぎらいかなどというようなもんだいはフッと吹けばとびちるような、それこそねこの和毛みたいな、いうなれば大事のまえの小事にすぎなくて、ぼくたちはひたすら「結婚したらなによりもまずカヌーを一そう買おう、そしてフィジー諸島をカヌーでいっしょにめぐろう」とか（後略）

こういう書き方をちょっと大人向けにすれば、村上春樹になるのは言うまでもないだろう。七〇年代半ばに大学の大衆化が進むと、読者大衆の多数派は、「早大的」な日常を生きるようになる。俵万智の新しさの一つは、やはりこの「同級生が恋愛の対象である」ということが日常化した風景を歌ったからである。春樹や俵に対して、蓮實、柄谷、浅田といった官学出身者が感じた違和感の原因の一つは、この点にあるのではないかとさえ思える。つまり村上春樹は、一方で堀辰雄、福永武彦、そして一方で五木、長田、片岡といった先駆者を持つのだが、その種の先行作家の影響だけなら、多くの作家に言えることだ。ここで問題なのは、五木や片岡はあくまでも「大衆小説」の作家と見なされ、長田のそれはあくまで「童話」だったのに、春樹が「純文学」に格上げされた、そのことなのである。それを可能にしたのは、やはり「時代」だろう。一九八七年は、ソ連崩壊を二年後に控え、まったく「非政治的」な時代だった。

だが、『ノルウェイの森』当時は、春樹に否定的な批評家も少なからずいたのに、以後も春樹が「売れ」続けることによって、大手出版社が出す文藝誌で、春樹批判はタブーになっていく。途中、

『アンダーグラウンド』のようなルポルタージュを出すことによって、これまで社会に背を向けていた春樹が社会に向き合った、と言われたものだが、その後の、破綻しているとしか言いようのない『ねじまき鳥クロニクル』が読売文学賞をとるという不思議な展開の後、『スプートニクの恋人』で、前以上に陳腐な「春樹世界」が戻ってくる。けれどその頃には、柄谷や蓮實は同時代小説の批評から撤退し、アカデミズムの研究者たちは、その本が売れることをも恐らく期待して春樹を論じ、いつしかただ分析、礼賛してみせるだけのものやら、福田や大塚のひねくれた春樹礼讃論ばかりが出るようになった。「アエラムック」は『村上春樹がわかる。』を二〇〇一年暮れに出したが、柱となったのは加藤典洋(46)と川村湊のエッセイだった。村上春樹は、マスメディアでは批判できない作家になってしまったのだ(実際私は『文學界』の連載で春樹批判をやろうとして止められている)。かろうじて否定的な批評を行なったのは、最近のマスメディアでは、『新潮45』の「読まずにすませるベストセラー」の、「髭」という匿名で書かれた九九年九月の『スプートニクの恋人』をダシにした「オヤジにはちとツライ陳腐でユルい恋愛小説」くらいである。痛快なので、引用しよう。

村上春樹に対して決して少なくはない数の人が抱いているであろうあのなんとも言えない不快感を一言で言い表すなら、最も相応しいのはこの「だまれ」の一言じゃないだろうかと思う。たとえば『ノルウェイの森』冒頭で主人公が、「大丈夫です、ありがとう。ちょっと哀しくなっただけだから」と微笑むあのシーンだが、これに対するスチュワーデスのセリフが、「そういうこと私にもときどきありますよ。よくわかります」などというユルさにユルさで返すようなものではなく「だまれ」であったなら、ボーイング747はハンブルグ空港に着陸することなく、物語は文庫にして僅か八ページで終りを迎えていたはずだ。

オヤジが本当にそう思うかどうか分からないが、仮にそうだとして、オヤジの敵であるはずのフェミニズム批評は、むろん春樹に否定的で、いち早く九一年に林淑美《りんしゅくみ》は『ノルウェイの森』について、「幾つもの恋愛が描かれているようにみえるこの小説は、恋愛の不可能性は描かれたが、恋愛はひとつも描かれて」おらず、「『僕』の直子への無理解は甚だしいものがある」としている。[24]「三角関係」[25]についてナイーヴに考察してしまう川村湊や、[5]引用からなる叙情散文を書いてしまう池内紀などとはえらい違いである。坪内祐三の『靖国』に対しては「フェミニズムの視点がない」といちゃもんを付けられる川村（『論座』一九九九年十一月号）は、自分では村上春樹をフェミニズムの視点からは見られないらしい。富岡多恵子、上野千鶴子、小倉千加子の『男流文学論』[27]では、『ノルウェイの森』が俎上に上げられている。上野と小倉は、それまで春樹の短編が嫌いではなかったが、この作品はひどくつまらなかった、と言う。富岡はそれほど否定的ではないが、小倉は主人公のワタナベ・トオルに対し、「なんかぬるぬるした、なめくじみたいな男」で、「女に対して」「酷薄で、すごいエゴイスト。ところがみんなに、やさしい、やさしい、っていわれる。それが私わからない。……この子、病んでますよ」と言う。実は斎藤美奈子も、「ムラカミ・ランド」は「男の子たちの世界」で、「女性の読者が村上作品に存外冷笑的である」と九六年の文章では書いていたのだが[34]、そんなことはない。春樹作品は、大卒レベルの女たちにけっこう人気があるのだ。斎藤もそのことに気づいたのか、二〇〇二年に上梓された『文壇アイドル論』にこの文章を再録する際には、この最後の文言を削ってしまった。最近でも、詩人の小原眞紀子が『ノルウェイの森』を論じて[40]、「ぼく」が愛しているのは直子の不在にすぎず、直子の狂気もあくまで美しく描かれていて古井由吉の『杳子』のような具体性がなく、女性たちは「他者」ではない、と書いている（こんなことが書けたのは、『ユリイカ』だからだろう）。しかし女性読者大衆は、こういう正論に耳を傾けはしない。驚くべきは、フェミ批評の長老ともいうべき水田宗子《のりこ》の文章で[47]、水田は春樹の小説の主人公たちは「マッチョ」ではない、と言う。確かに米国的な意味ではそうかもしれないが、日本の徳川後期的な色男だという、千石が書いたことがまるで忘れ去られている（私も九七年にそう書いている）。そして『ノルウェイの森』の登場人物は「ジェンダーのロストジェネレーション」を生きているとして、

村上春樹の小説は、ジェンダーの規制や抑制、規範や役割を壊すことに成功したフェミニズムの後にくる世代の恋愛の困難さを描いた恋愛小説、恋愛のない恋愛小説といえるのだろう。

とまとめている。なんという牽強付会とこじつけ。川崎賢子《けんこ》も、川本三郎との対談で、懸命に川本

に抵抗しながらも、「異性愛の枠組みをこぼれた物語だからこそ、ジェンダーの視点で読んで、面白いのだと思います」などと、概して支離滅裂なことを言っている。(42) もっともこの対談は、後半で全面的に支離滅裂になるのだが、川本の不誠実さがよく現われている。恐らく大学で日本文学を教えていたりすると、学生の嗜好に媚びることも必要で、水田や川崎のようなことになってしまうのだろう。

要するに、上野や小倉や斎藤や林の言は、まったく、女たちを含む読者大衆によって共有されなかったのである。要するに若者大衆は、オヤジでもなければフェミニストでもなかったのだ。

さて、もちろん、私は村上春樹に否定的である。だがありていに言えば、『世界の終りとハードボイルド・ワンダーランド』までは、小説家としての技倆も、作品としての面白さも、否定はしない。決定的だったのはやはり『ノルウェイの森』で、以後は、『羊をめぐる冒険』の焼き直しとも言うべき『ダンス・ダンス・ダンス』、『ノルウェイの森』系の、ろくでなし男を主人公とする『国境の南、太陽の西』『スプートニクの恋人』、破綻した『ねじまき鳥クロニクル』など、まず評価には値しない。むろん、読者を楽しませる技巧だけは、確かなものがある。しかしここで断っておくが、ノースロップ・フライがはっきり言ったとおり、文学作品の価値というのは学問的に決定できるものではない。だから私のこの判断は「学問的」なものではない。竹田青嗣は、柄谷らの春樹否定論の「社会性がない」というものに対して、そんな批判はかつてマルクス主義批評が行ない、内向の世代に対して言い尽くされたことで、もはや無効である、と言っている。(33) だが第一に、文学は道徳とは無縁だというのは初歩的な間違いである。そのことは『片思いの発見』（新潮社）の「倫理、恋、文学」で論じた。第二に、谷崎潤一郎の『痴人の愛』や『卍』なら、読者は、その登場人物がまともでないことが分かるように書いてある。加藤典洋は『ノルウェイの森』のワタナベを、「破廉恥漢」だと、竹田、笠井との鼎談で言っているが（だが作品は否定しない）、問題なのは、ほとんどの読者、あるいは批評家も、この見方を共有していないということであり、共有しないように作品が書かれているということだ。

「モテ男小説」を粉砕せよ！

巷間あたかも春樹作品の主題であるように言われている「喪失」だの「孤独」だの、そんなことは、どうでもいいのだ。私が春樹を容認できない理由は、たった一つ。美人ばかり、あるいは主人公好みの女ばかり出てきて、しかもそれが簡単に主人公と「寝て」くれて、かつ二十代の間に「何人かの女の子と寝た」なぞというやつに、どうして感情移入できるか、という、これに尽きるのである。竹田青嗣は、『ノルウェイの森』では「恋愛の情熱が不可能になっている」と言いながら、林淑美とは逆に、最終的には肯定的評価へ至るのだが(10)、竹田の『恋愛論』（作品社）を読めば分かるように、竹田が恋愛を論じる際は、成立したものとしてしか論じようとせず、その上で「不可能性」と言っているのであって、一般的な意味では、デートをしたり愛を囁いたりセックスをしたりすることによって、春樹作品ではあまりに易々と「恋愛」が成立してしまう、というのが実相なのである。そうである以上、竹田のみならずほとんどの批評家が「恋愛」を、まずは成立するものとしてしか考えていないのだ。川崎賢子は、春樹作品の「主人公が女の子に不自由しない、もてる男の子であるように見えるのは」と言っているが、ハムレットの台詞のように、そりゃ「ように見える」のじゃなくて、「である」のではないか？　私にとって、恋愛が不可能だ、というのは、好きな女がデートやセックスに応じてくれない、という形而下的な問題としてあるのであって、だからこれは「極私的批評」なのだが、春樹は『ノルウェイの森』あとがきでこの作品を「きわめて個人的な小説」だと言っているのだから、批評もまた「きわめて個人的」であるべきだろう。私は既に『〈男の恋〉の文学史』（朝日選書）で、春樹作品の主人公の男は、徳川末期人情本の丹次郎の末裔である、と、むろん否定的な意味で書いたのだが、未だに、某春樹本から原稿依頼があったり、「えっ、春樹さんが嫌いなんですか。なぜ？」と女性編集者に言われたりする。こんな「もてる男」ばかり主人公に据える作家を私が好きなわけはないではないか。

たとえば、『世界の終りとハードボイルド・ワンダーランド』の冒頭、「私」の前に現われる女についていて、以下のように書かれている。

女はむっくりと太っていた。若くて美人なのだけれど、それにもかかわらず女は太っていた。若くて美しい女が太っているというのは、何かしら奇妙なものだった。（中略）

ただの太った女なら、それはそれでいい。ただの太った女は空の雲のようなものだ。彼女はそこに浮かんでいるだけで、私とは何のかかわりもない。しかし若くて美しくて太った女となると、話は変ってくる。私は彼女に対してある種の態度を決定することを迫られる。要するに彼女と寝ることになるかもしれないということだ。(中略)
　そういう意味では太った女と寝ることは私にとってはひとつの挑戦であった。(新潮文庫版、上巻、二二二―二二三頁)

　これだけで十分、フェミニストが怒るに値しないだろうか？　しかも春樹作品の主人公の例に漏れず、女の側で「寝る」ことを拒否するという可能性をまったく考えていない。フェミに理解があるような言辞を弄する大塚英志や川村湊も、こういうところには一向触れてはくれない。しかしこういう部分には、「もてない男」だって十分に怒っていいはずだ。十七歳だというこの「太った娘」は、三十五歳だという「私」が、離婚して今は結婚していないと知って、性欲はどうしているのか、と尋ね、「その時どきでいろんな女の子と寝る」と答えると、「私とでも寝る？」と言うのだが、これはほとんど「据え膳を食わせて」いるに等しい。男というものは、若い女からこういうことを訊ねられたくてうずうずしているものだ。だからアダルト・ビデオにも、この種の女が時々出てくる。「私」はその後、図書館員で、二十九歳だという「髪の長いやせた女」に会って、あっけなくセックスすることになりながら勃起せずに失敗する。いっぽう、「太った娘」とは、ディープ・キスをするのだが、舌を入れてくるのは娘のほうだ。男というのものは、こういう大胆な女が大好きだ。さらに、この娘と一緒にこの世界から逃亡する途中のことだが、サンドウィッチ・スタンドで「私」が置き捨ててあった『スポーツ・ニッポン』を読んでいると、

娘がいちばん手前のページを見たいと言ったので、私はそのページをとって渡した。彼女が読みたかったのは「精液を飲むとお肌の美容になる?」という記事らしかった。(中略)

「ねえ、精液を飲まれるのって好き?」娘が私に訊ねた。

「べつにどっちでも」と私は答えた。

「でもここにはこう書いてあるわよ。『一般的に男はフェラチオの際に女が精液を飲みこんでくれることを好む。それによって男は自分が女に受け入れられたことを確認することができる。それはひとつの儀式であり認承《ママ》である』って」

「よくわからない」と私は言った。

「飲みこんでもらったことある?」

「覚えてないな。たぶんないと思う」


だが娘は執拗である。風呂に入ったあとも、

「ねえ」と娘が本をわきに置いて言った。「精液のことだけど、本当に飲んでほしくない？」
「今はね」と私は言った。

『世界の終りとハードボイルド・ワンダーランド』では、こういう細部はとりあえず「読者サーヴィス」として片づけることもできた。だが、『ノルウェイの森』でまるでセックス狂のような登場人物たちに出会ってしまうと（千石は「登場人物たちはすべて性的人間に設定されている」と書いている）、要するに自我やら喪失やらがどうこうというのは作品の意匠に過ぎなかったのだと気づかざるをえないだろう。一般に、男はフェラチオをしてもらいたがり、あわよくば精液を飲んでもらいたいと思っているが、女はフェラチオを嫌がり、精液を飲むなどとんでもないことだと思っている。キスの際、舌を入れたがるのはたいてい男である。もちろん世の中には、フェラチオの嫌いな男もいれば、精液を飲むのが好きな女もいるだろう。しかし、徹頭徹尾、男にとって都合のいいセックスをお膳立てしてくれる女しか、春樹の小説には出てこないのである。『ノルウェイの森』にも、フェラチオ—精液飲みを思わせる描写がある。

「じゃあ、これも覚えていてね」と彼女は言って体を下にずらし、僕のペニスにそっと唇をつけ、それからあたたかく包みこみ、舌をはわせた。直子のまっすぐな髪が僕の下腹に落ちかかり、彼女の唇の動きにあわせてさらさらと揺れた。そして僕は二度目の射精をした。（単行

本下巻、一六二頁）

小倉は、「何のサービスもせずに出してもらうというのは男にとって最高でしょうが」と言っている。『国境の南、太陽の西』でも、主人公のハジメが高校生の時つきあったイズミという女は、セックスしないうちからフェラチオをしてくれて「僕が射精すると、そのたびに彼女は洗面所に行って口をゆすいだ」りするし、この男が三十七歳で妻子がいながら、小学校の同級生だった島村さんと再会すると、この女は、男のペニスを舐めながらオナニーをするのである。ポルノ小説なら、なかなか巧い趣向だ、と感心するところである。〔4〕こうなってくると、イズミの従姉と「寝た」ためにイズミを傷つけて表情のない顔にしてしまったとかいうホラー小説めいた趣向も、妻がいながら島本さんと再会して恋に落ち、そのことに妻が気づくという、春樹にしては珍しいモティーフも、もうどうでも良くなってしまう。結局、作品構造としては、さすがに春樹よりはよほど出来の悪い田口ランディの、セックスによる癒し、みたいなオカルト小説と同じなのである（といっても私は『アンテナ』しか読んでいない）。何人かが、春樹作品に対するホラー小説の影響を云々しているが、『ノルウェイの森』こそホラー小説で、私はこれを読んでラヴクラフトの『インスマウスの影』を思い出したほどだ。後で思い出してみると、自分も含めてみなセックスの怪物たちだったというホラー小説。坪内逍遙は、『南総里見八犬伝』の主人公たちを「仁義八行の化物」と呼んだけれど、春樹小説は「セックスの化物」に満ち満ちている。

三谷幸喜のシナリオによるドラマ『警部補古畑任三郎』のなかに、渡辺淳一あたりをイメージしたと覚しい流行作家（津川雅彦）が「ヘアーヌード写真集を買う度胸のない連中が俺の小説を買うんだ」と吐き捨てるように言う場面があったが、要するにフランス書院文庫やマドンナメイト文庫を買う度胸のない連中が春樹を読むのではないか。いや、それだけではないだろう。『プレイボーイ』をおとなしい方とする数多くの、ヌードを売り物にした雑誌でヌードを見るより、『朝日新聞』にセミヌードが出てきたり、色っぽい写真が出てきたりすると、却って興奮する。それと似た、「純文学」を読んでいるのに先のごときイヤラシイ場面に遭遇できるという喜びが、春樹作品にはあるのだ。エロならエロに徹しろ、と言いたい。「純文学」めかして、実は通俗ポルノ、というところが嫌らしいのである。

ところで『国境の南、太陽の西』は珍しく、主人公が、すぐ女と「寝て」しまう自分を反省したり、高度資本制を批判する箇所などがあって、やや異質である。だからこの男の妻・有紀子が「他者」だと言うひともいるのだが、しかし夫の情事を知った彼女はあっさり「もしあなたが私と別れたいのなら、べつに別れてもいい」と言うのだ。吉行淳之介が『闇の中の祝祭』で書いたように、こういう時にいちばん恐ろしいのは、別れてくれない妻、そして愛人の両方に苦しめられることではないか？　春樹作品の主人公はおおむね、地に足がついていないが、地に足をつけずにやっているセックスや恋愛においても、女が髪振り乱して「私を愛してないの?!」と迫ったり、捨てられた女が逆上して泣きわめき、刃物を振り回すとかいった現実的な展開は見せない。女は向こうから寄ってきてフェラチオしてくれ、別れの際は素直に去ってゆく。何という男のパラダイスだろう。だから少なくとも「もてない男」は、ワタナベ・トオルが、直子や緑との笑い話のネタにしている「突撃隊」の立場にいるのだから、怒るべきである。「ああ、俺もこんな思いがしたい」などと思って読んでいてはいけない。『ノルウェイの森』を、もてない男はどう読むべきか、教えてやろう。ワタナベは、神戸の共学の公立高校三年生の時、友人のキズキが自殺したあと、「ある女の子と仲良くなって彼女と寝た」というからこれが初体験らしいが、緊張してうまくできなかった、などという無粋なことはここには書いていない。東京でキズキの恋人だった直子とたまたま再会しても、「私たちまた会えるかしら？」と誘うのは直子だ。直子と毎週のようにデートしていながら「僕に恋人ができたものとみんな思いこんでいたのだ」などと言うが、こいつにとっては「寝」ないと恋人ではないらしい。そして直子に、好きな女の子はいないのか、と尋ねられると、その「寝た」女の話をして、こう言う。

　たぶん僕の心には固い殻のようなものがあって、そこをつき抜けて中に入ってくるものはとても限られているんだと思う、と僕は言った。だからうまく人を愛することができないんじゃないかな、と。

とても十八歳の男のせりふとは思えない。作者は、語りの時制と語られている時制を混同していやしないか。これでは、三十七歳の男が女遍歴の果てに口にするせりふだ。

ワタナベはさらに、東大法学部の学生で、七十五人くらいの女と寝たという永沢に導かれて、よく知らない女と「ベッドも照明もカーテンも何もかもが」けばけばしいラブホテルで「寝る」のだが、だいたい一九六九年当時、そういうラブホテルも、ラブホテルという言葉自体もない。そして四月の直子の誕生日に彼女のアパートの部屋で初めて「寝る」のだが、直子はそれが初めてのセックスで、後になって、高校生のころキズキと寝ようとしたけれど濡れなくてできなかった、とか、十三の時にはペッティングをしていたとか話すのだが、一九六七年ころとしては普通の女子高生ではない。作者はやはり八〇年代と混同しているのではないか。さてその後直子が姿を消して夏休みが終わると、授業の後でいきなり声をかけてきて、会話のあと、あさってまたここで会わない、ごちそうするわよ、と言うのが小林緑だ。そしてワタナベは「セックスなんてどうだっていいやという気分」になっていながら、深夜喫茶で出会った「小柄な女の子」と寝る。てめえいい加減にしろよ、と、もてない男は怒るべきなのである。さらに京都の近郊の療養所へ直子を訪ねて十九歳年上のレイコさんに、八人か九人の女と寝た、と言って「あなたまだ二十歳になってないでしょ？　いったいどういう生活してんのよ、それ？」と言われ、あるいは、直子を救いたい、と言って「そしてゆきずりの女の子と寝つづけるの？」と決めつけられると、「いったいどうすればいいんですか？　ずっとマスターベーションしながら待ちつづけるべきなんですか？」などと言うに至っては、もてない男は三十過ぎても童貞なのであるから、激怒して本を叩きつける、のが正しい。救うも救われるもありはしない。私は、「ワタナベ君」ではなくて、村上春樹自身が、三十歳で童貞である男がこの世にいるとは想像もしていないのではないかと思わずにはいられない。ワタナベが東京へ帰ると、緑は次々と性的な話題を繰り出してワタナベを誘惑しながら反応が悪いので去り、直子が自殺してしまったあとで、ワタナベはレイコさんと「寝」て、緑に電話をかける。

中途挫折した坪内祐三は、正しい。

どこが異性愛からの逸脱だ？

女の読者については、ただ「ワタシもこんなオシャレなカイワがしてみたいわ」式に読んでいるバカどもが多いのだろうが、多くの女性読者が最終的には不快に感じないであろう要素が『ノルウェイの森』と『スプートニクの恋人』にある。レズビアンの扱いである。もちろん『ノルウェイ』では、下巻の始めのほうに出てくる、レイコの回想のなかの十三歳の少女のことだ。私には小倉千加子がこの箇所を問題にしなかったことがむしろ不思議である。この部分の意味は、発表当時はともかく、現在のアカデミズムのレベルで見れば明らかだ。断っておくが、私は、性愛を異性との関係でのみ語ったからといって直ちに異性愛中心主義だと断罪する立場は採らない。けれど、レズビアンをこのように扱うのは、十分に犯罪的ではないか、と思う。ところが、筒井康隆の「エイズ差別」を執拗にあげつらう絓秀美も、男の同性愛者差別になると敏感に反応する浅田彰も、私の知るかぎりではこの点に触れていない。これを詳細に論じたのは、詩人の渡辺みえこであり、しかしその場は、マスメディアではなかった。[38] 渡辺から引用しよう。

『ノルウェイの森』のレズビアン表象は、日本的レズビアン差別を的確に表現している。(中略)村上春樹は、日本文化の基底にある女身不浄と、女性嫌悪(ミソジニー)、そして明治以後の西欧ユダヤ・キリスト教の同性愛嫌悪(ホモフォビア)と、性科学による同性愛の病理化を巧みに利用し、伝統的感性を補強しつつ、ベストセラーの「僕」の物語りを世におくった。

ここではレズビアンは、危険な少女として登場しているが、女性嫌悪(ミソジニー)の男性社会では、女同士の愛は女の生存にとって必要であり、女たちは、密かにその橋を渡しあってきたのだろう。この二万字の村上レズビアン物語は、「レズビアンの手ほどき」などではなく、一人の女の抹殺のために、レズビアンの比喩を利用したものである。

渡辺は、十三歳という年齢で、十八歳も年上のピアノ教師に向かって「あなたレズビアンなのよ」と断言するのは非現実的だ、と言う。じっさい、誰が読んだってこのレズビアン少女は「化け物」のように描かれているし、レイコの語りは、彼女との性行為がことさら汚らしいものだという印象を与える。しかも作者は、上巻の最後のほうでこの少女の話題を出し、読者の興味をかきたてておいて、読者が下巻を買わざるをえなくするように配置しているが、同じ手が『ねじまき鳥クロニクル』第一部の最後でも使われている。ノモンハンでの、凄惨な場面を描くことによって読者の興味をかきたて、第二部へつなげようとしているのである。川村湊などは、この場面に過大な意味を読み込んでいるが、むしろ春樹は、この凄惨な戦時暴力を利用《アプロプリエイト》＝簒奪したと見るのが正しいだろう。『スプートニクの恋人』の場合も、渡辺が論じているが(44)、ここでも、すみれがレズビアンとしてミュウに迫る場面が、ホラー小説風に描かれている。そしてこれらは、異性指向である多くの女性読者たちに、自分がそうであることへの安心感を抱かせ、指向のはっきりしない女たちを、異性愛に向かうように仕向けているのである。(5)

若者大衆の資本主義

まるで性欲などないかのように振る舞いながら、むやみと「何人かの女の子と寝た」とか言う主人公、やたらと出てくるジャズ・ミュージシャンやらクルマやらの固有名詞、気障な会話、等々、どうせ読者大衆が読んでいるのはそういう「雰囲気」だけなのであるが、それにしてはこうも大勢の「文藝評論家」あるいは「のようなもの」が春樹論を書きたがるというのは、要するに「純文学」などというものはジリ貧だし、せっかく村上春樹が「純文学」風で売れているのだから、そこで盛り上げようという根性なのだろう。

だが、真に村上春樹を「否定」するためには、近代文学のキャノンを否定しなければならないのだ。たとえば森鷗外の『舞姫』や夏目漱石の『それから』『こゝろ』は、春樹の先祖たちである。女を妊娠させて捨てて狂気させた、ああ俺は罪深い、とか、親友が恋する女を奪ったために親友は自殺した、だから親の遺産があるのをいいことに働きもせず罪悪感を抱えて生きています、勝手に死にます、とかいう小説どもだ。『ノルウェイの森』の、飛行機の中で回想が始まる形式は、『舞姫』を踏襲したものだろう。あるいは志賀直哉『暗夜行路』の、かつて中村光夫が徹底批判し、紅野敏郎が「時任謙作ひとりまかり通る」と評した男性＝主人公中心主義、そういうものがみな、春樹人気のなかへ流れ込んでいるのだ。日本だけではない。『罪と罰』の主人公ラスコーリニコフの、身勝手な妄想にいちいち周囲の連中がつきあってやるのみか、娼婦ソーニャが流刑地にまでついていくなどという甘ったるい小説を世界文学の傑作扱いしてきたのも、そうだし、トルストイ『復活』の、若き日の過ちを悔いるネフリュードフだって、読者の多くは女中を堕落させたりする立場にいないのだから、どうぞ勝手に悔いてくれ、というようなものだ。『ノルウェイの森』の主人公は十年ほど前、フランスで最も人気があり、日本でも少し読まれたルーマニアの作家、ミラン・クンデラの『存在の耐えられない軽さ』のそれに似ているが、これも春樹の同類である。キズキ―直子―ワタナベの三角関係は事実上存在せず、ワタナベをめぐる直子と緑の三角関係だけが前景を占めていて、先に述べたとおり『夜はやさし』なのだが、遡ればワタナベの位置は『白痴』のムイシュキン侯爵さながらで、地主の妾だったという過去を負っているナスターシャ・フィリポヴナが、恋人に自殺され精神を病んだ直子に、健康なアグラーヤが緑に当たるわけで、実際ナスターシャはロゴージンに殺されてしまう。ただし『ノルウェイの森』には、ロゴージンやスヴィドリガイロフのような男は出てこない。それが笠井潔のいう「鼠」に当たる人物のはずなのだが。そしてまたオーウェルの『一九八四年』にせよヘミングウェイの『武器よさらば』にせよ大江健三郎の『個人的な体験』の火見子にせよ、ヒロインは心優しく男を導き助けてくれる存在だし、中上健次の小説の主人公の場合も、大同小異、と言って過言ではない。島田雅彦は、近代文学においては「もてる男」は抑圧されてきた、といくぶん被害妄想気味に述べているが（『必読本１５０』太田出版）、それは疑わしい。福田和也は中上の『千年の愉楽』を「いんちきポルノ」と呼んだが（前掲の宮崎哲弥との対談）、『ノルウェイの森』こそその呼び名にふさわしいだろう。

さらに春樹作品には箴言風の物言い（アフォリズム）がよく出てくるが、箴言なるものは、ハムレットによる一般化癖がそうであるように、現実世界から退行し、あるいは現実に急迫されていない者の頑弄物であって、借金取りに追われている最中に箴言を吐くやつはいない。『羊をめぐる冒険』で「僕」は「鼠」から、「まったく、もし一般論の国というのがあったら、君はそこで王様になれるよ」と言われる箇所は、よく引用される。『ノルウェイの森』が売れた段階で、大衆現象として批判的に論評した桜井哲夫も、(17) この種の箴言を「人生経験が若者よりは多少ある『喫茶店のマスター』が、客の若者に語ってきかせるようなセリフにすぎない」としている。ラ・フォンテーヌも、晩年の芥川龍之介も、箴言を吐くことによって現実に対処し損なった（だから芥川を「『敗北』

の文学」と呼んだ宮本顕治は正しい！）。橋本治は『花咲く乙女たちのキンピラゴボウ』で正しくも言っている。

彼は大人であるからして、亜美や朱鷺のように人生全般に対して達観しているようなセリフを吐いている暇はない——だって仕事してるんだもん。（河出文庫版上巻一三六頁）

ここからすると、春樹作品の主人公たちは、まことに暇である。ただ中産階級的な「自分」の、女をめぐるもだもだを「僕」「僕」と言いながら語っているだけだ。『スプートニクの恋人』の語り手は、「ぼくはごく普通の家庭に生まれて育った」というのだが、彼は杉並区に生まれ、小さいころ千葉県の津田沼に移って育ったという。

父親は地方の国立大学の理学部を出て、大手食品会社の研究所に勤めていた。趣味はゴルフ。日曜日はいつもゴルフに出かけていた。母親は短歌に凝っていて、よく集まりに出ていた。新聞の短歌欄に名前が載ると、それからしばらくは機嫌が良かった。

そして姉は東大の法学部を出て弁護士資格を取り、やり手の経営コンサルタントと結婚して代々木公園の近くに四部屋あるマンションを買って住んでいるという。

これのどこが「ごく普通の家庭」なのだ？　これは知的水準のかなり高い、アッパーミドル・クラスの家庭ではないか。そして村上春樹がこれを「ごく普通」だと思っているとは思われないが(「金持ちなんて・みんな・糞くらえさ。」と『風の歌を聴け』で叫ぶ「鼠」が消えてしまったにしても)、このろくでなし男は小学校の教師になって、七歳年上の、受持ちの子どもの母親で「成熟した文句のつけようのない身体」を持つ女を「ガールフレンド」にして、時々「寝て」いる。春樹作品の主人公にしては固い職業についているけれど、教師だから夏休みなどというものがあって、だからロードス島などへ行けるのである。私はいっぺん、春樹作品の主人公を、普通の休日にしか休めない職業につけてやりたい。さて、物語の最後のほうで、この「ガールフレンド」の息子でこやつの受持ちの男の子がスーパーで万引きをして、二人雁首揃えて警備員の前へ出頭する。この五十代後半の元警察官だったという中村という警備員ほどまともな人物が春樹作品に登場するのは珍しい。『ノルウェイの森』の最後のほうに出てくる若い漁師を、小原眞紀子は「およそこの小説の中で、本当にまともで健全な好人物とは、(中略)この漁師だけだろう」と言っている。砂浜に蹲って泣いているワタナベに声をかけた漁師に、母が死んだので、と嘘をついたワタナベは、気づかっていろいろと面倒を見、自分も母を失った、と語るこの漁師に、内心で「あれほど美しい(直子の)肉体がこの世界から消え去ってしまったんだぞ！」(下巻二二四頁)などと毒づいている。人非人[6]！。むしろ私は、中村警備主任のほうが、好人物ではない分だけ、まともで普通の人間だと思う。彼の発言は、みごとな村上春樹批判になっている。適宜、引用しよう。

「しかし、いつも思うんですけど、先生というお仕事はまったくうらやましいですよね……夏休みは一ヵ月以上とれるし、日曜日には仕事に出てこなくてもいいし、夜勤もないし、付け届けはあるし。言うことないじゃありませんか。……

（万引きした子どもの）精神的な微妙な歪みって、いったい何ですか、それ？　ねえ先生、わたしは警察官として朝から晩まで、微妙じゃなく歪んだ人々を相手にして暮らしてきました。世の中にはそういう人たちがいっぱいいるんです。掃いて捨てるほどいるんです。そんな人たちの話を長い時間かけて丹念に聴いて、そのメッセージはいったい何だろうなんて真剣に考え込んでいたら、わたしの身体に脳味噌が一ダースあってもまだ足りません……

きれいごとを言うのは簡単です。……万引きは子どもの心のメッセージだ。あとのことは知りません。そりゃ気楽でいいですよ。誰がその尻ぬぐいをさせられるか？

俺たちだ。俺たちが好きこのんでこんなことをやってると思います？　たかが六八〇〇円のことじゃないかって顔をあなたはしているけど、盗まれる方の立場になってみなさいよ。ここでは百人からの人間が働いていて、みんな一円二円の値段の違いに血相を変えてるんです。レジの現金の集計が百円違ってれば、残業して調べあげるんです。ここのスーパーのレジを打ってるおばさんの時給がいくらだかあなたはご存じですか？

どうして生徒にそういうことが教えられないんですか？」

やんや、やんや。いいぞ中村警備主任。万国の労働者よ、もてない男よ、団結して村上春樹とその女たらし主人公どもを打倒せよ！　この警備員は、漱石の『明暗』に出てくる社会主義者の小林さながらであるが、漱石はこの作品を完成させえず、水村美苗の『続明暗』で小林は大活躍する。だから『続スプートニクの恋人』を書くなら、この警備員を活躍させたいものである。二〇〇二年の暮れに東大の教室で発見した「反白色テロル大連帯」のビラには「クリスマスを初めとする三大白色テロル＝クリスマス、バレンタイン、ホワイトデーこそ、死の苦悶にあえぐ日帝独占資本が見出しえた延命の活路であり、矛盾の爆発点である」云々とあったが、私はこれに「『ノルウェイの森』または村上春樹」を加えて四大白色テロルとしたい。適当に反省の言葉を吐いてみることもあるけれど、漱石的高等遊民の末裔たる春樹作品の主人公のろくでなしプチブル・ドンファンどもは、世界中の愚昧なる若者どもを洗脳しているのである。村上春樹はトルストイのように『懺悔』を書くべきである。

徳川末期人情本の主人公だって、富島健夫や神崎京介のソフト・ポルノ小説の主人公だってその点では似たようなものだが、彼らは、世界の大問題を自分が抱えているような顔をしないだけ、よっぽどましである。村上春樹は、アメリカ的なのか、日本的なのか、沼野充義は自問しているが[15]、非歴史的に「アメリカ的」「日本的」なものがあると想定することが間違っている。ここでは、徳川末期的な性の表象の過剰によるエロティシズムの喪失（百川敬仁『日本のエロティシズム』ちくま新書）が、『さようなら、コロンバス』的な叙情と混合されているのだ。だから再度言う、『さようなら、コロンバス』も『ノルウェイの森』も、読んではいけない！

注

〔1〕『ＡＥＲＡＭＯＯＫ　村上春樹がわかる。』によれば、『ノルウェイの森』の翻訳は、英語、韓国語、漢語、台湾版、イタリア語、フランス語、イスラエル語、ノルウェー語があるようだ。どちらかと言えば『羊をめぐる冒険』の訳が先行しているようで、『ノルウェイの森』はロシア、ポーランドでは訳されていないが、これも時間の問題だろう。ドイツで、『国境の南、太陽の西』のドイツ語訳が不評にさらされ、実はこれが英語からの重訳であったと判明した事件については、イルメラ・日地谷＝キルシュネライトが報告している。[45]もっとも「会話のように流れるだけの底の浅い文体」「豊かな日本社会への時代批判的な描写にはまったく牙が欠けており、心理的にも極く単純なもので、何とも見晴らしの良い知的カテゴリーで語られている」（『ノイエテューリッヒャー』）とか、エロチックな場面は「我慢出来ないほどキッチュ」（『フランクフルターアルゲマイネ』）などの評は、別に日本語原典であっても当たっていると思う。

〔2〕『ノルウェイの森』における全共闘の扱い方は、全共闘世代の批評家に、私から見れば必要以上の拘泥を生み出しており、否定論の津田孝[8]は川村湊[5]にどうでもいい批判を向けている。なお否定的な論考としてはほかに、伊東貴之[13]や加藤弘一[22]のものがある。伊東の「『高度資本主義』など喋喋せず、三浦哲郎のような素直な小説を書いたらいい」というのは、同感である。加藤は、「突撃隊」を「禁欲的」としているが、それは当たっていない。単に「もてない」だけである。ところでセシル・モレルの肯定的『ノルウェイの森』論[35]は、先行論文の寄せ集めのごとき院生レベルの代物で、なにゆえ『村上春樹スタディーズ』に再録されたのか理解しかねる。

〔3〕福田章二を沈黙せしめたのは、まだ二十代ながら勢いのあった江藤淳の徹底的な批判だったとされているが、

今思えば、江藤は「喪失」に、紛れもない堀辰雄の亜流を見て取ったのだ。だから福田章二から庄司薫への変貌は、堀と村上春樹の類縁関係を先取りしたものと言えるだろう。

〔4〕小林昌廣はこの「口腔性交」にずいぶん過剰な意味を読み込んでいるが[41]、他の作品と照らし合わせれば、春樹が「フェラチオ好き」なのは明らかだろう。フェラチオ好きが悪いのではない。現実にはフェラチオを嫌がる女が多いだろう、ということを言っているのだ。

〔5〕太田鈴子の論文[39]もほぼ同趣旨で、素朴だがまっとうである。ただし「渡辺えみこ」とか「小谷真理子」とか変な間違いは粗忽に過ぎる。

〔6〕性的人間だけで構成されている物語のなかに他者が投入された時に読者が感じるだろう違和感は、『羊をめぐる冒険』が出たころ学生の間で人気があった、たがみよしひさのマンガ『軽井沢シンドローム』で警察沙汰が起きるエピソードにも見てとることができるものだ。

参考文献

柘植光彦・栗坪良樹編『村上春樹スタディーズ』全五巻、若草書房、一九九九年、収録のものは、たとえば第三巻なら（スタ03）とし、加藤典洋編『群像日本の作家　村上春樹』小学館、一九九七年、は（群像）とし、木股知史編『日本文学研究論文集成　村上春樹』若草書房、一九九八年、は（集成）とし、いずれも初出の年のみ示す。西暦の上二ケタは略す。

（1）三浦雅士「村上春樹とこの時代の倫理」『主体の変容』中公文庫、初出八一年。
（2）加藤典洋「自閉と鎖国――一九八二年の風の歌――村上春樹『羊をめぐる冒険』」（集成）初出八三年。
（3）畑中佳樹「アメリカ文学と村上春樹」（スタ01）初出八五年。
（4）三浦雅士「恋人たちの黄昏――『ノルウェイの森』村上春樹」『新潮』八七年十一月。
（5）川村湊「〈ノルウェイの森〉で目覚めて」（スタ03、群像）初出八七年。

(6) 笠井潔「都市感覚という隠蔽——村上春樹」(スタ01) 初出八七年。
(7) 蓮實重彦『小説から遠く離れて』日本文芸社、八九年(現在河出文庫)。初出八七—八九。
(8) 津田孝「『ノルウェイの森』論——村上春樹の近作をめぐって」『民主文学』八七年十二月。
(9) 竹田青嗣「村上春樹論——喪失を呼びよせるもの」『國文學』八八年八月。
(10) 竹田青嗣「〝恋愛小説〟の空間」(スタ03、集成) 初出八八年。
(11) 千石英世「アイロンをかける青年——『ノルウェイの森』のなかで」(スタ03) 初出八八年。
(12) 富岡幸一郎「暢気な自閉症の蔓延」『新潮45』八八年十月。
(13) 伊東貴之「「高度資本主義社会」の『忍ぶ川』——デュアル・クリティック——村上春樹『ダンス・ダンス・ダンス』」『早稲田文学』八九年三月。
(14) 越川芳明「『ノルウェイの森』——アメリカン・ロマンスの可能性」『ユリイカ臨時増刊　村上春樹の世界』八九年六月。
(15) 沼野充義「ドーナツ、ビール、スパゲッティ——村上春樹と日本をめぐる3章」同。
(16) 野谷文昭「消えた海岸のゆくえ」同。
(17) 桜井哲夫「閉ざされた殻から姿をあらわして……——『ノルウェイの森』とベストセラーの構造」(スタ05) 初出八九年。
(18) 川村湊「〝新世界〟の終りとハート・ブレイク・ワンダーランド」(スタ02) 初出八九年。
(19) 風間賢二「村上春樹とスティーヴン・キング」(スタ02) 初出八九年。
(20) 中野収「なぜ『村上春樹現象』は起きたのか」(スタ05) 初出八九年。
(21) 笠井潔「鼠の消失——村上春樹論」(スタ05) 初出八九年。
(22) 加藤弘一「異象の森を歩く——村上春樹論」(スタ03) 初出八九年。
(23) 柄谷行人「村上春樹の『風景』——『1973年のピンボール』」『終焉をめぐって』講談社学術文庫、初出八九年。
(24) 林淑美「『ノルウェイの森』村上春樹──喪った「心」、閉じられた「身体」」『國文學』九一年一月。
(25) 池内紀「あらかじめ失われた恋人たち──『ノルウェイの森』論」『文學界別冊　村上春樹ブック』九一年四月。
(26) 笠井潔・加藤典洋・竹田青嗣『村上春樹をめぐる冒険』河出書房新社、九一年六月。
(27) 富岡多恵子・上野千鶴子・小倉千加子『男流文学論』筑摩書房、九二年一月（現在ちくま文庫）。
(28) 福田和也「村上春樹、または近代と訣別する闇」『Voice』九二年九月。『近代の拘束、日本の宿命』文春文庫に収録。
(29) 福田和也「ソフトボールのような死の固まりをメスで切り開くこと──村上春樹『ねじまき鳥クロニクル第一部、第二部』を読む」（群像）初出九四年。
(30) 沼野充義「村上春樹は世界の『いま』に立ち向かう──『ねじまき鳥クロニクル』を読み解く」（スタ04）初出九四年。
(31) 川村湊「現代史としての物語──ノモンハン事変をめぐって──ハルハ河に架かる橋」（スタ04）初出九五年。
(32) 野谷文昭「『世界の終りとハードボイルド・ワンダーランド』論──「僕」と「私」のデジャ・ヴュ」『國文學』九五年三月。
(33) 竹田青嗣「リリシズムの条件を問うこと」『國文學』九五年三月。
(34) 斎藤美奈子「現代作家論シリーズ(2)『村上春樹論』クエスト」『文學界』九六年八月。『文壇アイドル論』岩波書店に修正の上収録。
(35) セシル・モレル「村上春樹の小説世界──『ノルウェイの森』のリアリズム」（スタ03）初出九七年。
(36) 大塚英志「サブカルチャー文学論(2)　村上春樹の『月並みさ』」『文學界』九八年六月。

(37)柘植光彦「円環/他界/メディア――『スプートニクの恋人』からの展望」(スタ05)九九年。
(38)渡辺みえこ「『ノルウェイの森』――視線の占有によるレズビアニズムの棄却」『社会文学』第一三号、九九年。
(39)太田鈴子「女性を「モノ」化するヘテロセクシズムの物語――村上春樹『ノルウェイの森』」『昭和女子大学女性文化研究所紀要』九九年七月。
(40)小原眞紀子「『ノルウェイの森』――ノルウェイの森でつかまえて」『ユリイカ臨時増刊 村上春樹の仕事』〇〇年三月。
(41)小林昌廣「『国境の南、太陽の西』――跛行と口腔性交」同。
(42)川本三郎・川崎賢子「徹底討議 ふたりの春樹」同。
(43)大塚英志「サブ・カルチャー文学論⑿ 蜂蜜パイのように甘い『お話』をけれども今は肯定するべきだということについて――村上春樹と車谷長吉」『文學界』〇〇年六月。
(44)渡辺みえこ「村上春樹文学、最後の一人称――『スプートニクの恋人』における「ぼく」の物語と読者」『社会文学』第一六号、〇一年。
(45)イルメラ・日地谷゠キルシュネライト「村上春樹をめぐる冒険――〃文学四重奏団〃の不協和音」『世界』〇一年一月。
(46)加藤典洋「村上春樹への誘い――時代を予告する鋭敏さと、心に沁みる寂しさと」『AERAMOOK 村上春樹がわかる。』〇一年十二月。
(47)水田宗子「ジェンダーのロストジェネレーションたち」同。
(48)大塚英志「サブカルチャー文学論⑵ 『文学』である大江健三郎と『サブカルチャー』である村上春樹の間に線引きし、小説家はどこで人殺しをするべきなのかを考える。」『小説TRIPPER』〇二年夏。

私は「文藝評論家」ではない――「あとがき」にかえて

一九九八年四月から九九年六月ころまで、私は「文藝評論家」という肩書きを、自ら選んで用いていた。が、思うところあって、使わないことにした。それ以後も、この肩書きが出てくることはあるが、編集者が勝手につけたものや勝手に書かれたものがほとんどである。

自ら選んで、と言ったが、実際私はそれ以前、「文藝評論家」というものに憧れていたのである。そう名乗りたいがために群像新人賞に応募したこともあった。ではなぜ、やめたのか、と言えば、いろいろな理由がある。

世俗的な理由として、当時私はある事情で大阪大学を辞めて、首都圏の大学に職探しを始め、今日に至っているので、人から、筆一本でやっていくつもりだと思われたら困る、ということがある。ただし税法上は、変動所得での申告ができるから、文筆業ということになっている。実はこれが主な理由なので、臍曲がりな私のことだから、就職できたらまた「文藝評論家」を名乗るかもしれない。けれど、副次的な理由というのもあって、こちらのほうはより本質的なのだが、文藝評論家というのは、基本的に、同時代の小説作品などを批評するのが仕事らしく、しかし私は、あまり現代の小説というものに、日本のものであると外国のものであるとを問わず、興味がないのである。かつ、文藝評論家といってもピンからキリまでいるけれど、基本的には、『新潮』『群像』『すばる』など、月刊の四つの文藝雑誌と、季刊の『文藝』あたりにちょくちょく書いているのが、まあ基本的に文藝評論家を名乗る資格と言っていいだろう。ところが私はといえば、『文學界』以外の文藝雑誌には、評論はおろか、書評もエッセイも、アンケート回答も載せたことがないのである。これは、執筆依頼がないということであって、断ったりしているわけではない。もっとも文藝雑誌というのは評論に関しては排他的なところがあるようで、詳しく調べたわけではないが、福田和也や坪内祐三は『群像』に書いたことはないようだし、斎藤美奈子は『新潮』には登場していないらしい。フランス文学者の中条省平も「文芸評論家」を名乗っていながら『文學界』以外では書いていないらしいが、総合雑誌『論座』で長いこと「仮性文藝時評」を連載している。だから私のような状態で「文藝評論家」もなかろうと思う。

本書に収めた「文壇を遠く離れて」は、その『文學界』の二〇〇一年二月号から二〇〇二年一月号まで連載したものである。文壇づきあいをせず、基本的に文壇の部外者であるという意味でこういう題にした。文壇などもうない、と言う人もいるが、作家だの評論家だのの動向を見ているとそれなりのつきあいがあるようで、しかし私のつきあう範囲は学者がほとんどだから、「遠く離れて」なのである。しかし、なんだかんだ言いつつ、藤堂志津子の魅力や、筒井康隆はやはりすごい、ということを発見しえたのは、嬉しいことだったし、『小説現代』の対談で藤堂さんとお目にかかった時は、その後の酒席にいたるまで、酒に弱い私が珍しく楽しい時間を過ごさせてもらった。

書き方という問題について言えば、いま『文學界』に連載している「昭和恋愛思想史」にしても、むしろ学者的な仕事であって、私は基本的に、学者という自己認識を持っている。しかも若いころは派手な文学理論など用いていたが、今ではむしろ実証主義的な、保守的な文学研究者である。とはいえ、磯田光一や江藤淳、桶谷秀昭のように、実証主義的・学者的な文藝評論家というのも少なくないし、私はエッセイとしか言いようのないものもたくさん書いているから、世間的に「文藝評論家」に見えるのもやむをえない。

しかし巻頭の書き下ろしに書いたように、「文藝評論」というものには、論理の飛躍や直観的記述が要請される。私は大学教師として、そういうものはあまり教育上好ましくないと思っているから、記述はおおむね論理的・実証的であることを心掛けている。連載中、「勉強して書いている」とか「小谷野は批評家というより学者だ」とか、どうやら悪口のつもりらしく評する者たちがいたが(前者は伝聞)、当人がそのつもりでやっているのだから当然だ。

ところで、「あとがき」というのは、けっこう言っておきたいことが言える場所である。そこで、言いたいことがある。前にもエッセイとして書いたことがあるのだが、まだ単行本に入れていないので、あえて繰り返したい。というのは、世間には文筆業というのがなにか儲かる仕事であるかのように勘違いしている人というのが少なからずいるということである。そうではないということをエッセイストの岸本葉子が一所懸命書いていたが、私も書いておきたい。しばらく前のことだが、読売新聞の人物データベースを見た、と言って電話をかけてきて、トウモロコシの相場をやらないか、と言った人物がいた。私は、そういうことは金持の人に言ったらどうですか、私は失業者なのでと答えたのだが、「えっ、評論家の先生ではないのですか」と言う。私は、読売新聞や朝日新聞のデータベースに載ったり、新聞や商業雑誌に時々名前が出たりするからといって金持とは限らないのだと力説したのだが、この人物はそれからも二度ほど電話をかけてきた。

四年前、私の『もてない男』という新書判が、十万部売れた（正確に言えば、刷った）。「家が建ったんじゃないですか」などと言う人がいたので、ちゃんと説明してあげたのだが、印税率は十%だから、七百円の本が十万部売れても、入るのは七百万円である。これで家が建つか？　マンションの頭金にもならない。東大助教授の社会学者・佐藤俊樹という人の『不平等社会日本』という新書判も結構売れて、佐藤は同僚から「今年は青色申告ですね」と言われた、と書いているのだが、これは売れたと言っても六万部くらいだろうから、五百万くらいしか入っていないはずで、もちろん売れれば講演料・原稿料なども入るけれど、その程度で青色申告の必要などない。むしろ私と同年齢で、大企業に勤めている人はもちろん、有名私立大学に勤めている学者のほうが年収は多いだろう（その人がいかに世間的に無名でも）。文筆で家を建てたり高級マンションを即金で買ったりできるのは、本が百万部売れた人とか、十万部売れる小説をコンスタントに年何冊も出すような作家だけだろう。もっとも、岸本葉子さんがしたように、私もローンを組めばマンションくらい買えるのかもしれないが、私は小心者なので借金というのが嫌いだし、二十何年も金を払いつづける自信がない。

もう一つ。大学を辞めて文筆でやっていくことにしたのは、実家が資産家だからではないか、と想像する人もいるらしいが、これも違う。ウチの両親は、ローンで建てた埼玉県にある小さな家一軒以外に資産というべき資産を持っていない。カネの話とは別に、私が、言いたいことがあれば好きなように新聞や雑誌で発言できるのだとか、好きなように本の書評ができるのだとか思っている人もいる。これも、違う。マスコミにはいろいろ制約が大きく、こういうことが言いたいから書かせてください、はい載せましょう、というわけにはいかないのだ。だから私は、載せてもらえないようなものは、本書でしたように、単行本に書き下ろしで入れる。しかしその場合は、千人単位でしか読者はいないことになるが、そのくせ、別にどうでもいいことを新聞に書いたりすると読む人の数がどっと増えるから、文筆業は厄介である。

まだある。本の著者というものは、本の題名、装幀、帯の文句などを自分で決められないことが少なくない。私の場合は、頑固だから、不本意な題名を付けられてしまったことはないけれど、装幀は不本意なものも二、三ある。帯の文句に至っては、編集者どころか、営業が決めてしまうことも少なくない。これも、「あの帯の文句はあなたが書いたんですか」などと訊かれることがあるので、他の著者にもあることだから、言っておく。

『文學界』の連載の際は、波多野文平氏のお世話になった。本書では順番は入れ替え、適宜加筆・修正を行なっている。初出の書いていない四本は、書き下ろしである。本にするに当たってお世話になったのは新曜社の渦岡謙一さんだが、いつも大出版社で出してくれないような本を頼む結果になって、特に『江戸幻想批判』の時は、「あとがき」で謝辞を述べた某大学院生から、勝手に私的な会話を引用されたから削除せよなどという内容証明郵便が、私と渦岡さんと社長の堀江洪さんに届くなどという言論テロ事件まで起こって迷惑をおかけした。私的な会話といっても内容は公的なもので、馬鹿なことをするのはおやめなさいとたしなめたら、こやつ、さらなる無礼な手紙を再度内容証明で送ってよこした。バカ（フェミ）は隣の火事より怖い。

小谷野敦

著者紹介

小谷野敦（こやの　あつし）

1962年（昭和37年），茨城県に生まれる。1987年，東京大学文学部（英文学）卒業。1997年，同大学院比較文学比較文化博士課程修了。学術博士（超域文化科学）。1990～92年，カナダのブリティッシュ・コロンビア大学に留学。1994年より大阪大学言語文化部講師・助教授を経て，

現在，国際日本文化研究センター客員助教授，東京大学，明治大学非常勤講師。

著書：『新編 八犬伝綺想』（ちくま学芸文庫），『夏目漱石を江戸から読む』（中公新書），『〈男の恋〉の文学史』（朝日選書），『男であることの困難』『江戸幻想批判』（新曜社），『もてない男』『バカのための読書術』（ちくま新書），『恋愛の超克』（角川書店），『軟弱者の言い分』（晶文社），『片思いの発見』（新潮社），『退屈論』（弘文堂），『中庸，ときどきラディカル』（筑摩書房），『聖母のいない国』『中学校のシャルパンティエ』（青土社）。共著に『日本文学における〈他者〉』『日本の母——崩壊と再生』（新曜社）など。訳書にアーサー・サリヴァン『ミカド』（中央公論新社）。

e-mail：VEF03454@nifty.ne.jp

新曜社

反＝文藝評論

文壇を遠く離れて

初版第1刷発行　2003年6月20日©

著　者　小谷野敦

発行者　堀江　洪

発行所　株式会社 新曜社

〒101-0051 東京都千代田区神田神保町2-10

電 話（03）3264-4973・FAX（03）3239-2958

URL http://www.shin-yo-sha.co.jp/

印刷　星野精版印刷　　Printed in Japan

製本　イマヰ製本

ISBN4-7885-0859-1 C1090